A la santé du brave capitaine! s'écrièrent toutes les voix. — Page 3, col. 1re.



# LES OFFICIERS DU ROI

PAR JULES DE SAINT-FÉLIX.

## LE DUEL.

Il y a aujourd'hui quatre-vingt onze ans qu'un célèbre cabaret, situé rue Richelieu, à Paris, avait pour enseigne un tableau représentant l'*Amour armé* et pour légende à ce tableau ces mots inscrits sur une banderolle de cuivre : *Au Grand-Vainqueur.* Ce cabaret était le rendez-vous le plus habituel des sous-officiers (ou, comme on disait alors, des bas-officiers) de toutes les armes; mais surtout de ceux appartenant aux corps d'élite des armées du roi. Le cabaret avait un rival sérieux, et dont les lauriers l'avaient souvent troublé; toutefois, ce rival, appelé la *Pomme de Pin*, était établi à une barrière de la ville, et ne pouvait nuire vraiment au *Grand-Vainqueur* que pendant la courte durée de la belle saison.

Le *Grand-Vainqueur*, qui trônait au centre de Paris, régnait donc et florissait pendant huit mois de l'année, et, comme tout grand seigneur, il se reposait pendant la canicule. C'était comprendre la vie admirablement.

Parmi les chalands les plus honorables, le cabaret en question comptait surtout MM. les bas-officiers aux gardes françaises, c'est-à-dire la fleur des pois de tous les régiments de Sa Majesté. — Là aussi se réunissaient MM. les fourriers, maréchaux-des-logis, instructeurs et maréchaux-des-logis-chefs des carabiniers de la reine; MM. les sergents du Royal-Dauphin, MM. les gardes à pied ordinaires du corps du roi et tant d'autres. Mais les gardes françaises (grands vainqueurs eux-mêmes) avaient pris spécialement sous leur patronage l'*Amour armé*.

Un jour d'octobre de l'année 1758, vers huit heures du soir, le *Grand-Vainqueur* faisait feu de toute sa batterie de cuisine. Un gala des plus brillants avait lieu chez lui. MM. des gardes françaises s'y étaient réunis en assez grand nombre pour que l'hôtellier se vit dans la bienheureuse nécessité de refuser l'entrée de son logis à tout chaland d'aventure. La consigne était levée cependant pour quelques habits militaires qui pouvaient se présenter, tels que les braves ca-

Montmartre — Imp. Pillot.

marades du Royal-Dauphin, des gardes à pied et même des carabiniers, grands traîneurs de sabre, il est vrai, mais vivant en assez bonne harmonie avec le briquet d'infanterie, sauf deux ou trois duels par mois.

Le soir dont nous parlons, presque tous les bas-officiers d'un régiment des gardes françaises fêtaient le départ, c'est-à-dire le changement de garnison. On quittait Paris, les jeux, les ris, les grisettes, les petites dames, les amours enfin, la vie libre, aventureuse et charmante, pour la tenue sévère, le service d'apparat, les grandeurs de Versailles. Afin d'opérer la transition sans trop sourciller, il fallait boire et boire beaucoup. Mars, Vénus et Bacchus, comme on disait alors, allaient presque toujours de compagnie, et personne n'avait mieux compris les avantages de cette triple alliance que MM. les sergents des gardes françaises.

Nos convives avaient encore un autre saint à fêter. Il s'agissait d'une mission délicate, confiée à l'un de leurs braves camarades, le sergent La Rose, héros de Fontenoy, et l'un des meilleurs instructeurs de l'armée. Le sergent avait été choisi à l'unanimité par le corps d'officiers pour escorter M. le capitaine de Montaran, qui devait se rendre au fond de la province du Bourbonnais, auprès du colonel, retiré encore dans un sien château. Ce colonel avait vingt et un ans, disait-on; il jouissait d'un revenu de cent mille écus, et portait un nom illustre parmi la noblesse d'épée.

La valeur n'attend pas le nombre des années,

avait dit le grand Corneille dans le *Cid;* aussi, d'après cet axiôme des braves, MM. les gardes françaisescomptaient sur un héros imberbe, mais enfin sur un héros. Il n'y avait qu'une difficulté, ou plutôt qu'une question à résoudre : le colonel, appelé par S. M. à la tête de son régiment, avait-il reçu le dernier complément de l'éducation militaire? Dans cette hypothèse, et pour lever tout scrupule, M. de Montaran, officier de haut mérite, avait été désigné par le roi pour se rendre en Bourbonnais, et M. le sergent La Rose avait été choisi pour escorter le capitaine en route, et l'*assister*, le cas échéant, auprès du jeune colonel.

Telle était la très-honorable mission de M. de La Rose, que ses joyeux camarades fêtaient généreusement au *Grand-Vainqueur*.

Le cabaret offrait vraiment ce soir-là un coup d'œil enchanteur. La cuisine, rouge comme une fournaise, projetait au loin des clartés ondoyantes et purpurines, tandis que les deux salles basses, ses voisines, étaient richement tendues de rideaux blancs, ornées de festons, de guirlandes et d'astragales, de verdure et de fleurs, et éclairées par trois cents chandelles et boules de couleurs variées. Dans ce local splendide, encombré de tables chargées de belles faïences et d'une vaisselle d'étain miroitante, plus de cinquante gardes françaises, en grande tenue, banquetaient, chantaient et buvaient avec cette grâce et cette intrépidité qui leur étaient si naturelles.

Le repas avait été d'une abondance et d'une recherche fabuleuse. On avait mangé comme après trois journées de marche forcée... On ne mangeait plus, mais on buvait toujours. Le vin du *Grand-Vainqueur* avait cela de caractéristique, qu'il provoquait le buveur à des coups redoublés sans jamais étancher la soif complétement, mais sans trop l'irriter non plus. C'était un clairet étincelant dans le verre, joli et chatouillant avec un agréable bouquet, dont le gosier et l'odorat se partageaient le parfum.

La table où présidait M. le sergent-instructeur La Rose n'était pas la moins amoureuse de ces belles et larges bouteilles à goulot évasé que l'hôtelier ne cessait d'apporter de ses caveaux. Les gobelets, toujours remplis, se vidaient, de ce côté de la salle, avec une rare intrépidité.

— Messieurs, dit tout à coup une voix pleine et sonore qui domina toutes les autres, je remarque avec une joie toute cordiale que nous buvons noblement; mais il me semble qu'il serait temps de porter quelques toasts.

—Le mot est anglais, monsieur, reprit une voix énorme qui partit en bourdon de cathédrale d'un angle opposé; le mot est anglais. Nous avons battu ces messieurs assez durement à Fontenoy pour ne rien accepter d'eux aujourd'hui.

— Si le mot vous déplaît, reprit la voix de ténor, j'en suis désolé; mais il n'en est pas moins pour cela de bonne compagnie et de haut goût.

— Un moment, répondit la basse-taille; je ne me pique pas, moi, d'imiter la cour, qui *s'anglaise* à plaisir. Si j'avais à imiter quelqu'un, ce serait certainement cette noble puissance prussienne et son roi Frédéric.

— Messieurs, dit une voix flûtée, Messieurs, nous avons l'air d'être Anglais à Versailles et Prussiens aux armées! *Vive la France!* je suis garde-française, morbleu!

— Bravo! s'écrièrent tous les convives debout et le verre en main.

Ce vivat fut magnifique. Cinquante des plus beaux hommes de France, portant l'uniforme éclatant bleu de roi, rouge et argent des gardes françaises, l'œil animé, l'attitude martiale, l'accent de la physionomie remarquablement empreint d'enthousiasme; cinquante militaires, jeunes, bien faits, braves et comprenant à merveille toute la dignité de leur arme, étaient en présence les uns des autres, après s'être levés d'un seul mouvement électrique, au nom de France, jeté tout à coup au milieu d'eux.

Vivat! s'écria de nouveau M. le sergent La Rose; messieurs, j'ai l'honneur de vous proposer de porter diverses santés, mais avec ordre et méthode. Chacun étant libre d'en choisir une, ce seront cinquante verres de vin de plus pour chacun.

— Voilà une idée! reprit le fourrier Richepense; monsieur de La Rose, vous avez toute mon estime.

— Et si nous en crevons? dit le sergent Jasmin.

— Eh bien! monsieur, répliqua Richepense, le monde crèvera après nous.

— Tout doit donc crever un jour? dit Jasmin.

— Un peu, mon poulet, répondit l'éclatante voix de Richepense. Le monde est une bombe avec une mèche allumée, mais prolongée indéfiniment.

— Messieurs, dit La Rose, laissons ces questions-là aux encyclopédistes. M. de Voltaire est un assez grand esprit pour résoudre ces questions de haute philosophie. Je propose de nous asseoir et de nous lever à chaque santé. Messieurs, à *Jove principium*, je propose la santé du roi.

Elle fut accueillie avec des cris de joie, et cinquante verres furent vidés en même temps.

— Messieurs, s'écria Richepense, je bois d'un seul coup aux princes et aux maréchaux.

— Vivat! dirent toutes les voix.

Et l'on but avec Richepense.

— Messieurs, au colonel! dit la voix harmonieuse du sergent Jasmin.

— Vivat!

Ce fut encore un concert unanime.

— Messieurs, au capitaine Montaran, brave officier de fortune, dit un vieux sergent à moustache grise. Nous l'avons vu parmi nous servir avec la plus haute distinction. Nous le vîmes avec regret quitter les gardes; il reçut une épaulette d'officier, et fut désigné pour le Royal-Dauphin; mais, grâce à Dieu et à Sa Majesté, M. de Montaran nous a été rendu, et il nous est revenu capitaine. A sa santé!

— A la santé du brave capitaine! s'écrièrent toutes les voix.

— Maintenant, messieurs, dit un fourrier, ayant bu au capitaine, je propose de boire au digne sergent instructeur qui le doit escorter; à M. de La Rose, un brave de Fontenoy, qui m'a sauvé un coup de mousqueton dans la poitrine en crevant de sa baïonnette le ventre d'un houzard ennemi. Je bois à la santé du sergent La Rose!

— Vivat! dirent les convives. Oui, vivat! répétèrent-ils, car plusieurs d'entre eux ne s'étaient point levés et faisaient mine de ne vouloir pas appuyer la santé.

Le sergent s'en aperçut. Son cœur bondit, mais son visage conserva cette noble sérénité qui est une habitude chez les braves au milieu du feu. Il se leva lentement, et, promenant ses regards sur l'assemblée:

— Messieurs, dit-il, je reçois avec sensibilité et reconnaissance le grand honneur que vous me faites. Je regrette que mon brave camarade Taupin ait parlé d'un fait très-commun à nous tous dans cette affaire. Il n'est peut-être personne de nous, messieurs, qui n'ait eu l'honneur et l'avantage de plonger six pouces d'acier dans le ventre de l'ennemi un jour de combat, ou tout au moins de lui avoir distribué avec discernement quelques balles de plomb. Mes chers camarades, ce qui m'honore surtout, c'est votre amitié, je voudrais pouvoir dire votre amitié unanime...

— Bravo! crièrent de grands buveurs, avec les cinq sixièmes de l'assemblée.

On but au sergent instructeur.

La Rose reprit sa place, le visage légèrement enflammé, l'œil humide et ardent, et non sans avoir lancé un regard oblique, mais triomphant, du côté de la salle où quelques gardes s'étaient abstenus de se lever.

— Messieurs, dit un fort beau garçon de vingt-trois ans, surnommé Biscayen, je propose, moi, de boire un peu à nos amours.

— Est-ce que vous allez nommer les femmes? demandèrent plusieurs voix.

— Pourquoi non? dit Biscayen. Si elles sont jolies, quel tort leur nom fera-t-il à leur réputation?

— Oui, oui, il faut les nommer, il faut les proclamer! s'écrièrent de fougueux buveurs.

— Non, non, jour de Dieu! non! reprirent certains gardes avec des airs importants.

— Attendez, dit Biscayen, j'ai une idée, une idée flambante. Chacun boira à sa maîtresse, en la désignant par un nom illustre, célèbre, populaire même, enfin un nom parfaitement à l'abri.

— Holà! holà! jeune homme, reprit un garde à moitié ivre, et si votre maîtresse est une duchesse?

— Eh bien! reprit Biscayen, je nommerai une princesse du sang.

— Pas de ça! camarade, dit La Rose; je m'y oppose virtuellement.

— Sergent, reprit le jeune garde, vous connaissez ma maîtresse; serait-ce donc compromettre quelqu'un en disant que je bois à une divinité de l'Opéra?

— Votre maîtresse est une jeune ravaudeuse, camarade, dit M. de La Rose.

— Voilà justement pourquoi je bois à elle en portant la santé, par exemple, de l'étourdissante danseuse, mademoiselle de Champ-Fleury.

— La fleur des pois de l'Opéra, Messieurs, dit Taupin le fourrier. Une jambe de Diane, une taille de nymphe, un....

— Te tairas-tu, Taupin? reprit un vieux garde à moitié couché sur la table.

— Il se taira, répondit La Rose imperturbablement. Messieurs, je n'ai jamais eu l'honneur de voir mademoiselle de Champ-Fleury, que l'on dit aussi ravissante que l'était mademoiselle de Camargo, il y a quelques années; mais j'ai entendu louer son esprit autant que ses jambes, et sa vertu autant que son esprit.

— Oui, c'est un diable vertueux, dit M. le sergent Richepense. Je connais d'elle des traits superbes. On dit que M. le maréchal de Richelieu s'est brûlé les doigts au marteau de sa porte.

— Par Dieu! je le crois, dit le Biscayen. Si la Champ-Fleury en prenait *un*, je vous jure, moi, qu'il n'aurait pas soixante ans.

— Il aurait peut-être votre âge et votre figure, jeune homme? reprit le sergent Richepense.

— Et pourquoi non? dit le Biscayen.

— Tenez, sans vous faire tort, camarade, ajouta M. de La Rose, je crois qu'elle ferait tout aussi bien de prendre le colonel.

— Ou le capitaine Montaran, dit Taupin; un homme charmant! sur mon honneur.

— Sans compter, dit Jasmin le sergent, que le capitaine a deux grains de sentiment pour elle.

— Ah! reprit La Rose, j'y suis. Il s'informait, ce matin, de son retour à Paris.

— Oui, la *divine* court la province, dit M. Richepense. La belle et séduisante fille! jour de Dieu!

— Calmez-vous, mon gros, dit le Biscayen.

— Je ne veux pas me calmer, moi! reprit le magnifique sergent.

— Ne vous calmez donc pas. Que n'enlevez-vous la belle?

— Si j'étais seulement maréchal de France, la chose serait faite demain.

— Oh! oh! dit le Biscayen.

— Messieurs, répliqua La Rose, les chandelles s'éteignent, les brocs et les bouteilles sont vides, l'heure du guet approche, je propose que chacun boive à ses amours et que nous quittions le *Grand-Vainqueur* pour le grand Morphée. Je pars à quatre heures du matin, à cheval, avec le capitaine.

— Partez donc! s'écria une voix inconnue jusque-là et venant du fond de la salle.

M. de La Rose se leva, boutonnant avec calme les revers d'une de ses manches, et il s'avança d'un pas mesuré jusqu'au coin de la salle d'où la voix avait lâché une parole si peu réfléchie.

Un sergent aux gardes comme lui, le voyant approcher, se leva à son tour, et, sans bouger de sa place, il croisa les bras sur sa poitrine, attendant ainsi tout événement.

— Monsieur Deslauriers, lui dit le sergent en s'arrêtant à deux pas de la table, vous venez, je crois, de me souhaiter un bon voyage, mais d'un ton assez brusque. Voudriez-vous, s'il vous plaît, vous expliquer?

— Moi! répondit Deslauriers; mais je suis clair et précis. Vous annonciez votre départ; j'ai dit : Partez.

— Je n'ai aucune permission à vous demander, sergent, répliqua La Rose, qui pâlissait.

— En ce cas-là, reprit Deslauriers, qu'attendez-vous pour filer ?

— J'attends que vous filiez le premier, dit la Rose.

— Moi, dit le sergent Deslauriers, je trouve bon de rester. Je n'aime pas les voyages et n'ai pas brigué l'honneur d'accompagner le capitaine Montaran, afin de voir du pays et d'aller noblement boire le vin du colonel avec tous les valets de son château.

—Vous en avez menti, sergent! s'écria La Rose...

Et, saisissant la table devant laquelle Deslauriers était debout, il la lui jeta à la tête avec toute sa vaisselle, son argenterie et ses bouteilles. Etourdi du coup, mais non blessé, le sergent Deslauriers se redressa avec l'agilité d'un daim, et, passant à travers tous ses camarades qui se jetaient devant lui, il saisit son épée accrochée à une fenêtre, fait briller le fer et s'avance droit sur la Rose, qui, de son côté, l'attend l'épée au poing.

— Messieurs, s'écrie Richepense, le lieu est mal choisi.

— Comment! dit Deslauriers, les témoins manquent-ils ici? En garde, monsieur.

— En garde et reçois ta leçon, drôle, répliqua M. de La Rose.

Cette parole siffla aux oreilles du sergent, son rival et son ennemi mortel. Deslauriers était grand, bien fait, fort, agile, excellent maître d'escrime; il était de l'âge de La Rose, aussi brave que lui, mais moins calme, plus haineux et d'une audace sans exemple. M. de La Rose avait affaire à un rude adversaire; toutefois, il ne le redoutait nullement. Deslauriers nourrissait contre lui une animosité vigoureuse et provenant d'une rivalité de position; lui aussi était excellent instructeur. Le choix des officiers du régiment, qui était tombé sur son rival pour escorter le capitaine, avait achevé de l'exaspérer.

Cependant, ces deux terribles épées, qui se croisaient, se tâtaient, se caressaient pour ainsi dire, ces deux lames d'acier rendaient, au milieu du silence général, des sons métalliques dont toute autre assemblée aurait peut-être frissonné. Le spectacle était imposant, presque solennel; tous ces beaux militaires en grande tenue, formant cercle autour des deux champions, les uns assis sur les tables, les autres debout et sévères; ceux-ci, encore sous l'influence bachique, souriant et ne pouvant croire qu'à moitié au sérieux de l'affaire; ceux-là, les bras croisés, la poitrine haletante, reconnaissaient avec éffroi toute la gravité de ce combat; enfin, ces deux champions, tout bouillants de colère et des excitations d'une orgie, l'œil enflammé, mais la main sûre, ferme, exercée, terrible, le corps effacé, renversé en arrière, le jarret pliant et se redresssant tour à tour... Et puis ces deux pointes d'acier, fines et brillantes, qui, décrivant de petits cercles, cherchaient incessamment par mille ruses, mille détours, à pénétrer dans une poitrine... Enfin, la prévision du jet de sang qui allait couler et la pensée terrible qu'un de ces deux jeunes hommes allait tomber raide mort... tout cela était d'un spectacle accablant et solennel...

— Touché! cria tout à coup Deslauriers.

On courut à lui. Le coup avait traversé la veste et porté dans le sein droit, mais à peu de profondeur.

— C'est assez, répétèrent les assistants. C'est bien assez!

La Rose essuyait la pointe de son épée et la remettait dans le fourreau, lorsque tout à coup on annonça l'arrivée d'un officier. M. de La Rose n'eut que le temps de sauter dans la cour par une fenêtre basse que les camarades lui ouvrirent, et il put de là regagner la rue et rentrer à la caserne pour faire ses préparatifs de départ. L'officier qui était survenu se nommait Raoul de Montaran. C'était ce même capitaine aux gardes françaises, qui avait été désigné pour aller chercher le colonel, et ce même officier que le sergent La Rose devait escorter.

M. Deslauriers était blessé plus grièvement qu'on ne le pensait. Il pâlit et tomba entre les mains de ses camarades, qui se hâtèrent de l'emporter à l'hôpital militaire. Quant au capitaine de Montaran, il ne put obtenir que cette réponse admirable de MM. les sous-officiers aux gardes :

— Capitaine, le garde-française qui s'est battu avec le sergent Deslauriers se nomme *nous tous.*

L'officier n'avait qu'à choisir parmi quarante-sept ou quarante-huit beaux militaires celui qui paraissait le coupable. Mais il était homme de cœur, et personne mieux que lui ne pouvait apprécier la réponse que venaient de faire les généreux gardes. M. de Montaran porta la main à son chapeau, et, au milieu du profond silence qui se faisait autour de lui:

— Messieurs, dit-il, je vous dois les arrêts forcés à tous; le colonel en décidera à son arrivée. En attendant, recevez mes compliments, la réponse est belle; je voudrais l'avoir faite.

— Vive le capitaine! s'écrièrent tous les gardes en quittant le cabaret du *Grand-Vainqueur.*

Le lendemain, tandis que le sergent Deslauriers, noblement étendu sur un lit d'hôpital, recevait les soins d'un chirurgien, l'heureux M. de La Rose escortait son capitaine sur la route du Bourbonnais.

### LA RENCONTRE.

Vers la fin d'une journée d'octobre, un cavalier, suivi de trois chevaux d'escorte, arrivait à la ville de Moulins par la route de Paris, cette magnifique avenue de peupliers qui, aujourd'hui encore, fait l'admiration des voyageurs. Le temps était frais, et le couchant se colorait de ces teintes pourprées qui présagent un beau lendemain.

Le cavalier portait un manteau militaire, fond bleu de roi, bordé d'un galon d'argent au collet et doublé d'un beau velours écarlate. Il avait une forte épée au côté, de longs pistolets aux arçons de la selle, le chapeau à cornes galonné d'argent comme le manteau et de grandes bottes que de larges manchettes blanches bordaient au genou. Les hommes de sa suite étaient un sous-officier et deux piqueurs. Le sous-officier marchait de front avec lui, les deux piqueurs derrière et à distance.

On voyait que les chevaux de ces derniers étaient chargés d'un assez lourd bagage à leur allure un peu pesante. Du reste, les quatre chevaux paraissaient très-vigoureux et beaucoup plus forts que ceux en usage dans la cavalerie.

En effet, l'officier au manteau bleu de roi servait dans l'infanterie, ainsi que le sous-officier son compagnon. L'un était M. de Montaran, capitaine dans un régiment des gardes françaises, et que nous avons déjà entrevu; l'autre était le sergent La Rose, que nous avons eu le bonheur de pouvoir apprécier, il y a quelques jours, au *Grand-Vainqueur*, à Paris.

Arrivé à la porte de la ville, que l'on fermait à l'entrée de la nuit, le capitaine aux gardes demanda passage et se nomma au chef de poste. Deux minutes après, M. Raoul de Montaran et les siens entraient dans la capitale du Bourbonnais.

Cette bonne ville, qui, du temps de Brantôme, était déjà une des plus nobles et des plus agréables de France, n'avait point dégénéré à l'époque dont il est ici question. Le capitaine Raoul fut émerveillé de la belle apparence des maisons, la plupart portant armoiries et trophées de chasse au fronton de la porte-cochère, et de la propreté des rues. Le bruit des quatre chevaux attira aux fenêtres des curieux et des lumières par conséquent.

Grâce à cette sorte d'illumination improvisée, les voyageurs se dirigèrent facilement et au pas régulier vers l'auberge en renom à Moulins, l'hôtellerie du *Faisan-Royal*. Le capitaine fut reçu avec tous les empressements et tous les respects dus à son habit et à son escorte.

Huit heures du soir sonnaient à la grande horloge de la cathédrale de Moulins, lorsque l'hôtelier du *Faisan-Royal* servait dans une salle basse le souper de M. de Montaran et de son sergent, M. de La Rose-Pompon, comme le nommait le capitaine dans ses moments de gaieté. En voyage, point de distinction; Raoul tenait à ce que le sous-officier mangeât avec lui, ce qui ne laissait pas que de flatter beaucoup l'amour-propre et le palais de M. de La Rose, excellent soldat au champ de bataille et très-brave convive à la salle à manger.

La Rose pouvait avoir trente ans. Il avait combattu à Fontenoy, à l'âge de dix-huit ans, en qualité de simple soldat du régiment de Flandre, et, par ses mérites personnels seulement, il était parvenu au grade honorable de sergent aux gardes françaises. Or, le sous-officier ne croyait pas encore avoir conquis son bâton de maréchal. Grand, bien fait, d'une mine fière, d'une prestance à la fois séduisante et militaire, il se croyait destiné à une assez belle fortune et ne se trouvait pas indigne non plus des bonnes fortunes du meilleur goût. Son légendaire galant commençait même déjà à devenir assez riche, selon son véridique témoignage à lui, la fleur des sergents aux gardes.

— Sergent, dit le capitaine Montaran après les premiers coups de dents très-énergiques de part et d'autre, sergent, à la santé du nouveau colonel!

La Rose se leva, passa délicatement sa serviette sur ses lèvres, et, choquant légèrement son verre contre celui de Raoul :

— Oui, capitaine, à la santé du nouveau colonel que nous n'avons pas eu encore l'honneur d'apercevoir, mais dont on dit des merveilles!

— Oui, des merveilles! dit Montaran, qui découpait un lièvre. Il est jeune... Mais il est nommé colonel aux gardes françaises, et, avec un pareil grade, au début, on arrive bien haut, monsieur de La Rose.

Le sergent, qui humectait son honorable gosier avec du petit vin de Beaujolais, n'acheva pas de vider la coupe; mais, déposant le verre sur la nappe :

— Mon capitaine, dit-il, quiconque est colonel à vingt et un ans doit être maréchal de France à quarante-deux; il n'y a pas de milieu.

— Et si cela n'arrive pas ainsi, monsieur de La Rose?

— On se fait tuer. L'occasion ne manque jamais en France et sur la frontière.

— Buvez, sergent, et vivez! répliqua le capitaine.

L'hôtelier entrait en ce moment.

— Monsieur, dit-il, une dame arrivée au *Faisan-Royal* dans l'après-midi, a entendu nommer M. le capitaine de Montaran; elle l'invite à venir la saluer après souper; elle occupe le grand appartement du premier.

— Une jeune dame! s'écria La Rose.

— Oui, monsieur.

— Qui nous a entendu nommer?

— Qui connaît M. le capitaine.

— Et qui demande à nous voir?

— Qui espère recevoir la visite de M. de Montaran.

— C'est bien, monsieur l'aubergiste, c'est très-bien! Assurez cette dame de nos respects et de notre obéissance à ses ordres.

L'hôtelier sortit.

— Capitaine, dit le sergent, serions-nous en bonne fortune?

— N'y êtes-vous pas toujours, monsieur de La Rose? répondit Montaran.

Le sous-officier releva les deux pointes de sa moustache et se coula à lui-même un regard dans le miroir placé en face de la table.

— Ce qui m'embarrasse, reprit-il, c'est la tenue qui n'est pas galante : tenue de voyage.

— Vous vous rattraperez par les compliments, dit Raoul.

— Je l'espère. Tel que vous me voyez, capitaine, j'ai harangué un jour madame de Pompadour, le roi présent.

— Pas possible!

— Tout ce qui paraît impossible arrive souvent, capitaine. Avec les femmes surtout il ne faut jurer de rien. Madame de Pompadour passait devant moi, qui m'étais mis au port d'armes, à l'entrée de la galerie de Trianon. Elle était seule... la magnifique occasion de lui couler un œil et une parole. Je les lui coule. « — Vraiment? dit-elle de son joli son de voix. On verra cela. » Le roi survient. « — Qu'est-ce donc? — C'est un des plus aimables sergents des gardes qui veut bien m'admirer, sire. — Quoique sergent, on a un cœur et des yeux, sire. — Eh! dit le roi, j'ai bien des yeux et un cœur, moi qui ne suis pas sergent. » Et madame de Pompadour de rire, et le roi de rire aux éclats, et moi de rire avec eux. Le lendemain, je vis que la superbe marquise avait été plus contente de Sa Majesté qu'à l'ordinaire.

— Monsieur de La Rose, dit Raoul, vous devenez horriblement dangereux, même au roi. Et si Louis XV n'était pas survenu?

— Ma foi, capitaine, je me sentais capable de porter la couronne en ce moment.

— Qui eût perdu à cela, sergent?

— J'ai la conscience d'avouer que ce n'eût pas été la marquise, capitaine.

— Touchez là, monsieur de La Rose, reprit Montaran, et veuillez rester ici à boire le vin de Champagne, que j'ai l'honneur de vous offrir. Je crois prudent de monter seul chez ma belle inconnue.

Et, se levant tout à l'aise, le capitaine donna un coup d'œil à sa toilette devant la glace de Venise placée sur la cheminée et jeta un autre coup d'œil très-significatif sur le beau sergent, qui s'apprêtait à le suivre. M. de La Rose se mordit la lèvre, reprit sa place et remplit son verre jusqu'aux bords.

— Il a peur! dit-il en avalant rasade. Il a peur... j'ai la bataille.

M. de La Rose se trompait; Raoul de Montaran était un brave sous tous les drapeaux. Or, en cette occasion-là, sa curiosité était vivement piquée; aussi montait-il l'escalier comme on va à l'assaut, quatre par quatre, le cœur assez ému et la tête passablement folle. Arrivé dans l'antichambre, il trouva un nègre en livrée. Raoul dit son nom; le nègre ouvrit les deux battants et annonça le capitaine.

Une belle jeune femme était assise au coin de la cheminée, seule dans le salon, allongeant vers le feu deux pieds divins, bombés, effilés, charmants, chaussés de jolies mules de brocart et à talons rouges. Dès que le capitaine aux gardes parut sur le seuil, un éclat de rire des plus jeunes, des plus francs l'accueillit. Il courut à l'inconnue, et tombant à ses pieds :

— Vous ici ! s'écria-t-il. Ah ! charmante, d'où sortez-vous ?

— De ma chaise de poste, mon ami. Ne savez-vous donc pas que je fais ma tournée? J'arrive de Bordeaux et je vais à Lyon, où je suis attendue après demain par un public *idolâtre*... Ne riez pas Raoul; je danse après-demain, à Lyon, devant le duc de Richelieu, qui revient d'Espagne, après avoir pris les îles Majorque et Minorque aux Anglais, vous le savez.

— Diable d'homme! reprit le capitaine; à soixante ans, il prend des îles et fait courir au-devant de lui la fleur des pois de nos princesses d'opéra.

— Jaloux! archi-jaloux, répliqua mademoiselle de Champ-Fleury, car c'était bien elle; quand croirez-vous donc à ma vertu, monsieur?

— Quand vous aurez des faiblesses pour moi, mademoiselle.

— Voilà de la franchise, et j'aime cela, réplique Rosemonde de Champ-Fleury; un amant ne croit à sa maîtresse que lorsqu'elle cède; la vertu, à vos yeux, messieurs les amoureux, c'est de pécher avec vous et de faire damner tous les autres. Or çà, capitaine, où allons-nous ?

— Devinez, dit Montaran; devinez, magicienne!

— Ah! j'ai peur. Le Montaran va se marier... Casse-cou, Raoul, casse-cou !

— Non, mademoiselle; on va, d'après l'ordre du roi, chercher un colonel nommé aux gardes nouvellement.

— Vous allez chercher votre colonel, Raoul? Et le pauvre petit n'a pas le biais de marcher tout seul et d'aller rejoindre son régiment! Vous tombez dans l'enfance, messieurs de l'armée...

— Taisez-vous, charmant démon, dit le capitaine; vous ne connaissez ni les usages militaires, ni les règles de l'étiquette.

— Non, mais je connais beaucoup de ridicules. Où est votre colonel?

— Dans un château, près d'ici.

— Chez madame sa mère, attaché aux jupes de sa grand'mère, qui lui donne des dragées?

— Ne raillez pas mon colonel, Rosemonde; cela me fait de la peine. Il est en ce moment au château d'une grande dame, sa tante...

— Ah! le petit a une tante...

Et Rosemonde de Champ-Fleury se mit à chantonner avec une espièglerie charmante les premier vers de la chanson :

> J'avais une marraine;
> Que mon cœur, que mon cœur a de peine!
> J'avais une marraine,
> Que j'aimais tendrement.

Raoul se jeta aux genoux de l'impitoyable Rosemonde, et, prenant ses belles mains blanches, il se mit à les baiser avec une vivacité qui tenait de l'amour et de la prière.

— Au nom du ciel! dit-il, cessez. Vous voulez donc me faire mourir de chagrin? Ne rendez pas ridicule à mes yeux l'homme titré, le chef auquel je dois obéir.

— Oh! s'il en est ainsi, mon ami, ajouta Rosemonde, je cède la partie. Mais écoutez, il me vient une idée. D'après ce que je crois entrevoir, votre petit colonel est peu sorti de chez lui; il ignore le monde, et, par conséquent, il y fera vingt sottises, plus lourdes les unes que les autres, en y entrant. Il sera son plus cruel ennemi à lui-même et se vengera sur ses inférieurs de tous les malheurs qui l'atteindront. Vous aurez un petit tyran, un maître hargneux, insociable. Dans l'intérêt de tous les officiers de votre régiment, qui m'aiment; dans votre intérêt surtout à vous, Raoul; dans l'intérêt même de l'honneur militaire et de la gloire du roi, je veux contribuer à former le caractère et l'esprit de votre colonel.

— Vous! s'écria Montaran, toujours aux genoux de la belle et charmante fille. Allez-vous devenir sa maîtresse, mademoiselle?

— Impertinent! dit Rosemonde. Pour qui me prenez-vous?

— Ah! reprit vivement Raoul, Dieu m'est témoin que c'est pour moi seul que je voudrais vous prendre. Poursuivez.

— Donc, dit la belle danseuse de l'Opéra, je vous suis chez le colonel, ou plutôt chez son illustre tante.

— Mais vous êtes folle! ajouta Raoul.

— Folle de raison, de sens commun, de savoir-vivre, oui, monsieur.

— Et le public *idolâtre* qui vous attend à Lyon?

— Eh bien! il continuera à m'idolâtrer et à m'attendre.

— Et le duc de Richelieu, à qui la bonne ville, la seconde ville du royaume vous a promise?

— Si la ville de Lyon a commis cette impertinence, j'aurais l'outrecuidance de lui rire au nez et de disposer de moi-même à mon gré. Me promettre au maréchal! Me jeter sur la scène pour les menus plaisirs de M. le maréchal! Me dire : Danse, saute, pirouette pour M. le maréchal! Un moment, messieurs; allez chercher ailleurs vos baladins et vos baladines. Faites mieux : dansez vous-mêmes avec mesdames vos épouses et mesdemoiselles vos filles; le duc sexagénaire en revient aujourd'hui, dit-on, aux jeux innocents. — Raoul, je pars avec vous.

— Je vous aime beaucoup, mademoiselle, reprit le capitaine; mais je ne vous comprends pas. Vous êtes fantasque, bizarre, extraordinaire.

— Voilà pourquoi vous m'aimez, monsieur de Montaran; n'en cherchez pas la cause ailleurs. Je pars avec vous.

— Et comment vous présenter au château de madame la duchesse de Montorgueil, la duchesse de Montorgueil, la tante du colonel?

— Montorgueil! nom ravissant pour une tante, dit Rosemonde. Or çà, me prenez-vous pour une Agnès, pour une jolie pensionnaire qui rougit en revoyant son grand cousin? Allez devant, monsieur, allez devant; j'arriverai après vous, et vous pourrez juger de mon entrée de ballet; je suis assez bonne comédienne, ce me semble.

— Ma foi, dit Montaran, faites ce qu'il vous plaira;

je suis votre étoile; elle fut toujours si heureuse! A quelle heure partirez-vous demain?

— Deux heures après vous, capitaine.

Un bruit se fit entendre dans l'antichambre.

— Qu'est-ce donc? dit Rosemonde.

Le nègre entra et demanda à sa maîtresse si elle voulait faire l'honneur à M. de La Rose de le recevoir.

— M. de La Rose! s'écria la charmante étourdie. M. de La Rose! Miséricorde! si je veux le recevoir!... Faites entrer et bien vite.

Et, se tournant vers Montaran, piqué au vif et contrarié sérieusement :

— Mais connaissez-vous cela, capitaine.

— Oui, dit celui-ci, un sergent aux gardes et qui m'accompagne. Un séducteur... je vous en préviens.

Son regard prit une telle expression en prononçant ces derniers mots, que la belle Rosemonde en fut presque courroucée. Fille à imagination ardente, charmant esprit, d'une légèreté qui ressemblait beaucoup à la folie, mademoiselle de Champ-Fleury, un des premiers sujets du corps de ballet à l'Opéra, n'en était pas moins une personne sage et fort distinguée, avec tous les dehors de la galanterie. L'espèce de défi que lui jeta Raoul, à propos du sergent séducteur, la mit en colère sérieusement. Mais, en bonne fille, en spirituelle enfant, elle ne put garder la rigueur de la bouderie. En voyant apparaître la personne importante et merveilleuse de M. de La Rose, le fou-rire la gagna. Elle contint cependant un éclat de gaîté qui eût blessé le sergent.

Celui-ci, avec cet admirable aplomb que donne à un sous-officier la conscience des avantages de son physique et des agréments de son esprit, s'avança d'un pas cadencé et mesuré jusqu'au milieu du salon; là, le chapeau à la main gauche et la droite passée dans la veste à la hauteur de la poitrine, il s'inclina trois fois, décrivant à chaque salut un chassé-écarté, comme un menuet.

Mademoiselle de Champ-Fleury se leva avec gravité et rendit deux révérences. Raoul avait pris le parti de rire de l'aventure. Le dos à la cheminée, il assistait au joli spectacle du plus outrecuidant des sergents aux gardes, en ce moment aux prises avec la plus fine et la plus railleuse fille de l'Opéra.

Le sergent, en voyant la beauté et la distinction de Rosemonde, ne douta plus qu'il n'eût affaire à quelque illustre dame de province, se rendant à la cour. Un peu décontenancé, peut-être aussi un peu étourdi de son propre coup de tête, il ne s'exprima pas moins en ces termes et d'une manière assez naturelle :

— Madame, s'il y a dans ma *démarche* une grande témérité, il y a aussi, dans cette même *démarche*, une haute admiration. En désirant avoir l'honneur de vous offrir mon hommage, je me suis *conformé* d'abord à l'usage de la courtoisie; secondement, j'ai subi la loi qui subjugue tous vos adorateurs; troisièmement, j'ai suivi (et je ne pouvais mieux agir) l'exemple de mon capitaine, le vrai modèle de la galanterie. En conséquence, madame, et comptant sur votre grande indulgence, permettez à La Rose, sergent instructeur aux gardes françaises, de venir se dire ici votre très-humble serviteur.

— Monsieur, dit Rosemonde avec une dignité ravissante, je suis charmée de votre visite; M. de Montaran m'avait déjà beaucoup parlé de vous.

Le sergent salua son capitaine.

— Madame, reprit-il, j'ai eu l'indiscrétion de demander votre nom à l'hôtelier, et...

— Il n'a su vous le dire, monsieur. Je voyage incognito. C'est à peine si je dis mon nom dans une occasion sérieuse. Que peut-on craindre d'une femme? Mais vous êtes discret, monsieur de La Rose : je me nomme la marquise de Montplaisir.

— Ah! madame la marquise, répliqua le sergent, je ne connais que cet illustre nom. N'aviez-vous pas un frère, un cousin, un oncle, peut-être, à la bataille de Fontenoy?

— Un cousin, monsieur.

— Dans les carabiniers de la reine, lieutenant?

— Dans les carabiniers, lieutenant.

— Madame la marquise, il fit des prodiges de valeur; il reçut deux balles dans la cui... la jambe, et c'est moi qui ai eu l'honneur et le bonheur de le relever et de le poser sur un charriot d'ambulance.

— Comment, c'est vous, monsieur? exclama Rosemonde.

— Eh! mon Dieu! oui. Ce brave lieutenant, comte de Montplaisir, comment se porte-t-il, madame?

— Il est on ne peut mieux rétabli, monsieur. Retiré aujourd'hui dans ses terres du Poitou, avec le grade de lieutenant-colonel et père de six garçons, dont il compte faire un jour cadeau au roi. Monsieur je vous dois un cousin.

Le sergent souriait et parfilait sa moustache avec une indicible satisfaction. Selon son principe d'attraction, il était loin d'avoir négligé le moyen magnétique de l'œillade : cinq ou six fois il avait *coulé un œil* à la belle marquise, et deux fois (c'était à en perdre la tête), oui, deux fois, la noble dame lui avait *recoulé* un de ses beaux yeux. La Rose, à peu près sûr de son premier pas, devint d'une réserve stoïque. Le capitaine était là, et le capitaine y voyait clair. La chose pouvait donc se gâter.

— Allons, monsieur de La Rose, dit la marquise, je compte sur vous pour demain. Je vais aussi au château de Montorgueil.

— J'y serai, madame la marquise, répondit-il imperturbablement. — Elle s'y prend, ajouta-t-il en lui-même.

— Mon cher La Rose, dit Montaran, spectateur jusque-là, nous avons notre courrier à écrire ce soir. Si nous demandions à madame la permission de nous retirer...

— Déjà, messieurs! reprit la marquise.

— Ah! voilà un *déjà* qui m'est personnel, pensa le sergent.

— Adieu donc, messieurs, ajouta-t-elle. A demain!

Le capitaine et le sergent saluèrent profondément... On leur *tirait* de superbes révérences. Soit négligence, soit hasard, les lumières de l'antichambre étaient éteintes; la marquise suivit jusque-là Montaran, qui, se retournant, lui baisa la main à petit bruit. Mais La Rose avait aperçu la noble dame qui les suivait; dans un moment de trouble, il donna trop à gauche dans l'obscurité, saisit une main et imprima sur elle ses lèvres de flamme... Heureux, triomphant, M. de La Rose venait de baiser amoureusement la main du nègre, se tenant debout dans l'ombre, près de la porte.

## MONTORGUEIL.

Il était midi environ, lorsque le capitaine Raoul de Montaran, suivi de ses deux piqueurs et escorté de son sergent, entrait dans la grande avenue de ché-

Permettez à La Rose, sergent instructeur aux gardes-françaises, de venir se dire ici votre très-humble serviteur.
— Page 7, col. 1re.

nes qui menait à la grille du château Montorgueil. Cette noble demeure était située à mi-côte dans les montagnes du Bourbonnais, à quelques lieues de Moulins. De ces terrasses spacieuses, la vue s'étendait dans un lointain pittoresque. Les belles plaines de Moulins formaient le plateau central du paysage, et à l'est et au sud se découpaient sur un fond bleu turquois les cîmes dentelées, les pics neigeux de la chaîne montagneuse du Lyonnais, du Forez et de l'Auvergne.

En avançant dans la grande allée des chênes, qui serpentait sur le coteau, Raoul arrêta deux ou trois fois son cheval, pour mieux admirer le grandiose paysage. Le sergent, esprit très-peu rêveur et fort peu épris des beautés de la nature, arrêtait aussi sa monture pour tenir compagnie au capitaine, mais avec cette différence, qu'il ne suivait des yeux dans l'espace que la ravissante figure de la belle marquise dont il avait si tendrement baisé la main, la veille, à l'auberge du *Faisan-Royal*.

— Capitaine, dit-il tout à coup, je crois que nous touchons à la fin de l'étape, j'entends aboyer les grands chiens de cour du château.

— Allons, reprit Raoul, rendons-nous auprès du colonel.

Dix minutes après, les quatre chevaux passaient la grille armoriée du château de Montorgueil. Les voyageurs étaient attendus certainement, car les palefreniers se hâtèrent d'aller à eux et s'emparèrent des chevaux pour en avoir soin, sans s'informer qui étaient les cavaliers.

Montaran avait recommandé au sergent la plus grande réserve, et en si bons termes, et avec un tel accent, que M. de La Rose se le tenait pour dit. Il connaissait parfaitement le naturel du capitaine, cœur excellent, caractère facile dans les habitudes communes de la vie, mais homme doué d'une énergie à toute épreuve et d'une sévérité militaire qui n'était autre qu'un sentiment d'honneur bien placé. Le sergent resta dans les salles basses.

Un laquais précéda le capitaine. Arrivé dans une immense antichambre dont les deux cheminées avaient plus de six pieds d'élévation, le laquais demanda le nom et le titre qu'il fallait annoncer.

— Le capitaine Raoul de Montaran, lui dit l'officier.

La porte du salon ne s'ouvrit qu'à un seul battant. Un titre de comte ou de baron eût suffi pour que les deux battants se fussent noblement ouverts en même temps.

Il n'y avait qu'une seule personne dans ce grand salon, dont l'ameublement datait du milieu du règne de Louis XIV, c'est-à-dire de la plus belle époque de la somptuosité du goût et de la noblesse dans le costume et les meubles.

Montaran vit un abbé qui se chauffait les jambes, assis sur un pliant de velours cramoisi, et qui détourna à peine la tête du côté de la porte d'entrée. Le capitaine ne crut pas devoir le saluer comme maître de maison, et il se dirigea, lui aussi, vers le foyer où pétillait un grand feu, clair et rose, un vrai feu de château. Tournant alors le dos à la cheminée en se chauffant les pieds par les talons, il jeta du haut

Capitaine, pourriez-vous me dire le nom de la charmante personne. — Page 13, col. 1re.

en bas un regard observateur sur l'ecclésiastique assis près de lui. Montaran avait demandé madame la duchesse de Montorgueil et il l'attendait résolûment.

Le personnage qui se chauffait les jambes était un homme d'environ quarante à quarante-cinq ans, portant le petit collet, l'habit noir carré, des bas de soie noire et des boucles d'or à ses souliers. Toute sa tenue était irréprochable d'ordre et de propreté. Sa chevelure, enroulée avec soin autour de la tête, exhalait un parfum d'ambre de très-bon aloi.

Contrarié sans doute de l'arrivée du capitaine, dont l'entrée avait été assez brusque, piqué même de son peu d'empressement à engager la conversation, le personnage noir releva légèrement la tête, et, regardant de profil le nouveau venu :

— Monsieur, dit-il, je suis l'abbé de Saint-Yrieix.

— Et moi, monsieur, dit le militaire, le capitaine Raoul de Montaran.

— Officier aux gardes françaises? demanda l'abbé avec une certaine émotion.

— Oui, monsieur l'abbé.

— Celui qui...

— Certainement, monsieur l'abbé...

— Celui que...

— Précisément, ajouta Raoul en inclinant légèrement la tête.

L'abbé se leva. Une teinte rose colora ses joues naturellement un peu pâles. Il crut devoir saluer avec une certaine considération l'officier aux gardes, qui lui rendit son salut en bonne règle.

— Monsieur le capitaine, reprit l'abbé, soyez le bienvenu. Nous ne vous attendions que dans deux ou trois jours.

— Est-ce que j'arriverais trop tôt? demanda Raoul.

— Non, non, assurément, jamais assez tôt. Il faut que j'aille prévenir madame la duchesse avant que mon élève soit instruit de votre arrivée.

A ces mots, l'abbé quitta lestement le salon, laissant le capitaine livré à ses réflexions.

— Mon élève! répétait Montaran. Ah! j'y suis; le colonel a un frère en bas âge, probablement. Cet abbé de Saint-Yrieix est un gouverneur : j'aurais dû m'en douter au parfum ambré qu'il exhale et à sa politesse si peu parfumée.

Le capitaine eut le temps d'examiner l'ameublement du salon et les nobles portraits qui se dressaient en pied contre la sombre tapisserie cramoisie, encadrée d'une large bordure de bois doré et merveilleusement sculpté. Le roi Louis XIV, placé au-dessus d'une riche console, en face de la cheminée, était parfaitement reconnaissable à sa somptueuse perruque noire, partagée sur le front et dont les bouillons roulaient jusqu'aux épaules, à son grand nez aquilin, à sa fière mine et à son cordon bleu. Ce portrait royal trônait là, dans ce salon, au milieu de huit autres personnages, tous en habits militaires et chamarrés de cordons rouges. Un grand lustre du plus beau style, bronze doré et cristaux taillés à facettes, pendait du plafond; quatre glaces immenses et de la plus belle eau semblaient quadrupler l'appartement. Quant aux consoles, aux fauteuils, au canapé, à la grosse pendule plaquée contre la tapisserie, à droite de la cheminée, tout était du meilleur goût et noblement riche. On voyait que, dans ce salon, rien n'avait bougé depuis cent ans. Cependant, comme unique concession à la mode du moment, quelques porcelaines de Saxe et quelques magots se montraient sur une des consoles. Quant à la cheminée, haute et d'un marbre noir veiné d'or, son manteau était si étroit que rien ne pouvait être posé dessus. Sous Louis XIV, les cheminées étaient faites pour donner de la chaleur aux appartements et non pour servir de support à je ne sais quels ornements de bon ou de mauvais goût, qui, depuis lors, les transforment en devantures de magasin.

Un laquais vint prier M. le capitaine d'avoir la bonté de le suivre. Montaran se rendit à l'invitation. Il traversa une galerie, et vit le laquais qui ouvrait les deux battants d'une porte. C'était la bibliothèque du château; charmante retraite située dans une tour ronde. La duchesse, qui était là avec M. l'abbé de Saint-Yrieix, se leva, et même elle fit un pas vers l'officier aux gardes françaises.

— Monsieur de Montaran, lui dit-elle avec un sourire qui ne manquait pas de grâce, je vous sais bien bon gré de votre empressement. Vous avez reçu mes lettres et j'ai reçu les vôtres. Je me félicite du choix que le corps d'officiers de votre régiment a fait de votre personne, monsieur, pour venir chercher le colonel et lui servir d'escorte. Le roi a autorisé la prise en possession du régiment qui appartient depuis quinze ans au marquis de Montorgueil, mon neveu. Ainsi, monsieur, tout est bien en règle; il ne me restera plus... hélas!... qu'à remettre entre vos mains mon cher enfant...

Deux larmes d'attendrissement sillonnèrent les joues plaquées de carmin de madame la duchesse. Un moment de silence succéda au soupir de la noble dame. Montaran prit la parole, après s'être assis dans un fauteuil qu'on lui désigna devant le tapis de velours vert frangé d'or de la table. C'était un vrai conseil de ministres.

— Madame la duchesse, dit l'officier, je suis très-honoré de la confiance que vous me témoignez. Voudriez-vous avoir la bonté de répondre à mes questions, elles sont guidées par le dévouement. Quel âge a le colonel?

— Il vient d'atteindre sa vingt et unième année, monsieur.

— Vingt et un ans! Son éducation est complète, je n'en doute pas?

La duchesse indiqua l'abbé par un geste bienveillant qui pouvait se traduire ainsi : voilà son excellent et savant gouverneur.

— Madame, un colonel aux armées du roi, étant éventuellement appelé à faire des campagnes à la tête de son régiment, doit nécessairement connaître à fond les théories de manœuvres et l'art de la guerre en général.

— Le marquis de Montorgueil, reprit l'abbé en se renversant sur le dos de son fauteuil, explique à livre ouvert les *Commentaires de César* et l'*Histoire de Xénophon*.

— Fort bien, reprit Montaran, mais il est probable que le colonel, aujourd'hui, n'aura à combattre ni les Allobroges, ni les Celtes, ni même à diriger une seconde fois la retraite des dix mille Grecs du général historien Xénophon. L'art de la guerre a changé de stratégie. Nous avons affaire à des Anglais et à des Allemands qui se battent avec du canon.

— Où voulez-vous en venir, monsieur le capitaine? reprit l'abbé.

— A donner au colonel l'instruction militaire à l'usage des temps modernes.

— Dites que vous voulez refaire l'éducation que je lui ai donnée.

— Non; mais la compléter, monsieur l'abbé. J'ai dans mes bagages tous les ouvrages techniques et spéciaux à l'art militaire. De plus, j'ai amené avec moi un excellent sergent instructeur pour la pratique du maniement des armes. Car un chef de corps doit connaître nécessairement jusqu'aux moindres détails concernant son arme, et...

— C'est-à-dire, reprit l'abbé, que vous voulez en faire un bas-officier.

— Monsieur, reprit Montaran, Turenne, Condé, Villars, Luxembourg, et, de nos jours, le maréchal de Soubise et notre grand maréchal de Saxe, ont souvent pointé un canon avec une rare habileté. Un officier supérieur doit savoir manier un fusil comme le premier grenadier venu. J'ai l'honneur de m'adresser aux nobles sentiments de madame la duchesse, à son cœur comme à sa raison éclairée, et je la supplie de me permettre de passer huit jours avec mon colonel, ici même, dans ce château, mais tête-à-tête avec lui, occupé uniquement du supplément d'éducation qui lui manque. Mon sergent instructeur seul sera admis dans notre intimité. C'est ici une question vitale pour l'avenir de M. le marquis. De deux choses l'une, ou il veut n'avoir que le titre, fort honorable sans doute, de colonel d'un régiment des gardes, ou il veut commander lui-même son régiment, faire des campagnes, servir Sa Majesté et devenir un jour officier général, maréchal de France même; car le chemin de la gloire lui est ouvert. Il est bien beau d'ajouter des lauriers, gagnés de sa propre main, au noble écusson, illustré déjà par de grands noms militaires.

La duchesse de Montorgueil se leva, l'œil brillant, l'air animé, et prenant une attitude imposante :

— Monsieur de Montaran, s'écria-t-elle, vous êtes un brave! Certes, entre vos mains, le noble descendant de tous les illustres gentilshommes dont vous avez pu voir les portraits dans le grand salon, ne mentira pas à sa race. Sa naissance est de première lignée, monsieur; par son père, feu le marquis, et par mon époux, son oncle, qui vit encore, il est seul héritier du nom de Montorgueil, qui emporte duché-pairie; il est en outre marquis de Maltravers et prince de la vallée de Trésignano, dans les Etats du duc de Savoie. Sa fortune actuelle est déjà suffisante (deux cent mille livres de rente); mais elle doit s'augmenter de la mienne et de celle de M. de Montorgueil, mon mari, c'est-à-dire de cinquante mille écus de revenu en belles et bonnes terres. De plus, monsieur, nous avons pour le marquis un parti superbe à tous les titres : la fille d'un grand d'Espagne, avec quatre millions de dot dans son tablier, le jour du mariage. Croyez-vous, monsieur de Montaran, qu'avec tout cela on ne soit un homme distingué?

La duchesse reprit son fauteuil.

— Oui, madame, dit l'inflexible capitaine. Cela suffit à un grand seigneur; mais cela ne suffit pas à un homme de race qui se destine au métier des armes et qui veut illustrer son épée.

— Bien! très-bien! reprit la noble châtelaine. J'aime cette franchise. Vous êtes digne, monsieur, de l'amitié et de la confiance de mon neveu. Je vais donner des ordres pour que le bâtiment appelé la Faisanderie, situé au bout du parc, soit à votre disposition. Vous vous y établirez avec le marquis. Vous y aurez vos gens et les siens. Là, vous passerez huit jours ensemble. Ce sera une école militaire, monsieur, mais une école d'où l'on verra sortir (je prends acte de vos paroles) un des officiers les plus distingués de Sa Majesté, et qui, un jour, aura le bâton de maréchal de France. Huit jours de retraite et d'instruction, monsieur, j'y consens.

Le capitaine s'inclina en se disant à lui-même :

— Huit jours d'instruction pour devenir maréchal de France! La noble tante et le neveu ne font pas là une très-mauvaise affaire.

La séance fut levée. Le sort du colonel venait d'être fixé. Madame la duchesse de Montorgueil fit l'honneur au capitaine de lui demander son bras pour l'accompagner au grand salon.

La noble dame pouvait avoir cinquante-cinq ans, et, chose fort louable, elle ne cherchait nullement à se rajeunir même de six mois. Elle avait une belle taille et ce qu'on appelait un *port de reine*. Ses traits étaient réguliers, grands, et accusant par leur accent bien marqué une grande fermeté de caractère. Quelques mouches, habilement posées sur le carmin et le blanc de ce visage, long et maigre, donnaient à la physionomie plus d'animation. Le regard de la duchesse était imposant; de prime abord, on la redoutait, mais, trois minutes après, on se faisait à elle, à cause de ses excellentes manières et de l'éducation exquise qui tempérait par degré une fierté naturelle toujours au moment de se cabrer. La duchesse de Montorgueil avait vécu à la cour dans sa jeunesse. Fort belle et fort distinguée, elle y avait eu ce que l'on nommait des succès, c'est-à-dire qu'elle avait été l'objet des attentions des seigneurs les plus à la mode. Mais son triomphe n'eut que peu de jours; la duchesse, par une sévérité de principes, fort honorable du reste, eut bientôt désespéré ses adorateurs, qui se hâtèrent d'abandonner une conquête impossible, ou tout au moins incertaine, tout en déclarant qu'on avait beaucoup mieux ailleurs, et que la place de guerre ne valait pas les frais du siége. Admirable système pour panser les plaies de l'amour-propre blessé. Donc la duchesse de Montorgueil quitta la cour de France, la cour du jeune Louis XV, avec une réputation de vertu dont le roi lui-même se souvenait encore à Versailles, et dont il parlait avec une sorte d'étonnement.

Quant au duc son mari, il rachetait depuis longtemps, par la facilité de ses mœurs, les *ridicules* austères de son *abbesse* de femme, comme on l'appelait. Établi à Paris depuis près de vingt-cinq ans, M. de Montorgueil, un peu plus âgé que la duchesse, menait la vie de garçon dans toute l'étendue de l'expression; laissant le soin de toutes ses affaires à sa rigide et consciencieuse *abbesse*, moyennant une pension de soixante et quinze mille livres de rente que l'excellente duchesse avait soin de lui servir par quartiers et par l'entremise de son notaire. Ainsi, madame de Montorgueil, à tout prendre, était réellement une femme vertueuse. Seulement elle était de sa caste et de son temps; elle avait tous les préjugés, tous les entêtements, toutes les idées follement sévères et sévèrement folles d'une époque de décadence, où la société aveuglée marchait en riant vers des abîmes. Du reste, ne nous y trompons pas; par principe, par sympathie naturelle et par souvenir, madame de Montorgueil se rejetait vers le passé avec enthousiasme, blâmant le présent aux dépens des jours anciens, rappelant sans cesse les merveilles du dernier règne, dont sa mère et sa grand'mère lui avaient si souvent raconté la pompeuse odyssée.

Arrivée dans le grand salon, le premier soin de la duchesse fut de s'informer des nouvelles du marquis. Il était temps d'ailleurs de le prévenir de l'arrivée d'un officier de son régiment. Le cœur du brave capitaine de Montaran battait d'une certaine émotion. Raoul, dans ce moment-là (le croirait-on!), Raoul avait peur. Et de quoi, bon Dieu? Raoul avait une peur horrible de voir ses pressentiments réalisés.... Il vivait depuis quinze jours avec l'appréhension pénible que son colonel ne fût un être non-seulement ridicule, mais encore incorrigible. Or, la pensée de servir sous les ordres d'une *poupée* lui troublait la cervelle, à lui, esprit sérieux, bon vivant, brillant officier, devant tout à lui-même, cœur généreux, et comprenant la profession des armes comme l'avaient comprise les grands capitaines dont il relisait la vie bien souvent : Duguesclin, don Juan d'Autriche, les Guise, Henri IV, Condé, Turenne, Catinat et tant d'autres.

Aussi, lorsque la duchesse demanda où était son neveu, le pouls du capitaine battit avec violence. Le valet de chambre sortit et revint cinq minutes après :

— Madame la duchesse, dit-il, M. le marquis, en ce moment, prend une leçon de menuet dans son appartement.

Montaran pâlit et se mit à tisonner le feu pour avoir un moyen de frapper avec du fer sur quelque chose. L'abbé de Saint-Yrieix se mit à feuilleter un gros in-folio posé sur une console, *l'Art d'empailler les Oiseaux et de préserver les collections de Papillons des ravages des vers*. Quant à la duchesse, elle se contenta de répondre :

— Vous lui direz que M. de Montoran, officier aux gardes françaises, est arrivé.

Plus de doute, aux yeux de Raoul, la chose était claire. Le marquis était un *muguet* élevé en serre chaude par ce jardinier-fleuriste et bel esprit, appelé l'abbé de Saint-Yrieix. S'il avait été en plein air et en compagnie seulement de son sergent, le capitaine Raoul se fût mis à sacrer comme un corsaire; moyen excellent pour se dégonfler la rate. Ce fut dans ce moment-là que le même valet de chambre, rentrant dans le salon, vint parler à voix discrète à madame de Montorgueil.

— Comment? dit la duchesse. Mais je n'ai pas l'honneur de la connaître. N'importe, Normand, n'importe, priez-la d'entrer, je n'ai jamais refusé l'hospitalité à quiconque l'a réclamée.

Ces dernières paroles frappèrent l'oreille de Raoul comme le son aigu d'une cloche qui rappelle un souvenir effacé. Il se leva vivement, et, s'éloignant de la cheminée, il alla se placer dans l'embrasure profonde d'une des fenêtres du salon, comme dans un bastion d'où il pourrait observer les premières manœuvres de l'ennemi, car c'était bien réellement à ses yeux une visite fatale que cette apparition de Rosemonde de Champ-Fleury, qu'il avait oubliée au milieu de ses appréhensions de toute autre nature. Raoul aimait mademoiselle de Champ-Fleury qui, jusque-là, lui avait résisté ainsi qu'à tant d'autres. Eh bien! Raoul, dans ce moment-là, eût mis sans plus de façon à la porte du château de Montorgueil une des plus charmantes filles du royaume de France, ses amours et sa joie, à lui, le bon et vaillant capitaine.

Quelques minutes à peine s'étaient écoulées lorsque les deux battants de la porte du salon s'ouvrirent, et le laquais annonça d'une voix triomphante :

— Madame la marquise de Montplaisir.

C'était bien Rosemonde dans tout l'éclat de sa grâce et de sa beauté.

### UN COLONEL.

Mademoiselle de Champ-Fleury n'était pas femme à s'aventurer dans une folle entreprise, sans avoir prévu une retraite honorable, le cas échéant. Du premier coup d'œil elle devina le caractère de la duchesse de Montorgueil. Aussi ce fut par l'abandon et la franchise (le sublime de la dissimulation) qu'elle procéda de prime-abord. Dire qui elle était (son nom d'emprunt), comment sa voiture de voyage s'était brisée, comment elle avait été forcée de la laisser à Moulins ; comment, elle, jeune femme de qualité et sans appui en pays étranger, s'était souvenue du château de Montorgueil dont elle avait entendu souvent vanter la noble hospitalité ; expliquer ses peines, ses craintes, sa confusion pour une démarche, peut-être téméraire ; parler de sa reconnaissance ; glisser dix ou douze paroles de fine louange adressée à la noble châtelaine, tout cela fut débité en trois ou quatre minutes et avec de si bonnes manières, tant de goût et de grâce, que la duchesse, émerveillée de cette belle apparition, tendit les bras et voulut embrasser la charmante visiteuse que le ciel lui envoyait. Le traité venait d'être signé : madame la marquise de Montplaisir, reconnue pour une ravissante femme de qualité, pouvait, dès ce moment, user largement du droit d'hospitalité au château de Montorgueil.

L'incroyable fille répondait à tout, et avec un aplomb, une simplicité à désorienter le plus clairvoyant. Montaran, toujours blotti dans l'embrasure de la fenêtre, ne revenait pas de son étonnement qui finit par devenir de l'admiration. Il se sentait entraîné, malgré lui, dans cette folle aventure. Résister était impossible ; il finit donc par le coup de tête le plus prudent, qui était d'accepter un rôle et d'entrer résolûment en scène dans cette comédie inventée par Rosemonde.

Il s'avança vers elle et se félicita du bonheur de rencontrer madame la marquise, qu'il avait déjà eu l'honneur de saluer à Moulins.

— Oui, dit Rosemonde, je connais M. de Montaran; c'est un vrai chevalier. Je l'avais même prévenu hier au soir, à l'auberge, de l'impossibilité où je me trouvais d'attendre seule, dans une hôtellerie, les réparations à faire à ma voiture, et du projet téméraire que j'avais de venir demander asile à la meilleure et la plus noble des femmes.

La duchesse, à ces mots, embrassa de nouveau Rosemonde qu'elle finit par appeler *mignonne* et *mon cœur*. Quant à M. l'abbé de Saint-Yrieix, il avait cessé de feuilleter *l'Art de l'empailleur*, pour s'approcher du bel oiseau de nouvelle espèce qui venait d'apparaître. Mademoiselle de Champ-Fleury jugea bien vite qu'il fallait nécessairement prendre cet abbé dans son filet, si elle voulait elle-même avoir ses franches coudées dans la maison. Elle répondit aux prévenances de M. de Saint-Yrieix par une décence de regards et une aménité de sourire dont le cher abbé se sentit tout emmiellé en trois minutes.

L'impression était si vive chez M. de Saint-Yrieix, qu'il ne résista point au désir d'avoir quelques plus amples renseignements sur la nouvelle venue. Il prit le bras du capitaine Montaran, et, l'emmenant à la fenêtre :

— Monsieur, lui dit-il, voilà une femme charmante.

— Oui, monsieur l'abbé, répondit Raoul assez surpris.

— Et d'autant plus dangereuse, ajouta l'abbé, qu'elle ignore elle-même tout le danger de sa grâce.

— En vérité, dit Montaran.

— Vous la connaissez ?

— Beaucoup, monsieur l'abbé.

— Elle vit dans le grand monde ?

— Et le grand monde vit admirablement avec elle.

— Elle est veuve ? elle l'a dit tantôt.

— Veuve... Hélas ! oui, toujours veuve ! reprit Montaran avec un soupir.

— Je n'ai jamais rencontré plus de distinction et de souplesse dans les poses, plus d'éclat et en même temps plus de velouté dans le regard...

— Eh ! eh ! monsieur l'abbé, dit le capitaine.

— Non, en vérité... et vraiment je ne sais trop s'il est bien prudent à moi de laisser venir ici mon élève.

— Le colonel ? dit l'officier aux gardes. Que diable ! c'est un homme.

— Précisément, reprit M. de Saint-Yrieix ; c'est un homme... et non pas un ange.

— Ni un abbé, ajouta Montaran.

— Hélas ! monsieur, les abbés sont des hommes.

— C'est juste, dit le capitaine ; mais enfin où voulez-vous en venir ?

— A préserver mon élève.

— Eh bien ! monsieur, reprit l'officier, emmenez-le, éloignez-vous avec lui.

— Il vaudrait mieux que, dès ce moment, le jeune colonel s'éloignât en compagnie du brave officier qui doit l'initier au métier des armes.

— C'est-à-dire, reprit Montaran, un peu piqué, c'est-à-dire que monsieur de Saint-Yrieix, très-enchanté de rester au salon en ce moment, invite son élève et moi à quitter la place et à aller porter ailleurs notre cœur et nos rêveries. Merci, monsieur l'abbé.

— Comme vous me comprenez peu ! mon cher monsieur de Montaran.

— Mais il me semble que la chose parle d'elle-même.

— Pas du tout, monsieur ; il y a ici péril pour la jeune tête et le cœur de mon élève...

— Et en gouverneur dévoué, reprit Raoul, vous voulez seul faire face au danger... vous exposer seul à la grâce du regard, à la séduction de manières, à l'harmonie du son de voix de l'ennemie, tandis que le colonel et moi irons chevaucher au grand air en toute sécurité. Non, non, monsieur l'abbé, ce serait trop d'égoïsme de notre part et trop de dévouement de la vôtre. Pour moi, je ne vous laisserai pas en si grand péril.

M. de Saint-Yrieix, déjà aux trois quarts épris, allait répliquer, lorsque la porte s'ouvrit pour donner passage à un tout jeune homme blond, frais, délicat comme une femme, chaussé de jolis souliers à talons rouges, vêtu d'un habit de soie vert tendre, brodé d'argent, portant la veste de drap d'or épinglé d'azur, le chapeau sous le bras, la chevelure poudrée à blanc, bouclée avec luxe sur les oreilles, et marqué de deux mouches : l'une sur la tempe, l'autre au coin de la bouche... c'était le colonel, marquis de Montorgueil.

Montaran ferma les yeux un moment ; il tremblait de regarder ce qu'il n'avait fait qu'entrevoir. L'abbé se mordit la lèvre, pirouetta et regagna son in-folio, le *Guide de l'empailleur ;* quant à la duchesse, elle se leva, et prenant le marquis par la main, elle l'amena à madame de Montplaisir, devant qui il s'inclina, et se hâta ensuite de rejoindre avec lui le capitaine Raoul, à qui elle le présenta.

— Marquis, dit-elle, voici M. de Montaran, officier distingué dans votre régiment.

Les deux présentés se saluèrent.

— Charmé de vous voir, monsieur le capitaine, dit le marquis.

— J'en suis très-heureux, colonel, reprit Raoul.

— Comment se porte le régiment?

— A merveille.

— Vous lui adresserez mes compliments sur sa belle santé.

Et, quittant brusquement Raoul, le colonel se dirigea vers son gouverneur, à qui il demanda pour première question :

— Savez-vous, monsieur, le nom de la personne qui cause avec ma tante?

— M. de Montaran a bien des choses à vous dire, monsieur le marquis, répondit l'abbé.

Le colonel revint droit à Montaran.

— Capitaine, pourriez-vous me dire le nom de la charmante personne qui cause avec la duchesse?

— M. l'abbé de Saint-Yrieix pourrait vous parler d'elle avec connaissance de cause, colonel, reprit Raoul.

Le colonel pirouetta sur ses talons et se dirigeait encore vers son gouverneur, lorsqu'une idée soudaine l'arrêta tout court au milieu du salon. Cette idée, la voici :

« Pour savoir le nom d'une personne, le moyen le plus sûr est de le lui demander à elle-même. »

Frappé de cette idée, que tout autre n'aurait pas eue si vite peut-être, le jeune marquis, toujours le chapeau sous le bras, le jarret tendu et la pointe du pied basse, se dirigea vers Rosemonde, à qui il réitéra ses salutations. La charmante *marquise* prit du champ et rendit une révérence si ample, si étoffée, mais en même temps si pleine de grâce, si grande de noblesse, que le petit colonel en resta tout ébahi. Rosemonde reprit son fauteuil.

— Madame, dit le charmant élève de M. de Saint-Yrieix, je crois n'avoir jamais eu l'honneur de vous voir... Je crois même que je vous vois pour la première fois...

— La conséquence est logique, monsieur le marquis, dit Rosemonde.

— Alors, madame, il n'est pas étonnant que votre nom échappe à ma mémoire...

— Conséquence nouvelle très-logique, reprit mademoiselle de Champ-Fleury.

Elle se nomme; elle donna son titre et son nom d'emprunt en accompagnant le tout d'un regard et d'un sourire pénétrants comme une pointe d'épée. La duchesse faisait de gros yeux au colonel, qui ne comprenait rien à ce courroux. M. de Saint-Yrieix lisait le chapitre de l'*Empaillement des chouettes*, et le capitaine Montaran, quoique indigné, contenait un fou-rire.

Nous quitterons un moment ce beau salon, où Rosemonde tenait tout le monde en échec, pour nous occuper de M. de La Rose, que nous avons laissé au rez-de-chaussée du château, mais qui déjà avait fait bien du chemin dans l'estime et l'admiration des valets de chambre, des laquais et des femmes attachées au service de la noble duchesse et de sa famille. Après un succulent repas, qui lui avait été servi dans un petit salon attenant à l'office, le sergent était parvenu sans peine à captiver l'attention de son auditoire par le récit véridique de la bataille de Fontenoy. Mais, désirant enfin causer un peu avec son cœur, La Rose s'était esquivé de son mieux et se promenait sérieusement sur une des terrasses du parc, précisément sous le balcon à trèfles d'or d'une tourelle. Le sergent avait une étoile à lui particulière; cette étoile le conduisait toujours sur le chemin d'une jolie femme. Fût-elle seule dans le pays, il fallait que M. de La Rose se trouvât sur son chemin.

Or, celle qui parut au balcon de la tourelle, lorsque le sergent passait et repassait, pouvait être comptée au nombre des plus fières beautés pour qui jamais cavalier chrétien ou maure eût risqué sa vie. Cette noble personne, apercevant le sergent, voulut rentrer; mais c'eût été peut-être attacher trop d'importance à la présence d'un inconnu; elle resta, occupée à cueillir des brins d'un beau jasmin à fleurs larges veinées de rose, qui serpentait contre la muraille de la tourelle. L'occasion était magnifique pour M. de La Rose; en galant militaire qu'il était, il avise une échelle, la saisit, l'appuie contre le jasmin de la tourelle, presque à la hauteur du balcon, et le voilà, comme Amadis des Gaules, cueillant des fleurs pour la dame de ses pensées.

— Monsieur, lui dit la belle personne du balcon, si les fleurs que vous cueillez me sont destinées, je vous remercie de votre attention, vous prenez là beaucoup de peine pour moi.

— Comment, madame, ou plutôt mademoiselle, reprit l'ingénieux sergent, il est des peines qui sont des plaisirs, des plaisirs qui sont des peines; le cœur est un imbroglio; je me contente de servir la beauté, en lui offrant mes soins, mes avantages et ma valeur.

Le compliment ne parut pas du meilleur goût à la personne penchée sur la rampe du balcon; mais enfin c'était un compliment, et il fut accepté. Seulement, comme il avait été adressé à brûle-pourpoint et à l'improviste, on ne voulut pas s'exposer au feu roulant des galanteries que l'intrépide sergent paraissait très-disposé à continuer, et, tandis que La Rose s'évertuait à cueillir les plus belles tiges de jasmins pour les rassembler en bouquet, la jeune figure du balcon rentra sans bruit dans son appartement, mettant à sa place un digne représentant. Le sergent, placé un peu au-dessous, ne s'aperçut nullement du changement de *décoration*, et, tout en débitant les choses les plus galantes et les plus irrésistibles, il acheva son bouquet, un très-beau bouquet, ma foi, et qu'il se proposait d'offrir à la beauté inconnue avec cette grâce cavalière qui lui était naturelle.

Montant un échelon de plus pour mieux atteindre ce qu'il méditait de toucher du bout des lèvres, M. de La Rose prit son courage à deux mains, et, levant le bouquet, tout en approchant la tête des pieds de la dame ravissante :

— Permettez, dit-il, la plus belle des belles, qu'en vous priant d'accepter ces fleurs moins fraîches et parfumées que votre personne, permettez, dis-je, que je dépose à vos pieds l'hommage d'un cœur aussi tendre que respectueux.

La chose fut accomplie, et M. de La Rose, suivant son étoile, baisa et rebaisa avec un amoureux délire les plus beaux pieds de duègne qui jamais eussent foulé le sol des Castilles. Relevant alors la tête pour jouir de son triomphe, le sergent se trouva face à face de la figure penchée en avant, c'est-à-dire du respectable visage de dona Térésa, camérera de mademoiselle de Fontarabie, fille d'un grand d'Espagne, petite-cousine de la duchesse de Montorgueil et future épouse du jeune colonel; Dolorès de Fontarabie était la belle personne qui venait de quitter le balcon.

— Sacrédié ! s'écria le plus beau des sergents en santant de l'échelle en bas.

Mais le bouquet avait été offert et accepté, et les pieds baisés avec enthousiasme. Vraiment, pour un conquérant aussi heureux que notre sous-officier, c'était jouer de malheur. La veille (il n'en savait rien encore), déposer deux lèvres enflammées sur la main d'un nègre, et, le lendemain, marquer d'un baiser de feu les pieds d'une duègne!... Evidemment, l'étoile de M. de La Rose pâlissait.

La première personne que rencontra le sergent en rentrant dans la cour du château, fut M. Normand, l'honnête valet de chambre, qui lui annonça les préparatifs que l'on faisait déjà au petit château de la Faisanderie pour le loger, lui, aux gardes, avec le colonel et le capitaine Montaran.

— Ce sera, monsieur, lui dit-il, une véritable école militaire, plus grande que celle du Champ-de-Mars à Paris, fondée nouvellement par Sa Majesté, attendu que celle-ci sera destinée à former un colonel. Vous en prendrez la haute direction, probablement, vous, monsieur de La Rose, un des vainqueurs de Fontenoy.

Le sergent se gourma à ces paroles, trouvant dans sa nouvelle dignité une assez large compensation à sa mésaventure du balcon.

— Allons, dit-il en lui-même, que Mars me venge de Vénus; mais que Cypris reprenne bientôt tous ses droits sur Mars !

Dans cette demeure seigneuriale, il y avait donc une noble jeune fille que l'on nommait mademoiselle de Fontarabie, et que nous avons pu entrevoir à son balcon un moment, grâce à la galanterie du sergent. Héritière d'un grand nom espagnol et d'une immense fortune, Dolorès de Fontarabie était promise depuis bien des années à son cousin Pompée de Montorgueil, dont nous connaissons déjà le profil, l'éducation et la personne. Ce mariage avait été arrêté par les deux familles dans une vue sage et prévoyante, dans le but vertueux d'unir deux antiques écussons et deux fortunes princières. Dolorès, âgée de dix-huit ans, était orpheline. Son père, en mourant, avait confié la charmante enfant à la duchesse, sa cousine. Certes, elle ne pouvait être gardée par des mains plus dignes ni dans un sanctuaire plus honorable

Mademoiselle de Fontarabie, d'origine catalane par son père, et de souche castillane par sa mère, était le type le plus pur de la beauté méridionale. Le sang des plus illustres hidalgos coulait dans ses veines; on disait même que, par sa mère, elle descendait de la vaillante race de Rodrigue, le cid Campéador. Si l'éclat du rang rayonne sur un visage, si la noblesse de la maison se révèle par le bel air des manières, par la grâce et la majesté de la démarche, certes Dolorès de Fontarabie descendait de haut lignage, car, en vérité, c'était un modèle accompli de toutes les distinctions.

Grande et légère, faite comme une nymphe, Dolorès était belle à rendre fou le plus blasé et le plus novice de tous les hommes. Rien n'égalait la pureté de l'ovale de son visage; elle avait le teint d'une blancheur mate légèrement irrisée de carmin. Une magnifique chevelure noire, abondante et souple, couronnait cette tête triomphante; les yeux de Dolorès n'étaient pas démesurément grands, comme on a coutume de peindre ceux des Espagnoles, mais ils avaient un velouté et un éclat en même temps qu'on ne rencontre que dans les regards des femmes du sud.

Quant à son âme, à son esprit, à l'élévation de ses sentiments, il ne nous appartient pas encore d'en parler, mademoiselle de Fontarabie tenant une place importante dans cette histoire et voulant bien prendre la peine de s'y révéler elle-même. Eh bien! voyez la destinée! Avec de si hauts avantages de position et de mérites personnels, la noble fille du duc de Fontarabie était destinée à devenir la femme d'un Pompée, marquis de Montorgueil, c'est-à-dire d'un jeune homme horriblement gâté par nature et par éducation, une sorte de muguet grand seigneur! qui s'était logé dans un coin de sa petite cervelle que l'univers entier aurait dû le servir. Hélas! Dolorès, dès son bas âge, avait été fiancée au marquis, et on n'attendait que le retour de ce petit colonel qui allait prendre possession d'un magnifique régiment, pour unir devant Dieu et les hommes les deux êtres le moins moins faits pour s'aimer.

Menant une vie fort retirée au château de sa vieille cousine, Dolorès ne paraissait que rarement au salon. Elle aimait la solitude; mais une occupation presque incessante dans la solitude, la lecture, la harpe, la peinture, la broderie au métier remplissaient les heures de ses journées. Certes, mademoiselle de Fontarabie, avec ses quatre millions de dot, aurait pu fort naturellement se croiser les bras, se reposer sur une belle chaise longue à la duchesse, pendant des heures entières de la fatigue; elle aurait pu, à bon droit, fuir tout travail des mains, elle qui les avait si belles et pleines d'or à volonté... Mais Dolorès, nature énergique et de suprême distinction, Dolorès avait à combattre contre sa propre rêverie, qu'elle regardait comme son ennemie la plus dangereuse. Donc cette vie, en apparence si austère, si occupée, si réglée du matin du soir, cette existence si en dehors du mouvement général, cet amour de la retraite, si peu en harmonie avec la jeunesse et la fortune, tout cela n'était qu'un voile qui recouvrait bien des troubles intérieurs.

Dolorès souffrait-elle de quelque passion secrète, contenue, dévorante, contrariée?... Non. Dolorès, esprit ardent et poétique, n'avait encore rencontré sur le chemin de sa vie que des êtres parfaitement insignifiants à ses yeux; seulement elle pressentait, elle devinait une autre existence que celle de ce milieu futile et vain où elle était forcée de vivre; elle comprenait toute la frivolité du monde et se sentait enlevée vers de plus nobles régions. Si mademoiselle de Fontarablie fût restée en Espagne, elle eût fondé un monastère dont elle fût devenue l'abbesse souveraine; mais, amenée par les événements en France, et, à l'époque la plus sceptique, la plus folle, jetée en pleine société française vers le milieu du dix-huitième siècle, Dolorès, forcée d'accepter le joug doré et fleuri du grand monde d'alors, replia sur elle-même, pour ainsi dire, ses deux ailes mystiques, s'enferma dans la région idéale, et par conséquent finit par *souffrir*, elle jeune et charmante fille, née pour aimer un être digne d'elle, intelligent et noble de cœur comme elle, fier et bon comme elle.

D'après cela on peut juger de quel à-propos dut être la galante rencontre du sergent posé sur l'échelle, et combien M. de La Rose frappait un coup heureux en attaquant le cœur de cette belle.

Mais, si Dolorès avait vu et entendu avec indifférence le courtois sous-officier, elle n'était pas plus sensible pour cela aux parfums plus distingués que d'autres avaient essayé de brûler à ses pieds. Aussi elle passait, chez sa tante et ailleurs, pour une fille d'une rigidité presque ridicule, pour un bel esprit très-vaniteux, attendu qu'il fuyait le *commerce* de tant d'autres beaux esprits ; enfin, pour un caractère hautain et qui deviendrait fort difficile à assouplir un jour. On allait plus loin ; bien des gens plaignaient sincèrement le marquis fiancé à une telle femme, et peu s'en fallait qu'on ne vît déjà en lui une *victime promise au sacrifice.*

C'était avoir de la sensibilité de reste. Mais il s'est trouvé dans tous les temps des hommes et surtout des femmes d'un âge respectable, dont le cœur a toujours débordé de sentiment.

Soyons sincères : la seule personne qui rendît justice à mademoiselle de Fontarabie, sans trop la comprendre cependant, c'était sa noble cousine, la duchesse de Montorgueil. Quant à M. l'abbé de Saint-Yrieix, il en avait presque frayeur. Bien qu'il la trouvât une superbe personne (et nous avons vu que l'abbé n'était pas aveugle dans l'occasion), il la redoutait sans trop savoir pourquoi ; donc il la détestait. Dolorès ne lui faisait pas l'honneur de le haïr, elle se contentait de le désespérer. Pour ce qui est du marquis, la question se réduisait à ceci : mademoiselle de Fontarabie est de haute naissance, elle a une grande fortune, de l'agrément et de la vertu.... je l'accepte pour ma femme, elle tiendra bien son rang et ma maison. Je vivrai avec elle sur le pied d'un mari grand seigneur.

Il serait indiscret à nous de parler ici de la réciprocité de sentiments que Dolorès accordait à M. le marquis.

Revenons au salon, d'où nous n'aurions peut-être pas dû sortir. La faute en est à ce séducteur de M. de La Rose, et nous la lui pardonnons cependant, puisque, grâce à lui et à son échelle, nous avons pu entrevoir mademoiselle de Fontarabie.

#### LE DINER.

Dans une grande salle à manger de forme octogone, un somptueux dîner était servi pour les nobles habitants du château et les nouveaux hôtes qui leur étaient survenus. De hauts dressoirs de bois d'ébène admirablement sculptés se tenaient debout, plaqués au mur, et tout chargés d'une étincelante vaisselle. Horace a dit : la maison devient riante par l'argenterie : *Ridet argento domus.* Le poëte de Tibur eût trouvé sans doute le château de Montorgueil d'une gaieté folle, si la gaieté, toutefois, avait pour cause la richesse.

Autant de convives, autant de laquais pour le service : c'était dans l'ordre, sans compter l'honorable M. Normand, en grand habit noir, en culotte de soie, relevant ses manchettes de dentelles et découpant, sur une table d'acajou moucheté, les grosses pièces du gala.

Les convives étaient au nombre de sept ; nous les désignerons : la duchesse avait à sa droite le capitaine Montaran et à sa gauche un personnage nouveau venu, et dont nous aurons occasion de parler ; vis-à-vis madame de Montorgueil, le marquis Pompée était placé entre les deux ravissantes figures de madame de Montplaisir et de mademoiselle de Fontarabie. M. l'abbé de Saint-Yrieix avait pris place près du personnage arrivé au moment du dîner. Il résultait de cette disposition des places à table que M. de Montaran se trouvait assis à la droite de Dolorès ; adorable figure dont il contemplait le profil dans des moments furtifs, et qu'il croyait reconnaître. Quant à mademoiselle de Fontarabie, c'est à peine si elle avait entrevu le visage du capitaine. Ce qu'elle éprouvait, c'était une attraction indéfinissable, une sorte de bonheur, une intime satisfaction à se trouver placée près de cet officier, et elle s'alarmait presque de cet étrange sentiment. Par une de ces affinités secrètes de l'âme, qui naissent spontanément ou qui sont le résultat de causes inconnues, Dolorès et le capitaine Raoul croyaient se reconnaître, bien que l'un et l'autre eussent appris depuis une demi-heure pour la première fois qui ils étaient. Madame de Montorgueil n'avait point présenté, par oubli sans doute, l'officier aux gardes à Dolorès, et cependant ce nom de Montaran avait vibré dans le cœur de la noble Catalane comme le son d'une cloche dont on a déjà entendu la note et qui rappelle un souvenir. De son côté, Raoul, par des rapprochements, par une observation attentive, retrouvait les traits charmants de Dolorès, mais plus calmes, plus rayonnants qu'il ne les avait vus dans un rêve sans doute, et, de moment en moment, il reconnaissait la gamme harmonique et jusqu'à la qualité de son de cette voix qui avait parlé déjà, toujours dans le même rêve. Mais l'heure, le lieu et l'occasion étaient bien peu favorables pour éclaircir des doutes ; aussi l'un et l'autre se retranchèrent-ils dans un système sévère de réserve et d'observation.

Le dîner, fort sérieux d'abord, prenait par degré de l'animation. La conversation flottait encore dans les vagues régions des généralités ; tout présageait qu'elle tomberait bientôt sur quelque point délicat et d'actualité.

Le personnage nouveau venu paraissait être fort ami de la maison, et la duchesse avait pour lui une considération très-haute ; on le voyait à l'attention qu'elle prêtait à ses moindres paroles. Quant à lui, homme d'environ cinquante ans, de chétive apparence, portant un costume noir assez commun et qui annonçait un homme d'église, mais hors de sa résidence habituelle, il n'avait dans les manières ni trop de suffisance ni trop d'abandon. Montaran, qui l'observait, était surtout frappé de la finesse de son regard, qui se voilait souvent d'une paupière prudente, mais qui, une fois lancé directement, semblait vouloir percer la pensée d'autrui. Le personnage avait en outre des cheveux gris retombant sur les deux oreilles, la figure jaune, maigre et singulièrement effilée vers le menton. Ses mains étaient loin d'être belles, même on voyait que ces mains-là devaient souvent manier des livres et écrire, car tout homme de grands travaux littéraires finit par avoir les doigts légèrement contractés.

Ce personnage n'avait été présenté à personne à son arrivée. Il était entré incognito dans la bibliothèque où madame la duchesse était allée à lui, et, à l'heure du dîner, il en était sorti avec elle pour aller se placer à table sans plus de façon qu'un parent de la famille.

Il y eut un éclair de gaieté. Le sourire gagna tous les visages, comme un joli rayon de soleil survenu après la brume. Mais, à mesure que la conversation devenait plus générale, le personnage noir semblait vouloir se retrancher dans ses réserves, comme dans un camp d'observation. Montaran, que cet homme inquiétait, cherchait, par des paroles assez enga-

Mon colonel, vous paraissez exceller à toutes les armes, même à l'aiguille. — page 19, col. 1re.

geantes, à l'amener pour ainsi dire sur le terrain, à l'obliger à lever la visière, à causer enfin.

— Madame la duchesse, dit le capitaine, n'ignore sans doute pas les nouvelles récentes. M. de Bernis doit se retirer des affaires, et le roi paraît fort disposé à choisir le duc de Choiseul pour le portefeuille des affaires étrangères, c'est-à-dire pour la haute direction du cabinet.

— Je sais cela, monsieur, répondit la duchesse, la nouvelle m'en est arrivée dans l'après-midi.

Ici le personnage mystérieux baissa le regard et parut s'occuper beaucoup d'un succulent morceau de pâté de gibier qu'on venait de lui servir.

— M. le duc de Choiseul, dit l'abbé de Saint-Yrieix, est un homme de beaucoup d'esprit.

L'abbé, après ces mots, rougit et se mordit la lèvre, comme si son voisin lui marchait cruellement sur le pied. Or, ce voisin était le nouveau venu.

— De beaucoup d'esprit, ajouta Montaran, mais fort lié, dit-on, avec les encyclopédistes...

— Avec les philosophes, reprit la duchesse; on verra peut-être bien des choses.

— M. de Voltaire va beaucoup chez le duc, dit le capitaine.

— Ah ! M. de Voltaire ! reprit une voix au bout de la table... un homme prodigieux !

Un regard pénétrant comme une flèche atteignit le colonel Pompée, car c'était lui qui venait de parler de la sorte. Ce regard était celui de l'homme placé à la droite de la duchesse.

Les convives, fort sérieux d'abord, commençaient à devenir entre eux plus communicatifs. Le premier quart d'heure d'un dîner est en général fort ennuyeux; mais il arrive un moment où l'esprit a ses appétits à satisfaire comme l'estomac. La duchesse de Montorgueil était femme du monde autant que personne; elle comprit que la présence de M. de Montaran ne devait pas être une cause de contrainte et qu'elle seule pouvait briser un peu la glace du cérémonial. Pour égayer le dîner, il lui vint une idée excellente. On était à la campagne, il était permis de se relâcher un peu des rigueurs, des usages reçus en haute compagnie, à Versailles ou à Paris. Madame de Montorgueil s'informa de M. de La Rose, et elle apprit de Normand qu'un dîner excellent avait été servi à l'office au très-aimable sergent, et qu'il était l'objet de l'attention de tous les gens de la maison.

Après avoir consulté du regard le personnage inconnu, placé à sa gauche, et le marquis Pompée, placé vis-à-vis d'elle :

— Normand, ajouta-t-elle, allez inviter M. de La Rose à venir ici. Ces dames me permettront bien de leur présenter le meilleur des sous-officiers du régiment du marquis; le sergent est, d'ailleurs, un homme de bonne compagnie.

Comme elle regardait le capitaine, celui-ci s'inclina et remercia par un sourire.

Cinq minutes après, M. de La Rose était introduit dans la salle à manger. Il serait difficile de donner une idée de la grâce et de la dignité de de son entrée. La main droite au sourcil et le chapeau sous le bras gauche, il détacha à l'assemblée un de ces adorables

J'ai le droit, vous le savez bien, de vous demander des comptes. — Page 20, col. 2.

saluts militaires et galants, dont la tradition se perd de jour en jour dans l'armée. Au dix-huitième siècle, toute chose de *tenue* avait un cachet devenu inimitable de nos jours. Nous avons des *à peu près*, et encore....

— Monsieur de La Rose, dit la duchesse, veuillez répondre à une santé qui vous est chère, du reste : nous portons celle du roi Louis XV, et j'ai désiré qu'un brave de Fontenoy prît part à ce toast.

M. de La Rose était aux anges ; il resta debout le chapeau à la main et un laquais lui servit rasade. On porta la santé du roi ; le colonel Pompée était chez lui, il voulut boire aux officiers de son régiment.

— Colonel, dit Montaran, il tarde beaucoup à ces officiers de vous voir parmi eux.

— Il est certain, répondit le marquis, qu'ils doivent me désirer.... j'ai les plus beaux projets du monde.

— Vraiment! dit Rosemonde. Peut-on connaître le premier et le dernier de ces beaux projets?

— Madame, répliqua le marquis, le premier de tous est de vous servir....

— Merci, dit mademoiselle de Champ-Fleury. Je verrai alors si je puis vous céder quelquefois au roi et à la France.

— Marquis, crut devoir répliquer M. l'abbé de Saint-Yrieix, sauf les égards que l'on doit aux dames, je vous dirai cependant qu'un officier est d'abord obligé de se dévouer à Sa Majesté et à la France.

— Monsieur le gouverneur, reprit le colonel, vous avez une très-forte tête, mais voici des uniformes de mon régiment et devant eux je ne reçois plus de leçon.

— Ah! petit ingrat, dit Rosemonde, M. l'abbé a cependant tout le mérite d'une très-brillante éducation.

L'abbé s'inclina. La marquise de Montplaisir venait de le venger.

— Voyons, ma chère Dolorès, dit la duchesse, il n'y a que vous qui ne vouliez pas donner votre avis. Que pensez-vous de tout cela, ma toute belle ?

— Moi, ma bonne cousine, répondit la jeune fille en rougissant, mais je ne suis pas trop... il me semble, cependant, que le premier devoir d'un colonel en entrant dans la vie militaire est de connaître tous ses devoirs...

— Ah ! s'écria malgré lui M. de La Rose, émerveillé, voilà une belle réponse !

Ce cri d'admiration parut d'une franchise charmante. Madame de Montorgueil encourageait le sergent par le plus gracieux sourire. Le dîner finissait gaiement, grâce au nouveau venu. La duchesse tenait à connaître les principes et la galanterie de M. de La Rose, que la marquise lui avait beaucoup vantée. Elle l'invita à prendre part à la conversation. Le beau sergent sentit tous les aiguillons de la gloire lui chatouiller les flancs ; l'occasion était magnifique pour un homme comme lui, qui ne cherchait qu'à mettre ses avantages en pleine lumière. Passant légèrement la main sur ses lèvres rouges comme des coraux, la tête haute, mais le regard modestement abaissé, M. de La Rose parla ainsi :

— Puisque mes illustres auditeurs veulent bien

m'accorder la parole, je la prends. Mesdames, mon colonel, si j'avais l'honneur insigne d'être à la tête d'un régiment des gardes, je me dirais : Le roi est mon maître, la France est ma patrie, la beauté est mon idole. Or, il faut servir tout cela, proportions gardées; mon épée est à Sa Majesté, ma vie est à la France, mon cœur est à ma dame.

— Voilà un parfait chevalier! dit la duchesse.

— Tirons de là nos conséquences, reprit le sergent, dont la tête se montait. Souvent le devoir et le cœur peuvent se trouver en contradiction, et alors il se livre de furieuses batailles entre l'honneur et le sentiment, car le moral du militaire peut être comparé à un vaste champ de manœuvres où deux armées rivales seraient en présence. Le fleuve du Tendre traverse la plaine, le rocher escarpé de l'honneur se dresse d'un côté, et de l'autre s'élève la colline fleurie du sentiment.

— Eh! monsieur le sergent, s'écria Rosemonde, vous avez lu tout *Cyrus*...

— Madame, reprit l'imperturbable sergent, je me fais gloire d'avoir nourri mes jeunes années de cet admirable roman, qui devrait être mis entre les mains de tous ceux qui se destinent à la noble profession des armes.

— Madame, dit le capitaine en s'adressant à la duchesse, M. de La Rose, ne vous y trompez nullement, a le double talent de plaire aux belles et de déplaire à l'ennemi. Aujourd'hui, il est paré de rubans et de fleurs, demain il teindrait de sang, sur le champ de bataille, cette lame redoutable.

— Je suis très-satisfaite de vos idées, monsieur le sergent, dit madame de Montorgueil. Le temps ne nous permet pas aujourd'hui d'écouter les belles choses que vous avez à nous développer. Nous prendrons notre revanche. Madame, reprit-elle en s'adressant à la marquise, je suis à vos ordres.

Et elle se leva. Tout le monde l'imita; on offrit la main aux dames et on passa dans le grand salon. C'était le moment des conversations particulières et amicales. La duchesse, prenant par la main mademoiselle de Fontarabie, la mena à Rosemonde, placée à l'angle de la cheminée.

— Ma chère marquise, lui dit-elle, je vous demande de l'amitié pour ma belle cousine. Nous sommes un peu sévère, un peu sauvage même, mais nous avons d'éminentes distinctions. Vous êtes toutes deux, jeunes, belles et dames de qualité... Puisse une mutuelle affection s'établir entre vous!

La présentation était cordiale. Rosemonde, avec cette admirable mobilité de physionomie que nous lui connaissons, joua supérieurement l'enthousiasme et l'attendrissement. Pressant les mains de Dolorès :

— Mademoiselle, lui dit-elle, consentez-vous à me donner de l'amitié?

Dolorès, aussi fière qu'intelligente, considéra fixement la *marquise* avant de répondre, et son regard, dans ce moment-là, fut d'une telle expression, que Rosemonde ne put se défendre d'un trouble accablant. Elle était au moment de perdre contenance, tant il lui semblait que les beaux yeux noirs de sa nouvelle amie lisaient clairement la vérité de sa position à elle, à travers son déguisement!

—Vous ne répondez rien, mademoiselle? reprit-elle.

Dolorès attira Rosemonde dans un angle du salon où brûlait un candélabre à dix bougies. Là, considérant encore le visage charmant de la *marquise* et toute sa personne, comme si des souvenirs lui revenaient à propos de cette jeune femme :

— Madame, lui dit-elle, pardonnez si je vous regarde ainsi... Je croyais vous avoir vue déjà quelque part, soit à Madrid, soit à Paris... Dans tous les cas, le désir de ma noble cousine est d'accord avec le mien. Oui... si vous m'accordez une amitié loyale, vous aurez la mienne.

— Loyale, mademoiselle, dit sérieusement Rosemonde, fort émue; loyale, sur l'honneur.

— Alors madame, reprit Dolorès, mettez votre main dans la mienne et recevez ma promesse d'être franchement de vos amies.

Singulière destinée! Dès ce moment-là, dans un coin de ce salon, où tout semblait respirer la frivolité, un sérieux engagement de cœur venait d'être contracté entre la fille d'un grand d'Espagne et une fille de l'Opéra; l'une, à visage découvert, fière et simple dans sa grandeur; l'autre, déguisée par circonstance, obligée, par prudence, de garder son masque moral et son nom d'emprunt, mais très-résolue, au fond, à quitter ce rôle à la première occasion, par délicatesse pour la noble amie que son étoile lui envoyait.

Cependant, à la cheminée, le colonel, le dos tourné au foyer et se dandinant tantôt sur une jambe, tantôt sur l'autre, avait pris la parole à son tour devant le capitaine, le personnage noir, sa tante, son gouverneur et M. de La Rose, qui, une tasse à la main, *savourait* lentement un *divin moka*. Le colonel saisissait l'occasion de révéler enfin l'homme nouveau qui venait de succéder à l'élève de M. de Saint-Yrieix. Le plus attentif des auditeurs était le convive dont nous ignorons encore le nom; mais, en habile diplomate, il écoutait des deux oreilles, tout en ayant l'air de n'en prêter qu'une seule.

— Oui, messieurs, disait le marquis de sa bouche rose et du son de voix le plus flûté, je serai sévère, je vous en préviens. Je tiens à la discipline rigoureusement, par respect pour moi-même et par respect pour la règle. Du haut de la position que j'occupe, je tendrai la main à mes subalternes, mais je n'aurai aucune familiarité avec eux. César connaissait chaque vétéran de son armée par son nom, César encourageait ses soldats par des paroles bienveillantes; mais César, se souvenant toujours qu'il était d'illustre race, ne daignait pas frayer avec les petites gens des légions romaines. Nous lisons dans Quinte-Curce qu'Alexandre ne voulait avoir, dans les *tournois*, d'autres rivaux que des rois. Voilà des exemples à suivre, messieurs, quand on se destine au métier des armes, quand on se met en route pour devenir un jour un grand capitaine : *Audaces fortuna juvat*. Combien cette parole d'Horace est plus juste encore quand elle s'applique aux gens de haute qualité qui ont de l'audace. Ainsi, messieurs les officiers, bas-officiers et soldats de mon régiment, vous trouverez d'abord en votre colonel un maître et secondement un père. Je crois que cette déclaration est aussi utile que loyale.

Après cette belle harangue, le terrible colonel salua de droite et de gauche et se dirigea dans un angle du salon où on avait dressé un très-joli métier de tapisserie, et, s'asseyant avec grâce sur un pliant, il prit deux aiguilles enfilées de soie et d'or et se mit à broder.

Le sergent regarda son capitaine, qui faillit éclater de rire au nez de M. de La Rose, ébahi; la duchesse se mit à chuchoter aux oreilles de M. de Saint-Yrieix. Quant au personnage noir, tournant sur ses talons, croisant les mains derrière le dos, il se mit à considérer, l'un après l'autre, les nobles portraits du salon.

Cependant une vive impatience avait gagné le cœur de M. de Montaran; il ne pouvait supporter plus longtemps le spectacle d'un colonel aux gardes brodant au métier. L'outrecuidance de Pompée, ses paroles hautaines, son incroyable témérité contrastaient tellement avec ces habitudes efféminées et grotesques par conséquent, que le brave capitaine sentait son cœur bondir de colère, et qu'il était au moment de perdre patience et de lâcher la bride à une juste indignation. Le sous-officier, heureusement, était encore là; il fournit à Raoul une occasion plausible de sortir. Montaran lui dit assez haut pour être entendu :

— J'ai quelques instructions à vous donner relativement à notre journée de demain.

Et tous deux passèrent dans la galerie voisine. La grande porte du salon était ouverte sur cette galerie, en sorte que, sans quitter précisément le salon, Montaran pouvait à l'aise causer avec La Rose. Ils allaient et venaient au petit pas d'un bout à l'autre de ce long salon d'attente, qui, par ses tableaux et ses panoplies d'armes de tous genres, était à la fois un élégant arsenal et un musée.

Rosemonde n'avait pas perdu une parole du marquis, tout en causant elle-même avec mademoiselle de Fontarabie, dont elle gagnait peu à peu la confiance et dont elle commençait à comprendre la mélancolie. Rosemonde était une charmante étourdie, mais un cœur excellent; elle jura, dès ce moment-là, de venir en aide à la fière Espagnole, si elle découvrait en elle une aversion bien prononcée pour son futur époux, et Rosemonde était femme à mener à fin une entreprise, fût-elle difficile autant que téméraire.

— Vraiment, dit-elle en fixant ses yeux clairs et pénétrants sur Dolorès, vraiment le colonel est un brave qui promet des merveilles !

Dolorès répondit en levant son beau regard à la hauteur d'un vieux portrait de famille, un paladin tout bardé de fer :

— Il ne manque pas de très-braves et très-illustres aïeux.

Cependant le personnage noir passait derrière l'abbé de Saint-Yrieix, qui causait avec la duchesse, et, lui posant délicatement un doigt sur l'épaule :

— Monsieur l'abbé, dit-il, veuillez me suivre.

L'abbé obéit en prenant congé de madame de Montorgueil.

Le colonel, très-agréablement occupé à broder une magnifique rose de Java rouge pourpre et grosse comme une fleur de pivoine, vit venir à lui la marquise de Montplaisir, qui prit un pliant et se posa devant le métier.

— Mon colonel, dit-elle, vous paraissez exceller à toutes les armes, même à l'aiguille...

— Madame, reprit le marquis, Hercule filait aux pieds d'Omphale.

— Oui, j'ai vu un ballet sur ce sujet-là, répondit Rosemonde; j'aurais voulu jouer Omphale... (et elle avait admirablement rempli ce rôle à l'Opéra); j'aurais donné à Hercule un joli brin de soie à retordre.

— Que je voudrais être Hercule dans ce moment-là, belle marquise! ajouta le colonel d'un air pénétré.

Rosemonde adoucit son regard jusqu'à le rendre mourant. Le marquis rencontrait, malgré lui, les rayons de ces beaux yeux et buvait à longs traits à coupe dangereuse.

— Ah! dit la marquise, qu'il est rare de rencontrer un héros qui veuille un moment oublier sa grandeur jusqu'à descendre aux pieds d'une femme qui l'admire et qui l'aime! La vanité de la gloire est impitoyable... A mes yeux, souvent l'héroïsme n'est que la cruauté...

Et un grand soupir acheva la pensée de Rosemonde. Le colonel commençait à perdre contenance; deux fois son aiguille lui piqua les doigts. Mademoiselle de Champ-Fleury en avait une joie immense, et, bien résolue à voir couler à flots le sang du héros, elle reprit en mauvaise fille :

— Très-décidément, les romans et les poëtes mentent avec une rare impudence; toute la sensibilité s'est réfugiée dans le cœur des femmes.

— Incrédule! dit le marquis à demi-voix; que ne m'est-il permis de vous prouver à quel point est faible un cœur qui vous paraît peut-être épris de la gloire jusqu'à la férocité!

— Hélas! dit aussi la marquise à voix couverte, que dites-vous là? Savez-vous à quel brillant avenir vous renonceriez si votre mâle ambition se laissait adoucir par un sentiment étranger à la gloire?

Le marquis faillit se percer le doigt d'outre en outre. Le sang coula sur une feuille de lis.

— Oh! ciel! s'écria la duchesse, survenue en ce moment; vous vous êtes blessé, marquis!

— Ciel! reprit Rosemonde, cela est vrai. Ah! colonel, réservez ce sang pour la patrie.

Le marquis rassura sa noble tante, qui ne tarda pas à quitter le salon avec mademoiselle de Fontarabie, dont l'habitude était de se retirer de bonne heure. Restaient donc dans ce bel appartement, éclairé par quarante bougies, le capitaine et son sergent, Rosemonde et le colonel, toujours assis devant le métier à broder, toujours en face des yeux aimantés de la ravissante fille.

M. de La Rose en avait bien quelque chagrin, lui qui se promenait en long et en large avec M. de Montaran, dans la galerie voisine; lui qui n'était admis que par tolérance dans le salon. A mesure qu'il passait devant la porte ouverte, il lançait des regards rapides et inquiets de côté du métier. Mais le capitaine, qui devinait les projets de Rosemonde, voulait lui laisser le champ libre et prétextait une sérieuse conversation avec son sergent.

— Capitaine, dit tout à coup La Rose, est-il bien séant de laisser ainsi dans l'isolement cette belle marquise?

— Mais, reprit Montaran, je la crois assez agréablement occupée. Le colonel est fort aimable.

— Vous trouvez, capitaine! Il me paraît d'une sévérité de principes...

— Pour lui-même, c'est possible, dit Montaran.

— Il me semble, observa La Rose, qu'il rougit beaucoup en ce moment.

— C'est qu'il brode une rose pourpre de Java, reprit le capitaine Raoul.

— Ah! dit le sergent, je parierais, moi, qu'il brode de furieux compliments à madame la marquise?

— Quel mal y aurait-il à cela, sergent?

— Aucun, aucun, mon capitaine; seulement, notre position ici ne me paraît pas très... claire.

— Eh bien! dit Montaran, simplifiez-la, éclairez-la, monsieur de La Rose; faites échec à la reine contre le colonel.

— C'est que j'ai de l'usage, mon capitaine, et que je ne voudrais pas...

— Allons, monsieur de La Rose, ne soyez pas jaloux.

— Pourquoi le serais-je ? ajouta le sergent piqué et relevant le coin de sa moustache. Chacun son jour.

— Que voulez-vous dire, sergent?

— Oh! rien. Sinon que le colonel pourra reconnaître la trace d'un hommage respectueux de ma part, sur la main de la marquise.

—Ah! ah! vous avez baisé la main de la marquise?

— Après vous, mon capitaine.

— C'est singulier, j'avais à ma droite la belle dame, dans l'obscurité, en traversant l'antichambre, et vous étiez à ma gauche, sergent.

— Bah! dit M. de la Rose, j'ai pourtant saisi sa main blanche, et qu'elle m'a très-amoureusement abandonnée.

— Allons, dit Montaran, blanc ou noir, il importe peu. Dans la nuit tous les chats sont gris. Venez, sergent.

— Et le capitaine Montaran, sur un signe de Rosemonde, prit La Rose par le bras et eut la cruauté de l'amener dans le jardin.

— Seul avec vous, madame! dit le marquis d'un son de voix étrange. Quel bonheur est le mien! Ah! laissez-moi vous dire, belle Omphale, que votre héros est soumis, vaincu, prosterné...

— Que faites-vous? dit Rosemonde en feignant de vouloir relever le colonel à genoux devant elle. Que faites-vous, grand Dieu! oubliez-vous votre gloire?... Oubliez-vous le grand mariage qui vous est destiné?...

— J'oublie l'univers, madame, si vous voulez accepter mon amour.

— Votre amour, monsieur le colonel... mais... si j'étais mariée!...

— J'aurais l'honneur de tuer votre époux.

— Quoi! vous voulez donc!...

— Vous enlever... vous épouser.

— Me faire deux fois marquise!

—Et duchesse, et princesse, et reine de mon cœur.

— Ah! marquis, peut-on résister?

Le petit colonel avait passé un bras vainqueur autour d'une taille ronde et flexible, et il scellait de ses lèvres brûlantes, sur l'épaule nue de Rosemonde, toutes les hautes promesses qu'il lui avait faites, lorsque tout à coup apparut au milieu du salon l'austère figure du personnage noir.

### UNE PORTE INDISCRÈTE.

Vers les onze heures de la soirée, retirée dans un petit salon tapissé de damas couleur jonquille et attenant à l'appartement qu'on lui avait assigné, la *marquise* de Montplaisir causait fort joyeusement avec le capitaine Montaran, qui d'abord avait voulu être sérieux et qui finissait par se laisser gagner par une folle gaieté.

— Convenez cependant, ma belle amie, disait-il, que, si vous avez renoncé à vos succès de Lyon pour venir uniquement recevoir ici, sur votre charmante épaule, un baiser enfantin de mon colonel, vous auriez tout aussi bien fait d'aller recueillir les hommages de votre public idolâtre.

— Vous voilà presque aussi jaloux que M. de La Rose, mon cher Raoul. Laissez donc ces petits sentiments à vos bas-officiers.

— Tout ce qu'il vous plaira, Rosemonde; mais il n'en est pas moins vrai que je commence à ne plus prendre aussi gaiement mon parti du rôle d'instituteur que vous vous êtes donné auprès de ce blanc-bec qui, pour le dire ici, commence à s'évertuer terriblement.

— Allons, vous me voyez déjà éprise de cette poupée. Ne serait-il pas très-joli de me déclarer sa maîtresse?

— Tenez, ma belle amie, c'est un vilain jeu que nous jouons là; je crois que je commence à vous aimer sérieusement.

— Vraiment! Allons-nous ensemble voguer sur le fleuve du Tendre?

— Rosemonde!...

— Grimperons-nous, bras dessus, bras dessous, la colline fleurie du sentiment?

— Ma belle impitoyable...

— Ou bien vous serait-il plus agréable de vous réfugier sur le roc escarpé de l'honneur et du devoir?

Ils causaient ainsi en toute liberté, lorsqu'ils crurent entendre une conversation engagée dans une pièce voisine. Une porte assez mince, et cachée par une lourde tapisserie, séparait les deux appartements. Rosemonde, la curiosité même, écarta la portière d'étoffe d'Aubusson, et s'aperçut avec bonheur que les ais mal joints de la porte permettaient à deux personnes de voir en même temps ce qui se passait dans la pièce voisine.

— Tenez, dit-elle au capitaine, approchez délicatement deux fauteuils de cette porte, et asseyons-nous. Nous voici à la comédie; la toile se lève.

Assis tous les deux côte à côte, les yeux fixés aux rainures entrebâillées de la porte, ils devinrent très-attentifs à la scène de la chambre voisine.

Cette pièce était une chambre à coucher somptueusement meublée dans le goût de l'époque de Louis XIII. Il y avait, en face de la porte, un lourd prie-dieu garni d'un velours noir et surmonté d'un grand christ en ivoire.

Deux hommes causaient dans cette chambre. L'un, c'était le personnage noir, assis à la cheminée et tournant le dos aux auditeurs, tisonnait le feu. L'autre, l'abbé de Saint-Yricix, debout devant son interlocuteur et l'attitude humble, faisait face à la petite porte. La conversation continuait ainsi :

— Oui, monsieur l'abbé, oui, j'ai le droit, vous le savez bien, de vous demander des comptes.

— Je ne l'ignore pas, monseigneur, reprenait l'abbé en s'inclinant.

— Eh bien! voyons. Voilà deux ans que je ne suis venu ici; j'ai beaucoup voyagé depuis. Votre élève avait dix-neuf ans quand je partis. Ces deux dernières années de minorité étaient les plus importantes. Voyons, commencez : donnez-moi une idée à peu près exacte de l'état moral de votre élève, de ses connaissances, de la direction de ses idées...

— Monseigneur, dit M. de Saint-Yricix en cherchant à se rassurer, l'enfant est aussi avancé que possible dans les lettres humaines : il est de première force en grec et en latin. C'était un très-disert rhétoricien l'année dernière; cette année, il a fait un cours complet de philosophie, et je l'ai même initié à la théologie.

Le personnage secoua la tête.

— Selon vos instructions, je lui ai ouvert la porte des sciences exactes, mais...

— Mais... dit monseigneur.

— L'enfant s'est montré rebelle à ces études-là.

Le personnage frappa du pied.

Cependant, dit l'abbé, il connaît passablement l'arithmétique et quelques règles d'algèbre.

— Et la géométrie, monsieur l'abbé?
— Il démontre le premier livre des propositions...
— L'astronomie?
— Il s'y perd.
— La géographie?
— Il n'y mord pas.
— La physique, la chimie?
— Il y répugne.
— L'équitation, l'escrime?
— Il est, dit-il, de complexion trop faible...
— La théorie de l'art militaire?
— Il la dédaigne.
— La pratique des armes?
— Il en fait fi.
— Et l'histoire?
— Il a lu toute celle de l'antiquité.
— Et l'histoire moderne?
— Elle l'ennuie à mourir.
— Et il l'ignore?
— Presque entièrement.
— Ses talents, monsieur?
— Il dessine.
— Et il brode aussi? dit le personnage impatienté.
— Il danse bien, monseigneur.
— Chasse-t-il, au moins?
— Peu. Le cheval le fatigue beaucoup.
— Voyons son caractère.
— Volontaire, vaniteux, épris de ses fantaises.
— Fier, orgueilleux, colère, ambitieux?
— Violent, et d'une souveraine estime pour ses mérites.
— Ses passions?
— Presque nulles, monseigneur, ou bien pâles.
Le personnage frappa du pied.
— Le jeu?
— Non, monseigneur.
— La table, le vin?
— Peu, monseigneur.
— Les femmes?
— Nullement, monseigneur.
Le personnage regarda l'abbé dans le blanc des yeux.
— C'est singulier, reprit-il. Je l'ai trouvé aux pieds de cette espiègle de marquise, il n'y a pas une heure, dans le salon.
— Lui! monseigneur, dit l'abbé en rougissant.
— Lui-même... et lui baisant l'épaule, ma foi, très-énergiquement.
Ici le capitaine Raoul jeta sur Rosemonde un regard inquiet.
— Vous êtes fou, lui dit-elle.
Et on continua à observer.
— Monsieur l'abbé, dit le personnage après une assez longue pause, voulez-vous que je résume en quatre mots cette éducation.
L'abbé pâlit.
— Mais non, pas encore, reprit le personnage, et ses principes religieux?
— Il remplit ses devoirs, monseigneur.
— La belle réponse! Je vous demande quels sont ses principes, ses convictions intimes, son degré de foi, son degré de dévouement aux croyances religieuses, m'entendez-vous?
— Monseigneur, dit l'abbé, lui seul peut répondre pertinemment sur ce sujet.
— Allons, reprit le personnage, résumons cette éducation. Monsieur l'abbé de Saint-Yrieix, voulez-vous que je vous dise clairement mon opinion : je vous avais confié l'éducation du marquis et vous en avez fait un... sot, en trois lettres.

L'abbé resta pétrifié, le regard baissé, les bras pendants.
— Comment, reprit le personnage, c'est à cette époque de progrès, d'intelligence, d'élan surnaturel vers l'avenir, c'est à cette époque, où tout remue, tout s'élance vers des régions nouvelles, l'époque de la science et de la philosophie, c'est à l'époque où Voltaire et les encyclopédistes envahissent le monde un flambeau à la main, à l'époque où le roi de France fonde des écoles spéciales, une époque où il envoie des savants sur tous les points du globe pour fixer les cartes géographiques et célestes d'après des documents certains, une époque de révision et d'analyse, c'est à une pareille époque, monsieur, où vous croyez suffisant pour votre élève, ce jeune homme qui, grâce à moi, vous a été confié, de lui apprendre du latin et du grec, la rhétorique et la théologie, la danse, le dessin et la broderie, c'est-à-dire tout ce qui constitue une éducation rétrograde et puérile? Comment! lorsque de grandes révolutions menacent le monde, quand les vieux trônes chancellent, quand le sanctuaire est regardé en face sans pâlir, quand il faut des hommes forts et dévoués pour résister à l'œuvre des hommes forts et menaçants, quand les grandes familles ont besoin de chef intelligent et énergique, quand il faut soutenir la société qui s'écroule, c'est alors, monsieur, que vous me représentez un danseur et un latiniste dans la personne de l'héritier d'une haute maison, lui qui doit commander un régiment à son début, lui qui était destiné au maréchalat, et sur lequel, moi d'abord, sa famille, l'Église et l'État devions compter? Allons, allons, monsieur, c'est une éducation de pédant et de perroquet que vous avez accomplie, et je vous en fais mes sincères compliments.
—Monseigneur, reprit l'abbé que la colère gagnait, je vous rends cet élève préservé encore du contact de toute passion dangereuse. La fatuité n'est pas un vice, c'est un ridicule.
— Eh! monsieur, répliqua le personnage en lançant dans le brasier de la cheminée les pincettes qu'il tenait à la main, eh! monsieur le gouverneur, que font ici les passions dangereuses et leur contact? Vous nous la donnez belle, morbleu! Ce qu'il faut aujourd'hui, ce sont des hommes supérieurs, et, dût votre élève avoir toutes les passions du monde, j'aimerais encore mieux le savoir un méchant garnement avec une haute intelligence, une instruction profonde, un caractère digne, sérieux, que de le retrouver tel qu'il est, c'est-à-dire un niais et un fat à la fois, sans vice ni vertu. Monsieur, apprenez que les passions prouvent au moins de la sève, de l'énergie et qu'elles peuvent de grandes choses.
L'abbé crût prudent de ne rien objecter. Ce langage étrange, dans la bouche d'un homme tel que le personnage noir, l'avait étourdi. Il s'inclina, prêt à se retirer. On le rappela. Il se rapprocha de la cheminée.
— Monsieur de Saint-Yrieix, dit l'homme supérieur, sachez, demain, qui est cette marquise et quels sont ses antécédents; je me charge, moi, de peser et de mesurer le mérite du capitaine Montaran. Quant au sergent La Rose, on le grisera et on le fera bavarder à cœur joie, afin de connaître à fond son degré d'énergie. Quant à ses fatuités en amourettes, on les provoquera, on les applaudira. Chacun porte un masque; l'art de conduire les hommes consiste en une seule chose principale, dans le secret de les deviner ou de les forcer à se démasquer. Allez, monsieur. Bonne nuit.

M. de Saint-Yrieix, cette fois, prit congé et se retira. A peine l'abbé sorti, le personnage noir quitta son fauteuil et se mit à se promener en long et en large dans sa chambre, les mains enfoncées dans les vastes poches de son habit, s'arrêtant par fois, frappant du pied, et par intervalle laissant échapper quelques mots, quelques phrases entrecoupées :

— Un bel avenir, ma foi!... le fier militaire!... lui! l'héritier d'un si grand nom et d'une si haute fortune!... et puis... toutes mes combinaisons qui avortent... chien de gouverneur! et cette faible femme... la duchesse... Ah! j'espérais mieux... Mes beaux rêves! et de quel mérite auraient été mes plans réalisés aux yeux de... Dévouement, sacrifices, rien ne m'a coûté... rien ne me coûtera encore... je suis à eux... et ils sont à moi... je n'aime pas les yeux clairs et pénétrants de cette marquise, qui sent la houri d'une lieue... encore si elle pouvait transformer, transfigurer cette noble nullité... ce pauvre fat si arrogant et si vain... le capitaine Montaran m'a l'air d'un franc militaire... mais intelligent... trop intelligent pour un officier de fortune... il donne dans les idées des philosophes... Voltaire les a tous ensorcelés! Quant à La Rose, c'est un mannequin dont on peut se servir au besoin... qu'on peut faire mouvoir à volonté sous le vent de la vanité... allons essayer de dormir... Peste soit du gouverneur à l'eau de rose! imprudente duchesse!... pauvre Dolorès! je lui ai destiné là un singulier mari... allons dormir... impossible! lisons. Ah! les *Provinciales!* beau livre, livre charmant... où on se reconnaît, où l'on aime à se mirer... mais en secret; livre dangereux et ravissant!

Prenant alors un volume parmi ses livres de voyage, le mystérieux personnage s'étendit dans son fauteuil, les deux pieds sur les chenets et se mit à lire des yeux les pages étincelantes d'ironie, de raison et de génie, que Blaise Pascal écrivait pour l'immortalité.

Rosemonde laissa retomber la lourde tapisserie.

— Mon ami, dit-elle au capitaine, la comédie est finie, le public se retire. Gagnez, je vous prie, votre appartement.

— Qui donc est cet homme? reprit Montaran.

— C'est un homme noir extérieurement, dit Rosemonde, mais, en dedans, d'une lumineuse couleur. Ah! il veut savoir qui je suis! ah! vieux reître, vous voulez connaître mes antécédents? et moi, je vous jure que, tout noir et masqué que vous êtes, il m'arrivera de faire sauter votre masque avant que vous ayez pu toucher au mien. Bonsoir, monsieur de Montaran.

Elle prit un flambeau et alla rapidement s'enfermer dans l'élégant appartement qui lui était réservé. Le capitaine, un peu triste et fort étonné, se décida cependant à se retirer, non sans avoir dit deux ou trois fois à la porte fermée de mademoiselle de Champ-Fleury : Impitoyable! cruelle et désespérante sirène!

### L'ÉCOLE MILITAIRE.

Le petit château, situé au bout du parc et nommé la *Faisanderie*, était un très-joli bâtiment, d'une architecture dans le style composite de la renaissance. Quatre tourelles à cul-de-lampe dressaient aux angles leur toiture conique et leurs flèches aiguës. Les murs avaient des encadrements de briques, et chaque fenêtre, coupée en croix par une colonnette et une plinthe, était chargée d'une sculpture admirablement fouillée. Le château avait une salle basse, spacieuse et éclairée par six croisées très-hautes, dont les vitrages, morcelés par des bandelettes de plomb, étaient autant de tableaux étincelants d'armoiries et d'arabesques. Le perron était large, supporté par quatre cariatides couronnées de pampre de marbre vert. Une horloge en forme de dôme surplombait l'abside et sonnait à toutes les heures le plus argentin des carillons.

Autour du châtelet s'étendait le parc, coupé de larges allées et semé de pièces d'eau.

Cette retraite, tout aristocratique, était devenue l'école préparatoire où devait se compléter l'éducation du formidable colonel, marquis de Montorgueil.

M. de La Rose avait déjà pris possession de la salle basse, qu'il avait transformée en salle d'armes, c'est-à-dire que le sergent avait déjà accroché aux murailles les carabines, les épées, les pistolets, les gibernes, les sacs et le fourniment de buffleterie qui devaient servir aux démonstrations pratiques.

Le capitaine Montaran avait choisi le salon donnant sur le balcon pour cabinet de travail; cette pièce était la salle destinée aux leçons de théorie. Quatre chevaux excellents avaient été placés à l'écurie du château; les deux piqueurs de l'escorte de Montaran en devaient être les gardiens. Sous un hangar donnant sur le parc, une vieille pièce d'artillerie de campagne dormait sur son affût avec tout son matériel de service placé à l'entour.

Le marquis occupait un petit appartement attenant au salon d'étude. Montaran s'était logé dans une tourelle. Le sergent avait pris possession d'une tour pareille, mais plus éloignée du centre du bâtiment. Deux laquais et un cuisinier formaient la domesticité du châtelet.

L'ordre le plus rigoureux avait été donné comme consigne militaire. Nul ne pouvait approcher de la place de guerre sans s'exposer à être sévèrement repoussé.

Depuis vingt-quatre heures on entendait du grand château, et à intervalles, les roulements du tambour que le sergent battait avec une supériorité de tambour-maître, dans l'enceinte de la Faisanderie. Les heures de travail et d'exercice étaient ainsi marquées.

Adieu donc les dames, les plaisirs délicats, les friandises de la galanterie, les jolies chimères roses et bleues de l'imagination et du cœur. Pour M. de La Rose, pour Montaran et pour le colonel, la vie austère de l'école pratique avait commencé. Nous chercherons à pénétrer, malgré la consigne, dans la place de guerre.

Dans le salon du premier étage, le colonel, en petite tenue militaire, le bonnet de police coquettement posé sur l'oreille, écoutait attentivement les démonstrations de son capitaine, qui parlait depuis une heure d'une voix très-animée. La leçon finissait. Le capitaine repliait les cartes et fermait les étuis.

— Colonel, disait-il en terminant, je vous le rappelle encore, la théorie est le bréviaire de l'officier; la théorie est l'aliment quotidien, indispensable de tout bon officier; c'est notre pain spirituel. Le moine a son office à dire tous les jours; pourquoi? Parce qu'il lui est nécessaire de se retremper quotidiennement par la prière et la méditation; sans quoi son âme, alourdie, s'affaisse et tombe aux tristes misères de la terre. Ainsi, l'officier, nourri chaque jour de sa théorie, élève son esprit aux combinaisons stratégiques et s'habitue à voir de haut l'art de la guerre dans son ensemble et dans ses résultats. La théorie, c'est l'art, c'est la science; la pratique, c'est le métier. Or, le métier, la pratique des armes dans le détail est aussi d'une nécessité indispensable, et j'ai l'honneur de vous recommander une parfaite attention aux démonstrations du sergent-instructeur La Rose, cité dans les gardes françaises comme le meilleur académiste du temps.

Après ces paroles, le capitaine salua le colonel, qui, plus d'une fois, hélas! avait été surpris en flagrant délit de bâillement.

M. de La Rose attendait les deux officiers dans la salle basse. Jamais le sergent n'avait été plus beau de tenue, de prestance et d'animation. Une excellente bouteille de vin de Madère lui était venue en aide pour préparer la souplesse de ses membres et la lucidité de ses démonstrations.

Le petit colonel, en entrant, trouva le sergent au port d'armes, mais sans carabine, planté droit comme un piquet entre deux croisées de la salle, la main gauche collée à la couture de la culotte, la main droite posée par le revers au galon du bonnet de police.

Le marquis, rendant au sergent le salut d'usage, ne put se défendre d'un certain frisson en jetant un coup d'œil sur la sévérité de cet appareil militaire

M. de La Rose prit une carabine et la mit aux mains du colonel; il en prit une autre pour son usage particulier. Montaran s'était assis sur un banc.

— Colonel, dit l'instructeur, la première de toutes les conditions pour un soldat est de savoir se placer.

En même temps, posant deux mains nerveuses sur les épaules délicates du marquis, il lui imprima les deux pouces dans le dos, de manière à le redresser d'un seul coup et à lui faire rentrer brusquement les omoplates.

— Sacrebleu! dit le jeune Pompée.

— Du silence, mon colonel, du silence! objecta le sergent.

Et, se replaçant devant son élève, l'instructeur, d'un mouvement rapide, plaqua sèchement la main sur le ventre du marquis, passa un pied entre les deux pieds du *sujet*, les lui écarta légèrement, et, d'un coup de pouce sous le menton, il lui remit la tête à la hauteur voulue; puis, prenant sa main gauche, il la fit frapper contre la cuisse pour l'y coller, et laissant tomber lourdement la crosse de la carabine à un pouce de l'orteil du pied droit du colonel, il lui mit dans la main l'arme formidable.

Alors, se reculant lestement de trois pas:

— Soldat, dit-il d'une voix hautaine, immobile et attention au commandement!

— Jour de Dieu! répliqua le colonel; mais si votre commandement n'arrive pas bientôt, je vais tomber tout d'une pièce. Vous m'avez raidi comme un morceau de bois.

— Silence dans les rangs! s'écria le sergent instructeur, ou bien je vous f... pour huit jours à la salle de discipline.

Et, de la même voix claire et métallique, il reprit après un coup d'œil d'observation:

— Rentrez les épaules, rentrez le ventre, rentrez les coudes...

— Tonnerre de Dieu! dit le colonel, qui se croyait obligé de jurer, vous voulez donc faire tout rentrer... et où diable voulez-vous que tout cela rentre?

— Silence! du silence au premier rang! exclama le sergent. Rentrez les talons, rentrez les genoux... Immobile; la tête fixe; le regard à quinze pas devant soi... attention au commandement! ....

Fort heureusement pour l'équilibre du marquis, quelqu'un entra dans la salle d'armes. C'était le personnage noir de la veille. Le sergent pâlit de colère. Le capitaine sauta de son banc.

— Monsieur, dit la Rose en s'adressant au nouveau venu, voici le major, commandant la place; moi, je représente la garnison. Vous n'ignorez pas la consigne sévère, et je suis obligé de vous dire que, si le major l'ordonne, je me vois dans la nécessité de vous mettre à la porte.

L'homme noir sourit, et, s'adressant à son tour au capitaine:

— Monsieur le commandant, dit-il, je vous donne ma parole que j'ai le droit d'entrer ici.

Le capitaine regarda le marquis, qui fit un signe affirmatif.

— Soyez le bienvenu, répondit Montaran tout en regagnant sa place.

Mais le marquis avait perdu contenance; soit fatigue excessive, soit émotion, on le vit pâlir et chanceler.

— Sergent, dit le personnage, votre élève se trouve mal.

Le marquis tombait, en effet, entre les bras du capitaine, qui était accouru. On le déposa sur le banc.

— Chien de corbeau! disait en lui-même M. de La Rose, il vient ici nous ensorceler.

Cependant le nouveau venu s'était emparé d'une carabine, celle du marquis, et il en examinait la batterie, la maniant et en éprouvant le ressort comme un homme habitué aux armes.

— Diable d'homme! pensait le sergent, est-ce qu'il connaît les armes? — Monsieur, reprit-il à haute voix, vous paraissez avoir servi.

— Puisque votre élève ne peut aujourd'hui continuer ses exercices, sergent, donnez-lui la leçon par une démonstration avec un autre sujet, je suis à vous.

Et l'homme noir se plaça au port d'armes avec une admirable méthode; l'œil fier, l'attitude martiale.

Le sergent, stupéfait, se mit cependant à commander l'exercice.

— Très-bien, cela! s'écria-t-il, bonne tenue, de la précision, de l'ordre dans les mouvements.

La charge en douze temps, la charge à volonté, les demi-tours à droite et à gauche, le pas ordinaire, le pas accéléré, tout fut exécuté avec une rare habileté et une formidable énergie.

— Je vous rends les armes, monsieur, dit l'instructeur; vous pourriez peut-être m'en remontrer au fusil. Passons à l'épée.

Et prenant une paire de fleurets mouchetés, M. de La Rose croisa les fers et les présenta à l'inconnu qui, en homme de salle, choisit le fleuret de dessous.

— Allons, monsieur, dit La Rose, en garde! habit bas!

On jeta les habits, le combat s'engagea, d'abord par des tâtonnements de fer, des brisements coulés, des caresses de lames; mais le sergent sentant la supériorité de la main de son adversaire, en vint aux passes savantes, aux coups d'académistes; il avait affaire à un rude champion. L'homme noir lui rendait tous ses coups, parait toutes ses attaques, ripostait et se livrait à un jeu de fer terrible, sans jamais se découvrir un moment. Ni l'un ni l'autre encore n'avaient été atteints; tout à coup, l'œil de l'inconnu lança un éclair, un cri partit de sa bouche, dégageant l'épée et se fendant à fond il boutonna rudement le sergent en pleine poitrine et par deux coups fourrés des plus énergiques.

D'un coup de pouce sous le menton, il lui remit la tête à la hauteur voulue. — Page 23, col. 1re.

— Touché! s'écria M. de La Rose, avec un accent qui tenait de la colère et de l'admiration.

Le combat cessa. Le capitaine s'était avancé, il était pâle et on pouvait distinguer sur son visage une empreinte d'inquiétude très-prononcée. Cet homme qu'il ne pouvait comprendre, il voulait le voir en face, le toucher du bout d'un fleuret.

— Monsieur, dit Montaran au personnage, vous êtes à l'épée d'une force surprenante.... me permettrez-vous de prendre la revanche que vous devez à mon sergent?

— Oh! oh! reprit l'inconnu, l'honneur du corps n'entend pas raillerie, n'est-ce pas? Eh bien! monsieur le capitaine, je suis à vos ordres.

Montaran quitta son habit et sa veste avec une incroyable animation. Le sergent s'approcha de lui et crut devoir lui dire:

— Vous avez de la colère, capitaine, prenez-garde... un coup trop sec peut démoucher le fleuret.

— Soyez tranquille, reprit Raoul, et d'ailleurs.... ajouta-t-il en levant les épaules.

Les deux adversaires s'avancèrent l'un contre l'autre dans une attitude vraiment effrayante. Les lames se touchèrent et frémirent. Montaran (excellente épée!) poussait déjà à fond avec une impatience qui n'échappa point à l'homme noir.

— Monsieur, lui dit celui-ci, vous me menez fort mal!

Et il se couvrait avec une inconcevable adresse. Or, il arriva que, dans l'action, la chemise du capitaine fut saisie au bras droit par le bouton de l'adversaire qui, voulant le dégager, déchira le linge et découvrit à nu l'avant-bras de Raoul.

— Eh bien! s'écria le capitaine voyant son adversaire qui abaissait son fer; ce n'est qu'une chemise déchirée. En garde donc!

Mais l'homme noir avait singulièrement pâli. Son œil ardent ne cessait de se fixer sur le bras nu de M. de Montaran; il finit par refuser de continuer l'assaut, prétextant un éblouissement subit.

— Allons, monsieur, dit Raoul, à une autre fois.

Et il alla reprendre ses vêtements, assez surpris de l'air étrange de son adversaire. L'homme noir, en effet, avait été subitement troublé. Raoul portait sur l'avant-bras droit une sorte de petit tatouage d'un rouge vif et représentant une couronne. Ce signe héraldique avait été vu du personnage mystérieux, et là était toute la cause de cet éblouissement qui était venu le surprendre. Cependant, reprenant par degré son aplomb habituel, l'homme noir s'avança vers le sergent pour lui rendre son fleuret. C'était un moyen d'échapper à l'attention du capitaine.

— Sergent La Rose, dit-il, vous êtes une fine lame et un très-habile homme; je n'ai été qu'heureux.

Puis se tournant vers le capitaine:

— Monsieur, reprit-il, je n'ai pas l'honneur d'être destiné à commander un régiment; mais, si le roi avait daigné m'appeler à ce poste, je vous jure que je serais mort à la peine ou que je serais, à l'heure qu'il est, le meilleur soldat de son armée.

Et lançant un regard très-significatif au marquis,

Volontiers, mais après avoir fait sauter le vôtre, monseigneur. — Page 26, col. 2.

il sortit posément, suivi du sergent qui l'aborda sur le perron en lui disant:

— Qui que vous soyez, monsieur, je vous dois deux coups de bouton, et j'espère que vous me permettrez d'avoir l'honneur de vous les rendre.

— Très-volontiers, mon brave, répondit le champion, à quand le rendez-vous?

— A demain, monsieur, mais en plein air, j'aime le terrain.

— Je partage ce goût-là, mon brave adversaire. A demain, dans la grande allée, à cinquante pas d'ici, si vous le voulez bien.

Ils échangèrent un salut et se séparèrent.

Le marquis avait regagné son appartement et il s'y était renfermé, la rage dans le cœur. Montaran avait eu la discrétion de ne pas lui demander des explications, que, probablement, celui-ci lui aurait refusé. Il rejoignit le sergent dont l'étonnement, mêlé de confusion, était visible.

— Pour un homme d'église, dit La Rose, c'est un fameux lapin!

— Qui vous a dit qu'il est homme d'église? demanda Montaran.

— Oh! par Dieu! reprit La Rose, il n'y a qu'un curé qui soit capable d'opérer les choses prodigieuses que nous lui avons vu faire, sans compter celles que nous ignorons. Ces gens-là, capitaine, ont des ressources surnaturelles....

— Vous êtes supertitieux à ce point, dit Montaran.

— Tenez, capitaine, vous en penserez ce que vous voudrez; mais, moi, j'ai la conviction qu'il n'est rien d'impossible à une calotte d'abbé, ni à un froc de moine. Dans ma jeunesse j'ai connu un curé de village qui traversait d'un bond le vallon de Montargis.... au clair de lune.

— Oui, dit le capitaine Raoul, dans la nuit, quand personne n'y pouvait rien voir.

— Vous êtes incrédule, capitaine.

— Moi? reprit Montaran, je crois à tout.

— Et à rien, par conséquent, mon capitaine. D'ailleurs, le siècle est ainsi : un de ces jours nous nierons le soleil. Cela n'empêche nullement que je n'aie une tendresse excessive pour les philosophes ; j'adore Voltaire...

— Vous le connaissez, sergent?

— Beaucoup!

— Ah! oui, entre homme d'esprit....

— Vous croyez que je raille, capitaine?

— Nullement, quoi d'étonnant que deux hommes se connaissent.

— Rien, capitaine, rien; mais ce qui n'est pas d'un mince avantage, c'est d'être connu particulièrement du grand homme qui embarrasse si fort le pape aujourd'hui.

— Vous me conterez cela une autre fois, monsieur de La Rose. Nous n'avons plus rien à faire ici aujourd'hui, à ce qu'il paraît. Allons, je donne permission de dix heures à la garnison.

—Merci, commandant! dit le sergent en portant la main au bonnet.

En quittant l'école militaire, l'homme noir avait regagné les abords du château. Au détour d'une allée il vit venir à lui un adversaire bien autrement redoutable que M. de La Rose. La marquise de Montplaisir se promenait, un livre à la main, sous les grands chênes de cette même allée où le personnage était entré. L'occasion était belle pour un *à parté*, mais il est d'usage que plus deux personnes ont envie de s'aborder, plus elles évitent d'en avoir l'air. Rosemonde, tout en lisant son livre d'un œil, observait de l'autre l'homme qui passait, et, comme elle crut, un moment, qu'il se contenterait de la saluer et de regagner le château, elle laissa tomber son livre. L'inconnu se hâta de le ramasser et de le lui rendre. Le moyen employé pour l'attirer avait été parfaitement deviné par lui. Une autre passe d'armes commença donc dans cette allée, mais cette fois avec des lames démouchetées.

—Madame, dit le personnage noir, ce pauvre livre vous tombe des mains,.. il ne vous inspire pas même de la pitié....

— Mais, au contraire, répondit Rosemonde en reprenant sa promenade et marchant de front à deux pas de son interlocuteur, ce livre est des plus intéressants.

Le fermant tout à fait, elle parut vouloir en cacher le titre à l'homme noir qui n'insista pas un instant pour le connaître.

— Vous aimez les longues promenades, monsieur? reprit-elle. On vous cherchait au château ce matin.

— Vraiment, madame la marquise! dit-il, mais veuillez être assez bonne pour me dire comment vous avez pu croire que c'était bien moi que l'on cherchait?

— On vous a demandé, monsieur.

— Ah! reprit le personnage, par mon nom?...

Et il regarda de côté la marquise, qui ne s'attendait pas à la singulière objection.

— Il est certain, reprit Rosemonde, dont l'embarras le cédait toujours dans l'occasion à quelque merveilleux expédient, il est certain que si, dans le château de Montorgueil, on voulait vous désigner par votre nom, on courrait grand risque de n'être pas compris.

— Comment cela, madame?

— Par la raison toute naturelle que nul de nous, monsieur, ne sait, je crois, le nom que vous portez.

— En vérité, reprit-il; oh! mais c'est bien singulier. Je ne le cache cependant à personne.... il est si peu important!

— Un homme de mérite est toujours modeste, monsieur.

— Vous me rendez confus, madame. C'est à moi bien plutôt à vous parler d'admiration.

— Mes admirateurs sont très-peu nombreux, et voilà précisément pourquoi je puis les désigner, chacun par son nom.

— Madame, veuillez inscrire le mien sur vos tablettes.

— Avec grand plaisir, monsieur.

— Personne n'en sera plus flatté, madame la marquise.

— Ainsi, monsieur, je vais inscrire....

— Ni plus reconnaissant, madame.

— Je crois à tous vos sentiments, dit Rosemonde qui souriait, parfaitement certaine qu'elle n'obtiendrait rien ou tout au plus un nom d'emprunt.

— Ah! madame, quel honneur et quel bonheur d'obtenir votre approbation!

— Vous l'avez tout entière, monsieur. Seulement elle se donne un peu aveuglément en cette occasion....

— Madame, cette confiance est un excès de bonté.

— Ma bonté, monsieur, ne donne dans aucun excès, je vous assure.

— Voilà de la sagesse ou je ne m'y connais pas. Vraiment, tant de raison avec tant de jeunesse et de beauté, c'est merveilleux!

— Hélas! monsieur, le visage ment quelquefois bien effrontément....

Rosemonde, à son tour, regarda du coin de l'œil le personnage noir, qui resta d'une impassibilité désespérante.

— Ah! oui, reprit-il avec un soupir, le mensonge est la plaie de la société! Que de gens avec un masque aujourd'hui!

— Je suis de cet avis, dit Rosemonde, qui entrevoyait enfin avec joie le point délicat qu'elle frapperait. Le monde, à mes yeux, est un grand bal masqué. On y coudoie souvent d'éminents et de dangereux personnages sous les dehors les plus simples.

— Ah! certes, oui, madame, reprit l'homme noir, on ne saurait être trop défiant. Moi, qui ai l'honneur de vous parler en ce moment, je suis très-prudent.

— On a quelquefois tant de raison de l'être! dit Rosemonde.

— L'êtes-vous beaucoup, madame?

— Peut-être autant que vous, monsieur.

— Mais alors (vous m'effrayez presque) cette prudence est motivée par des raisons délicates...

— Cherchez, monsieur, vous avez le champ libre...

— Eh quoi! madame la marquise de Montplaisir ne peut-elle marcher le front levé et se montrer au grand jour?

— Elle le peut, dit Rosemonde fièrement.

— Eh bien! reprit l'homme noir avec un accent étrange et en s'arrêtant brusquement, qu'elle ose donc lever son masque...

— Volontiers, mais après avoir fait sauter le vôtre, Monseigneur.

Par un bond nerveux, l'inconnu se recula comme si un serpent l'eût piqué au pied; pâle, les yeux fixes, les dents serrées, il regardait ardemment Rosemonde qui, à son tour, se posant noblement et croisant les bras, le regardait. Ainsi placés sous les chênes, dans l'avenue, en plein soleil et le vent frais de l'automne faisant pleuvoir autour d'eux les feuilles desséchées, ils offraient un spectacle étrange. Un peintre qui les eût rencontrés aurait peut-être trouvé là le sujet d'une toile admirable, d'une peinture où la grâce, la noblesse, l'intelligence, la surprise, le dépit et l'effroi se seraient révélés avec un accent saisissant de vérité.

—Que dites-vous là, reprit l'homme noir, à qui la respiration revenait.

— Ignorant votre nom, répondit la fière Rosemonde, je vous appelle par votre titre.

— Mon titre! Qui vous a parlé de ce titre? Qui vous a fait ce mensonge?...

— Oh! parbleu, ne récusez pas la véracité de mon confident.

— Me répondrez-vous?

— Non, dit Rosemonde.

— Eh bien! moi, je vous dis à mon tour que je vous ai devinée... Vous n'êtes pas la femme de qualité dont vous prenez le nom. Vous êtes ici...

— Quoi? reprit Rosemonde.

— Une aventurière!

— L'aventure d'aujourd'hui est assez piquante pour qu'on ne la renie pas.

— Vous raillez!...

— Je vous raille! Pourquoi non? N'êtes-vous pas très-plaisant ainsi, pâle de colère contre une femme qui vient de vous appeler....

— Taisez-vous, au nom du ciel! reprit l'homme noir tout hors de lui et presque confus; taissez-vous et... composons. Vous êtes une femme d'esprit, vous êtes même une femme charmante...

— Allez-vous me faire une déclaration? dit dédaigneusement la belle *marquise*.

— Oui, une déclaration, ajouta à voix couverte l'homme noir. Vous avez mesuré d'un coup d'œil toute l'étendue du ridicule du *colonel*... Chargez-vous de le transformer en homme digne, élevé, sérieux, à la hauteur de sa position.... Vous seule pouvez cette éducation, cette renaissance.

— Voyez, dit Rosemonde, comme les beaux esprits se rencontrent. J'avais eu un instant cette idée.... C'était même une sorte de projet arrêté chez moi.

— Eh bien? dit le personnage haletant.

— Eh bien! j'y renonce. D'abord la corvée est trop forte, et puis je ne fais jamais qu'à ma tête.... Un conseil donné me répugne à accepter, cela ressemble à une servitude.

— Je vous en prie, reprit d'un son de voix insinuant le personnage.

— Je n'ai aucun intérêt à cela, et j'ignore le grand intérêt que vous y attachez.

— Un intérêt immense. Prenez ce jeune homme pour un temps.... Eduquez-le... Soyez pour un an...

— Sa maîtresse? dit Rosemonde avec dédain.

— Je n'ai pas dit cela, madame, ajouta l'homme noir en se mordant la lèvre.

— Et vous avez sagement fait. On verra donc peut-être de protéger votre colonel.

— Ah! vous me rendez l'espoir, la joie.

— Oui, mais j'ai des conditions.

— Lesquelles, madame?

— A qui rendrai-je cet éminent service?

— A lui, madame. A moi... ensuite.

— A vous? Et à qui vous?

Il se fit un instant de silence. Rosemonde, comme pour donner le temps à son interlocuteur de réfléchir, ouvrit son livre.

— Oserais-je vous demander quel est cet ouvrage, madame? dit-il.

— Volontiers, répliqua Rosemonde. Tenez, voyez vous-même. J'ai pris cela ce matin dans la bibliothèque du château.

L'homme noir saisit le livre et lut au titre:

*Les Lettres provinciales!* Ah! dit-il en rendant l'ouvrage.

— Je n'ai jamais lu un livre d'un si haut mérite, ajouta Rosemonde; un livre de plus de sens, de plus de malice, de plus de vérité et d'un style plus triomphant.

Le personnage mystérieux baissa la tête. Rosemonde l'accablait de son rayonnant ascendant.

— Rassurez-vous, finit-elle par lui dire en bonne fille; je vous ai deviné, je vous connais... Quant à moi, je ne veux pas garder pour vous un titre et un nom d'emprunt, car je suis sûre dès aujourd'hui de votre discrétion... Me cacher devant vous serait de la faiblesse... Je suis Rosemonde de Champ-Fleury, premier sujet au corps de ballet de l'Opéra de Paris. Adieu, je continue ma promenade et ma joyeuse lecture.

Et, d'un pas assuré, elle se mit à marcher dans la grande allée. L'homme noir s'éloigna lentement.

### UN ENLÈVEMENT.

Il n'avait pas été difficile à Rosemonde de deviner, à travers la sérénité apparente de mademoiselle de Fontarabie, un grand fonds de tristesse dans l'âme de cette belle et noble personne. Mais l'amitié entre elles était de trop fraîche date pour amener déjà des confidences. Dolorès avait sur elle-même ce que l'on nomme *un grand empire*. Les natures d'élite manquent rarement d'énergie. Dolorès puisait la sienne dans la solitude de sa vie. Isolée, occupée, libre de toute déférence dans le délicieux appartement qui lui était donné, elle se trouvait plus forte, elle tenait tête plus courageusement aux prévisions tristes ou menaçantes de l'avenir.

Rosemonde était parvenue, à force d'art et de séduction, à pénétrer dans ce beau cloître, habité par la grâce et la pureté. Mademoiselle de Fontarabie avait consenti à la recevoir chez elle; mais les visites étaient rares et abrégées presque toujours par la volonté d'un sablier posé sur une table, et qui indiquait, par une jolie fontaine de sable rose, que l'heure fuyait impitoyablement. Rosemonde eût bien voulu retourner une fois le sablier pour doubler la demi-heure; mais, soit respect, soit probité de cœur, elle n'avait point osé y toucher.

Le lendemain du jour dont il a été question, la *marquise* de Montplaisir avait trouvé Dolorès plus préoccupée que de coutume. Elle risqua quelques questions auxquelles on répondit d'abord assez vaguement.

— Il me semble, mademoiselle, reprit Rosemonde, que, si, quelqu'un au monde doit bénir son étoile, c'est la personne qui m'écoute en ce moment.

— Madame, dit Dolorès en entr'ouvrant la fenêtre du balcon, regardez, je vous prie, le beau coucher de soleil. Toutes les montagnes sont en feu de ce côté; ces derniers rayons, pourpre et or, sur la neige des pics élevés que l'on distingue d'ici, sont d'un effet admirable.

C'était répondre par une échappée très-évidente. Rosemonde changea de stratégie.

— Oui, dit-elle, voilà un spectacle splendide. Que de grandeur dans la nature! Je ne comprends pas comment on peut se décider à habiter les villes, même Paris. La vie à la campagne est cent fois préférable sous tous les rapports. A la campagne, il semble que le cœur et l'imagination soient plus à l'aise... Si j'avais le moindre chagrin, je ne quitterais jamais les champs.

Dolorès regarda la *marquise*, et bien vite reporta son regard vers l'horizon enflammé et sur les montagnes.

— Hélas! mon Dieu! quand je dis que je n'ai pas de sujets de tristesse, je mens peut-être, ajouta Rosemonde. Qui n'a pas les siens?

Dolorès ferma la fenêtre et reprit son fauteuil près d'une table chargée de canevas, de bobines de soie et de belles fleurs dans un vase du Japon. Rosemonde continuait ainsi:

— La vie du grand monde pour une pauvre veuve est souvent fort pénible. Une jeune femme, dans l'état de veuvage, est le point de mire de tant d'observations, et souvent de tant de malveillance! Il n'est pas de fat un peu à la mode qui ne se croie obligé de lui plaire, ou d'établir partout qu'il lui plaît à la folie. Et puis, franchement, avec de la jeunesse et une position, on a un cœur... et que faire de ce pauvre cœur au bout de quelques années d'isolement?... Le veuvage, décidément, a bien ses ennuis.

— Madame, reprit avec beaucoup de calme Dolorès, tout en brodant de la tapisserie, madame, auriez-vous le projet bien arrêté de vous remarier?

— Hélas! mon Dieu! je devrais repousser cette idée. J'ai été victime déjà de toutes les illusions d'un mariage qui paraissait superbe, cependant...

— Vraiment! dit Dolorès en brodant avec distraction. C'était sans doute un mariage de convenance, une alliance arrangée et signée d'avance entre deux familles.

— Oui et non, mademoiselle, dit Rosemonde. On m'avait bien déclaré que je n'aurais pas d'autre époux que M. de Montplaisir; mais il était doué de hautes qualités, il faut être juste. Ses défauts étaient grands aussi... S'il m'avait complétement déplu, j'aurais été la plus malheureuse créature, puisque j'étais forcée de l'accepter; ou bien je me serais révoltée... et Dieu sait ce qu'il en serait advenu.

— Vous vous seriez révoltée, madame, contre de saintes volontés! reprit Dolorès en oubliant sa tapisserie.

— Saintes ou non, j'avoue, mademoiselle, que j'aurais fait le démon contre ces volontés-là... Oui, le démon... j'aurais fait des diableries... puisqu'un mariage forcé est un enfer, comme on dit.

Dolorès pâlit et devint rêveuse.

— Mademoiselle, reprit Rosemonde, tout le monde n'a pas le bonheur qui vous environne : belle, admirée, dix-huit ans, une immense fortune, un nom illustre, une haute éducation; mais c'est magnifique, et vous aviez bien le droit, avec tous ces avantages, de choisir vous-même un noble époux, un homme selon votre cœur et vos idées...

— Moi, madame? dit vivement la jeune fille, je ne l'ai nullement choisi.

— On vous l'a imposé, mademoiselle? répliqua Rosemonde en fixant sur elle ses yeux clairs et pénétrants,

— Je l'ai accepté, dit l'Espagnole.

— Accepté? quand on est mademoiselle de Fontarabie! ajouta Rosemonde.

Deux larmes roulaient des yeux de Dolorès, qui s'était hâtée de reprendre sa broderie. Ces deux larmes tombèrent sur ses belles mains blanches. Elle en eut de l'effroi et voulut se lever.

— Non, reprit Rosemonde, non, ma noble amie. Ecoutez-moi bien : j'ai un peu la science du cœur; en fait de sentiments secrets, je suis un peu sorcière. Ne vous effrayez pas; je vous parlerai un langage orthodoxe et très-naturel. Non-seulement vous n'acceptez pas librement le mariage qui vous est imposé, mais encore, dans votre for intérieur, vous avez horreur de ce mariage.

Dolorès redressa la tête, regardant Rosemonde avec ébahissement.

— Oui, oui, reprit celle-ci, regardez-moi bien; je n'ai rien de surnaturel sur le visage, mais j'ai un bon coup d'œil, et j'ai lu dans votre âme beaucoup mieux que vous ne pouviez le penser. Vous n'avez pour le marquis, votre fiancé, que du dédain, et, pauvre ange, vous vous mourez sourdement de chagrin; la pensée de devenir la femme d'un homme parfaitement ridicule vous tue... Osez dire le contraire, ma noble amie!

Mademoiselle de Fontarabie suffoquait de larmes. Rosemonde lui prit les mains. Elles s'embrassèrent sans plus ajouter une parole. Tout était dit, expliqué, reconnu. Pour la première fois de sa vie, Dolorès venait d'épancher sur le sein de l'amitié l'amertume de son cœur.

— Allons, reprit la *marquise* après dix minutes de silence, du courage et de l'espoir. Voyez, Dolorès, voyez comme le coucher du soleil est beau sur la montagne; que de gloire et de sérénité! je suis un peu païenne, moi, je crois aux augures : cette douce confidence du cœur, qui vient d'avoir lieu en face de ce beau ciel si rayonnant, si limpide, cette confidence amènera des jours heureux.

— Madame, s'écria Dolorès, que Dieu vous entende!

En descendant le grand escalier du château pour se rendre à son allée favorite dans le parc, Rosemonde fit ce raisonnement qui ne manquait pas de logique : « La noble Castillane, pour qui je commence à ressentir une affection sérieuse, déteste le marquis; le *monseigneur* noir dont je me défie beaucoup, et pour qui j'éprouve de la répulsion, tient, je ne sais pourquoi, à ce mariage; il l'a résolu, et il est très-puissant. J'ai presque promis à cet homme noir de me charger de l'éducation du marquis pour le rendre digne de tous les avantages de sa position et de son avenir; mais je me suis encore plus promis à moi-même de protéger Dolorès et de la sauver... Je ne refuse pas de tenter quelque chose pour ce ridicule colonel, qui, probablement, est un fat incorrigible; mais je refuse encore moins mes soins à Dolorès, qui est une admirable personne. Or, si je les laisse tous deux ici, rien n'est possible pour le marquis, et tout est dangereux pour ma nouvelle amie. Le colonel restera *indécrottable* et *indécrotté*, et, tout sot qu'il est, Dolorès sera forcée de l'épouser. Il faudrait pouvoir enlever la noble fille de ce château... Oui, mais mademoiselle de Fontarabie, courant le monde sous le protectorat d'une danseuse de l'Opéra, est perdue de réputation... Ah! quelle idée! si j'enlevais le marquis!... »

Rosemonde était déjà dans la grande allée des chênes, quand cette idée lumineuse lui sauta aux yeux. Elle en eut comme un éblouissement. Continuant ensuite à marcher et à réfléchir, elle reprit de la sorte son raisonnement : « Enlever le marquis! je crains peu pour ma réputation; il n'y a personne d'assez ridicule à Paris pour se loger dans la cervelle que ce petit sot puisse être ou devenir mon amant. D'autres dangers se présentent. Le marquis est gardé à vue, dans son école militaire, par Montaran et La Rose. Or, Montaran est un intelligence et un homme de grand cœur; il est amoureux de moi aux trois quarts; en supposant que je puisse lui arracher le marquis des mains, il se livrera plus tard à de furieux accès de jalousie. D'un autre côté, M. de La Rose, qui baise si tendrement les mains de mon nègre, est un rigide geôlier. Je crains peu sa vengeance, sa vanité blessée... mais je crains son œil vigilant, sa souplesse, sa force, son agilité... Il fait autour de la place une rude garde. N'importe; le projet est grand, il est audacieux, il a un noble but; il est digne de moi. Il faut ici un jeu de machines, un changement à vue, quelque chose de surprenant et de merveilleux comme sur mon royal théâtre de l'Opéra. »

Et, dans son enthousiasme, elle marchait d'un pas triomphal sur les feuilles desséchées qui jonchaient la grande allée, sa longue robe flottante, l'œil brillant, son joli chaperon de feutre gris, garni de plumes blanches, coquettement posé sur l'oreille, comme une belle et charmante fille qu'elle était.

— Sans doute, reprit-elle, tout cela est fort beau; mais si je ne parviens à enlever le marquis, et si je ne puis me décider à persuader Dolorès de fuir avec moi, qui enleverai-je? car il faut nécessairement enlever quelqu'un d'ici. La duchesse?... Allons donc! c'est le monseigneur noir qu'il faudrait prendre, et au besoin, je l'aurai, cet oiseau, et je l'emporterai dans une si bonne cage qu'il en aura pour dix ans de réclusion.

Et, toute joyeuse, elle frappa dans ses mains comme frappaient pour elle à l'Opéra les plus huppés gentilshommes de la cour, comme aurait frappé pour elle, à Lyon, le public *idolâtre*.

Une heure après, Rosemonde, retirée dans son appartement, donnait des ordres à son nègre. La nuit était venue. La *marquise* de Montplaisir, prétextant une affreuse migraine, avait demandé à souper dans son petit salon et absolument seule, faisant agréer mille excuses respectueuses à madame la duchesse de Montorgueil. Le nègre était devant sa maîtresse et attendait l'ordre de se retirer.

— Va, Lily, dit-elle, et suis bien exactement tout ce que je t'ai expliqué. Il te faut une heure et demie pour te rendre d'ici à Moulins; à neuf heures et demie ma voiture de voyage, qui est toute prête à partir, se rendra de l'auberge du Faisan-Royal, sous les murs du parc, au lieu que je t'ai désigné; quatre chevaux, entends-tu, Lily, et les plus vigoureux des écuries de la poste; deux postillons et douze livres à chacun pour boire et surtout pour aller grand train.

Le nègre partit. Rosemonde, sans perdre un moment, prit plusieurs lettres qu'elle avait écrites, les serra dans un beau portefeuille de satin rose, lamé d'argent, et descendit dans le parc par un escalier dérobé. Le temps était magnifique, ainsi qu'on l'a vu par le coucher du soleil; une lune complaisante et douce éclairait les bois et les vallées. La *marquise* gagna l'avenue qui conduisait à la Faisanderie et marcha résolûment de ce côté.

Dans ses prévisions, elle était presque sûre de rencontrer le sergent sur le *chemin de ronde*, attendu que M. de La Rose, après avoir donné la journée au noble métier des armes, avait coutume de donner les soirées à la recherche de quelque galante aventure. Il y avait au château assez de jolies femmes de chambre pour émoustiller le cœur du sensible sergent en attendant mieux, car il ne renonçait nullement à ses conquêtes en haut lieu.

Rosemonde arrivait donc à peine près des grilles de la Faisanderie, que l'amoureux sergent se montra au rond-point de trois allées. Le frôlement d'une jupe l'attirait comme don Juan dont Figaro nous a vanté si spirituellement l'ouïe et l'odorat.

La marquise, feignant d'avoir peur, s'arrêta, puis, se retournant, se mit à marcher à pas précipités. Si Rosemonde l'eût voulu, légère comme une abeille, elle eût distancé le sergent et l'eût laissé bientôt en face du visage de la lune, solitaire et désespéré. Mais la nymphe la plus svelte de l'Opéra voulut bien, ce soir-là, se laisser atteindre par le bel *Actéon*.

— Quoi! madame la marquise, exclama le sergent étourdi de sa capture, vous ici!... Vous même! arrivée et voulant fuir sur vos pieds de déesse?

— Monsieur de La Rose, reprit-elle en jouant une grande émotion; c'est vous que je cherchais... J'avais cru me tromper et je fuyais...

— Vous me cherchiez, divine femme?

M. de La Rose mit un genou en terre et s'évertuait à faire la conquête de la main de la marquise, apparemment par souvenir de son bonheur au Faisan-Royal.

— Oui, vous-même; mais, de grâce, relevez-vous. Nous n'avons pas un instant à perdre.

— Pas un instant à perdre, séduisante Cupidon? s'écriait le sergent.

— J'ai à vous demander, monsieur...

— Mon cœur, madame?

— Je l'ai, je le sais.

— Ma constance, marquise?

— Je l'aurai, j'en suis sûre.

— Ma valeur, charmante reine?

— J'y compte. Mais aujourd'hui c'est un important service que je réclame de votre dévouement.

— Un service? dit La Rose, qui espérait mieux déjà. Parlez, madame.

— Vous avez des chevaux dans les écuries de l'*école* militaire?

— Quatre, madame, et qui n'ont rien à faire, attendu qu'on n'en fait rien.

— Sellez et bridez un cheval à l'instant, monsieur; voici une lettre pour M. le commandant de place de Moulins. Il faut la lui porter sur-le-champ et la lui remettre en mains propres... de ma part. Il s'agit de faire arrêter cette nuit-même un homme très-dangereux pour moi et qui se trouvera, au reçu de ma lettre, à Moulins, sous la main du commandant.

— Très-dangereux pour vous, adorable marquise, dit le sergent en portant la main à la garde de son épée. Mais je vais à l'instant l'embrocher comme un oison ou lui couper les oreilles; à votre choix, madame.

— Je préfère le faire arrêter, dit la marquise. Monsieur, je vous demande ce service au nom de ma sûreté personnelle, et je connais votre courtoisie.

Le sergent s'inclina, le chapeau à la main.

— Partez, dit Rosemonde, et sans souffler un mot de cela à votre capitaine.

— C'est une infraction à l'ordre, madame, reprit l'amoureux sergent; mais... vous le voulez!...

— Ma reconnaissance, monsieur...

Rosemonde n'acheva pas. Elle baissa les yeux, et M. de La Rose, ébloui de la reconnaissance qui suivrait le service, se dirigea avec prudence vers l'écurie du Châtelet. Le cheval fut enharnaché dans un tour de main; le sable de la cour amortissait le bruit des pas. Le sergent reçut la lettre pour le commandant de Moulins, et, cette fois, heureux et fier, il put baiser une des plus belles mains du royaume. On la lui abandonna sans pruderie, et il reconnut bien cette main à la finesse de la peau et à l'élégance de la forme, le charmant et spirituel amoureux qu'il était.

Dix minutes après, M. de La Rose, sorti du parc par une porte dérobée, galopait sur la route de Moulins, le cœur en fête et la tête perdue.

— Et d'un! dit Rosemonde en écoutant le bruit du galop du cheval.

Elle s'avança jusque dans la cour de la Faisanderie. La grille était restée entr'ouverte. Un laquais ne tarda pas à passer; il vit une femme et s'approcha.

— Que fait le capitaine Montaran? demanda Rosemonde.

— Madame la marquise, répondit en souriant le laquais, qui l'avait reconnue, le capitaine écrit en ce moment dans sa chambre.

— Que fait le colonel?

— M. le marquis soupe dans son appartement, en tête-à-tête avec son perroquet.

— Portez-lui ce billet, dit Rosemonde, et remettez-le lui secrètement. Voici un cachet d'or pour m'assurer de votre discrétion.

Elle lui mit un louis dans la main. Le laquais était trop dévoué à son jeune maître pour le priver de la merveilleuse bonne fortune qui l'attendait. Le billet fut remis avec toute l'adresse et le mystère voulu. Oubliant son perroquet, le colonel lut ce qui suit, écrit d'une main rapide et qui paraissait avoir été fort émue :

« Votre réclusion me fait mourir de chagrin...
« Quand cesserez-vous ces études et ces exercices
« d'enfant ? Dussiez-vous me croire folle, je viens
« vous délivrer. Venez, je vous attends sous les
« *murs de votre forteresse*. Si vous ne pouvez vous
« échapper... mettez le feu aux rideaux de votre ap-
« partement... criez au secours, et, au milieu de l'é-
« chauffourée, sauvez-vous.

« A vous pour la vie, si vous venez. »

Le billet était signé : Marquise *de Montplaisir*. Le colonel en croyait à peine ses yeux. Cependant il ne relut point le billet ; mais, renvoyant ses gens, sous je ne sais quel prétexte, il prit son perroquet, le plaça sur le poing gauche, et, saisissant un flambeau de la main droite, il alluma les franges d'un grand rideau de bazin, qui flamba tout à coup comme un feu d'artifice. Poussant alors des cris d'épouvante, le marquis et son perroquet se précipitèrent, sans se quitter, dans l'antichambre, et, tandis que toute la maison se ruait dans le lieu de l'incendie, Rosemonde, cachée dans la pénombre d'un grand vase et d'un if, près de la grille, recevait les deux fuyards, échappés aux flammes, et les entraînait vers une porte dérobée, la même que le sergent avait ouverte. Le marquis, ivre de joie, se laissait conduire par la divine apparition et se laissait mordre le doigt jusqu'au sang par l'oiseau américain, que l'épouvante rendait féroce Le colonel marquis de Montorgueil, comme on le voit, était destiné à verser son sang sur tous les champs de bataille.

Au lieu désigné, à six cents pas du château, une charmante voiture de voyage, parée de tous ses agrès, et attelée de quatre chevaux de poste, attendait dans l'obscurité. Un nègre parut, une lanterne à la main : c'était Lily. Dans la voiture, une jeune femme était déjà assise : c'était Zéphirine, femme de chambre de la *marquise*. Etourdi, mais ravi de joie, le marquis hésitait.

— Montez, dit Rosemonde, montez, monsieur, car c'est moi qui vous enlève.

Il s'élança dans le carrosse où la marquise le suivit avec la légèreté d'une chevrette. Lily, armé de sa lanterne, grimpa sur le siége. Le signal fut donné, et les quatre vigoureux chevaux emportèrent à fond de train cette bienheureuse voiture, qui transportait à Lyon un nègre, une femme de chambre, un petit colonel de vingt et un ans, une belle et spirituelle danseuse de l'Opéra, et un gros perroquet rouge et vert, arrivé des Florides depuis huit jours, tout exprès pour assister à ce joyeux enlèvement.

Ce que devint M. de La Rose, le voici :

Il avait remis lui-même, et avec une fidélité militaire, la lettre de la dame de ses pensées à M. le baron de Pitiviers, major et commandant de la place de Moulins. Cette lettre était écrite à peu près en ces termes :

« Monsieur le major, M. de La Rose, porteur de ma lettre, est le plus brave militaire de l'armée et le plus galant des sous-officiers aux gardes françaises. C'est de cette fleur de galanterie même que j'ai à me plaindre aujourd'hui. M. de La Rose, follement épris de ma personne, me barre le passage et menace de m'enlever au moment où la ville de Lyon compte sur moi pour donner le spectacle d'un ballet à M. le maréchal duc de Richelieu, à son retour d'Espagne, et qui traverse le Lyonnais. Veuillez, monsieur le major, prier M. La Rose de garder les arrêts chez vous pendant quarante-huit heures. J'aurai le temps ainsi, de me rendre aux vœux des Lyonnais, mes honorables admirateurs.

Agréez, etc., etc.

« Rosemonde de Champ-Fleury,
« Du corps de ballet de l'Opéra. »

Le premier soin de M. le baron de Pitiviers fut donc de s'assurer de la chevaleresque personne du beau sergent, qui passa deux jours au fort de Moulins.

D'autres lettres avaient été laissées au château de Montorgueil par Rosemonde qui savait son monde autant que personne. L'une était adressée à la duchesse pour la remercier de son hospitalité et pour la rassurer ; l'autre à Dolorès pour lui apprendre qu'elle était libre de refuser un époux qui enlevait une danseuse ; l'autre à l'homme noir pour lui annoncer que, selon ses intentions, on commençait, dès ce jour, un bon système d'éducation pour le marquis ; enfin, la quatrième portait l'adresse du capitaine de Montaran. La voici :

« Mon ami, j'enlève votre colonel du milieu des flammes. Il a vu le feu, c'est assez pour sa gloire ; il part avec moi, c'est assez pour sa renommée. Mais son éducation est incomplète, et je crois franchement vous rendre service en me chargeant de la perfectionner. Rassurez-vous, ami, il n'en coûtera rien ni à ma réputation, ni à ma moralité, ni à mon cœur, ni à l'attachement profond que je vous ai voué. Je vous attends, à Paris, dans quinze jours, à ma petite maison des champs, près de Villeneuve-Saint-Georges-sur-Seine.

« A vous, mon brave et bien cher capitaine,
« Rosemonde. »

» *P. S.* Je vais rejoindre le public idolâtre de la seconde ville de France. »

## LE BALLET DE PSYCHÉ.

La ville de Lyon est fort belle et d'un aspect grandiose, quand, des hauteurs qui l'environnent, on la découvre tout à coup dans la presqu'île où elle est assise. Ces deux fleuves serrant les flancs de la ville ; ces collines de verdure et de grands bois formant amphithéâtre au bord des eaux ; ces lointains lumineux du côté du midi et qui font pressentir le pays du soleil ; à l'est, les vagues dentelures de la chaîne des Alpes qui se fondent dans les airs, tout cela est d'un effet saisissant pour quiconque a de l'âme et de la pensée.

Pourtant, il faut en convenir, la seconde ville de France est attristée encore à son centre par un réseau de rues noires et tortueuses peu en harmonie avec le développement de ses quais et la grandeur de ses fleuves. Le cœur de la ville, le vieux Lyon, est d'une sombre physionomie pour tout étranger ignorant que ces maisons hautes, bâties de pierres grisâtres, n'ayant ni cour, ni vestibule, servies en dedans par un escalier massif, obscur et tournant sur lui-même, que ces maisons, d'un aspect si pénitentiaire, recèlent, parfois, de riches argentiers et de fort belles personnes, dames ou ouvrières.

Ne cherchons pas à étudier la physionomie morale de Lyon; au milieu de nos recherches psychologiques, nous trouverions le marchand dans toute l'énergie du mot. Oui, Lyon est un marchand, et à Dieu ne plaise que nous trouvions cela mauvais! C'est un riche marchand, c'est l'ancien négociant français, fort honnête homme, je le crois, fort heureux, je l'espère; mais enfin le travail des affaires agit sur son humeur et ses idées; il tend au positif par une attraction dominatrice; il fouille beaucoup et souvent son coffre-fort, peu son imagination, tout aussi douée probablement que celle de tant d'autres. Quant à son cœur, pourquoi ne s'en préoccuperait-il pas? Lyon, le marchand, peut fort bien ne pas aimer l'or pour l'or; il a des entrailles, et, tout en travaillant au plus grand développement possible de son industrie, il a pour but la famille et la patrie, ces deux moteurs des grandes choses.

A tout prendre, la ville de Lyon est loin d'avoir une physionomie banale; son vieux quartier même, repoussant au premier abord, est empreint d'un caractère digne des études de l'artiste.

La lumière joue étrangement dans ces rues étroites, sur ces façades assombries où se multiplient de lourdes fenêtres grillées d'un gros treillis de fer. Des brouillards rougeâtres tombent souvent sur la ville; alors des teintes sévères, des tons bizarres se mêlent et colorent fortement le tableau; les angles s'adoucissent dans la brume grise et rouge; les frises des toits se fondent dans l'humide; tout est flottant et indéfini; on vit dans un fantastique de couleurs et de formes qui porte à une rêverie désordonnée, mais calme cependant, et dont on ne se hâterait pas de sortir sans l'aiguillon des affaires.

Lyon a-t-il des monuments? Un Lyonnais vous répondra tout de suite : « L'Hôtel de Ville, l'église métropolitaine de Saint-Jean et l'hôpital général. » S'il est sage et homme de goût, il s'arrêtera là. Le reste est de la maçonnerie se donnant des airs d'architecture. Les grandes façades de la place de Bellecour, par exemple, n'ont-elles pas cette vanité extravagante? Ces deux grands corps de maisons plates, se regardant éternellement d'un bout de la place à l'autre, sont-ils autre chose qu'une large bâtisse entreprise par commandite et dans un but de location?

Soyons sincères et avouons que toutes les fois que l'*utile* veut trop prédominer dans une œuvre quelconque, l'art se retire et va porter ailleurs la sévérité de ses formes et les grâces de ses fantaisies.

La fondation de la métropole de Saint-Jean remonte aux premiers siècles de l'Église. Lyon était primat des Gaules à l'époque du Bas-Empire, et il n'a pas renoncé à cette dignité archiépiscopale, bien que de cette suzeraineté ecclésiastique il ne lui reste qu'un bel édifice gothique-roman, un chapitre de chanoines portant le camail rouge, bordé d'hermine, et un archevêque qui, presque toujours, reçoit de Rome le chapeau de cardinal.

Louis XIV fit beaucoup pour Lyon (Colbert aimait cette ville). Sous le règne du grand roi, l'Hôtel de Ville, fondé par Henri IV, fut achevé. Les quais s'élargirent devant de belles maisons qui s'élevaient, l'hôpital général dressa son dôme géant, et la place Bellecour, ornée de deux autres façades et de la statue équestre de Louis-le-Grand, fut ouverte aux admirations et aux loisirs des bons Lyonnais.

Sous le règne de Louis XV, en l'an 1758, dont il est question ici, la ville avait peu changé d'aspect. Contenue encore dans sa presqu'île, comme du temps de Colbert, elle ne songeait nullement à aller envahir la rive gauche du Rhône, à mordre le rivage du Dauphiné. Aujourd'hui, il n'y a pas de raison pour que la seconde ville du royaume ne s'avise un jour, par une large ouverture de compas, de tracer une hardie demi-circonférence de plusieurs lieues, sur l'Ain et l'Isère, et ne trouve très-bon d'appeler cette enclave *département du Rhône*, comme le reste de son territoire.

D'autres préoccupations agitaient la ville : un soir d'automne de l'année 1758, M. le maréchal duc de Richelieu, gouverneur des provinces de Guienne et du Languedoc, revenait d'Espagne, où il avait dignement soutenu l'honneur des armes du roi, et il s'arrêtait à Lyon pendant quarante-huit heures. Le vainqueur de Mahon était digne de la plus haute réception. D'ailleurs le maréchal avait une de ces célébrités exceptionnelles et auxquelles il n'est pas donné à tout maréchal d'atteindre. M. de Richelieu, à soixante ans, était encore un des hommes les plus aimables et un des plus irrésistibles grands seigneurs de son temps. Les dames de Lyon le savaient tout aussi bien que mesdames de Versailles et de Paris. En conséquence, il y eut des volontés énergiquement exprimées et qui furent d'une influence décisive sur les délibérations de MM. les consuls, échevins et notables de la bonne ville. La réception devait être splendide et en harmonie avec tous *les triomphes* de M. le maréchal. Ce que femme veut, Lyonnais le veut aussi; et d'ailleurs les femmes d'alors savaient si bon gré à M. de Richelieu de ses succès sur tous les champs de bataille!

Nous laisserons la ville à toute sa joie et M. le maréchal à tout le charme de la réception qu'on lui faisait, pour nous occuper d'un fort joli spectateur placé dans une loge du rez-de-chaussée d'avant-scène au Grand-Théâtre de Lyon, le soir même de l'arrivée du vainqueur de Mahon.

On avait joué *Bérénice*, c'est-à-dire la fleur de la galanterie tragique. Le spectacle devait finir par des cantates et surtout par un ballet ardemment désiré. Paris et Versailles avaient, Dieu merci, assez applaudi *Psyché et l'Amour*; Lyon avait bien ses droits aussi aux suprêmes voluptés de ce ballet, le plus délicatement passionné qui fut jamais.

Comme nous l'avons dit, un tout jeune et très-élégant spectateur occupait une loge d'avant-scène, ras du parquet du théâtre, une de ces loges dites grillées, d'où l'illusion de l'optique est impossible, mais d'où l'on peut se livrer à bien d'autres illusions. Il était seul dans cette loge, louée à grands frais, ce qui déjà ne paraissait pas sans importance au public en ce jour de solennité. De cette loge, une petite porte, masquée par un rideau de damas, communiquait au théâtre. Mais le spectateur ignorait encore ce privilége exorbitant de sa loge. Tout entier aux préoccupations de la soirée, il ne cessait de porter ses regards curieux sur tous les points de la salle, parée des plus belles et des plus nobles dames de la province. M. le maréchal surtout attirait l'attention du spectateur solitaire. Il l'avait en face de lui, dans une loge d'avant-scène aussi, mais au premier rang, une loge royale par sa magnificence. Ce beau personnage, ce grand air, ce cordon bleu si noblement porté, cette haute renommée de grand seigneur, tout cela montait singulièrement à la tête du spectateur du rez-de-chaussée. Ne tardons pas à le nommer; on

Voici un cachet d'or pour m'assurer de votre discrétion. — Page 30, col. 1re.

a bien reconnu en lui le marquis Pompée de Montorgueil.

Transporté à Lyon dans la chaise de poste de Rosemonde, qui toujours restait pour lui madame de Montplaisir, le colonel Pompée s'était logé au même hôtel où son charmant ravisseur occupait un appartement. Il avait expédié un courrier à sa noble tante du premier relai de poste, et, grâce à Dieu, son valet de chambre était revenu de Montorgueil avec une riche provision de hardes et une bourse princière. Le marquis était donc en mesure de faire face à tout événement.

Le joli côté de sa position, c'est qu'il ignorait complétement l'existence d'une Rosemonde de Champ-Fleury, en sorte que, tout entier à son amour, il attendait, ce soir-là, madame la marquise de Montplaisir, qui avait bien voulu lui faire l'honneur de l'admettre, lui colonel, dans la loge qu'elle avait louée. Mais, en galant raffiné, le marquis l'y avait précédée, et il l'y attendait avec le bouquet le plus rare et le plus pyramidal qu'on avait pu trouver dans la seconde ville de France.

La marquise avait fait prévenir son protégé qu'elle ne paraîtrait qu'au ballet; en sorte que le colonel Pompée avait pris patience pendant l'opéra, distrait même très-souvent par le beau spectacle de la loge où trônait M. de Richelieu.

Le ballet commençait; la marquise n'arrivait pas. Le colonel fut sur le point de quitter le spectacle; mais la brillante cour de Psyché défilait devant lui, et, comme il ne connaissait les ballets d'opéra que par les relations très-réservées de sa tante et de M. de Saint-Yrieix, son gouverneur, il resta.

Heureuse époque où l'on se passionnait si galamment pour les malheurs et le bonheur de Psyché, pour les ardentes amours d'Armide, pour les gentillesses mignones de tant de pastorales dansées par les plus ravissantes, les mieux faites, les plus aimables filles de l'Opéra; très-peu *danseuses* et aussi *marquises* et *duchesses* que possible, avec tout l'abandon de la condition d'artiste. Heureuse époque où un sonnet faisait plus de bruit qu'un discours au parlement, où on se battait en bel habit chamarré d'or et un nœud de ruban à l'épée; où l'on disait courtoisement et effrontément à l'ennemi au moment du feu, en bataille rangée : « Messieurs les Anglais, tirez les premiers. » Heureuse époque où le plaisir était un prince partout fêté, partout accueilli. Heureuse époque où l'on ne regardait jamais l'horizon assombri, menaçant; mais où l'on voulait vivre aujourd'hui avant tout, le monde pouvant finir demain.

Le ballet de *Psyché* avait dans son ensemble assez d'éclat et de volupté pour captiver une jeune imagination et l'enlever à tout souvenir. Le marquis Pompée, n'ayant jamais vu une si charmante collection de nymphes, perdait peu à peu sa préoccupation de la marquise. Psyché parut au milieu des plus frénétiques applaudissements; une pluie de bouquets tomba autour d'elle à son entrée, ce qui présageait un orage de couronnes à la fin du ballet. Il fut difficile au colonel de distinguer, au milieu des agitations chorégraphiques, les traits ravissants de Psyché; seule-

Un nègre vint ouvrir; c'était bien Lily.—Page 34, col. 1re.

ment il fut ébloui par l'éclat des formes, l'ondulation enchanteresse des mouvements et la rayonnante beauté de cette moderne rivale de Vénus. L'amour survint; c'était un rôle joué par une femme aussi, mais que cet amour tout beau qu'il était, avec sa fleur de jeunesse de seize ans, que cet amour juvénile était loin de Psyché! Vénus parut, et certainement c'était une fort belle reine de Paphos, de Cythère et d'Amathonte. Mais ce n'était qu'une femme superbe, douée de formes irréprochables et de beaucoup de volupté dans l'attitude et la démarche; tandis que Psyché, ce soir-là, au théâtre de Lyon, était bien réellement la Psychée des Grecs, c'est-à-dire la personnification la plus idéale de l'âme, tout ce qu'il y a de plus immatériel dans l'être humain; *Psyché*, âme, comme disaient ces divins Hellènes et comme l'avait traduit très-doctement à son élève M. de Saint-Yricix.

Or, le ballet était admirablement d'accord avec le mythe grec : Vénus, la beauté sensuelle, Vénus poursuivait de sa haine et voulait perdre Psyché, c'est-à-dire l'idéal beauté, l'essence exquise, l'âme, le sentiment. Pourquoi cela? Parce que la Vénus sensuelle comprenait très-bien que du jour où l'Amour, son fils, se laisserait séduire par l'idéalité de la beauté, par le sentiment infini, l'affection intellectuelle, l'ardente et pure alliance des âmes entre elles, c'en était fait de son pouvoir, à elle, Vénus-aphrodyte, reine de la volupté des sens. En un mot, Vénus avait une peur horrible de l'amour platonique qui, plus tard, devait envahir le monde. Bien des gens avouent encore aujourd'hui qu'elle avait donc grandement raison de pourchasser un peu cette rêveuse et mélancolique petite fille appelée Psyché. Nous ne chercherons pas à combattre cette opinion.

Ce qu'il y a de certain, c'est que le ballet joué devant M. le maréchal et l'élite de la ville de Lyon, était applaudi avec ravissement, le soir dont il est ici question. Après les grands effets, les pompes des fêtes, l'étourdissant éclat des danses, vinrent les scènes intimes entre le bel adolescent Cupidon et la divine jeune fille, qui, une lampe à la main, svelte, demi-nue, pudique,

...... Dans le simple appareil,
D'une beauté qu'on vient d'arracher au sommeil,

approchait sur la pointe de ses jolis pieds, de la *couche* où dormait son amant pour avoir le bonheur, c'était juste, de voir au moins une fois les traits chéris de celui qui ne la visitait que dans l'ombre.

Psyché s'avançait précisément du côté du théâtre où rayonnaient au bord d'une loge basse les yeux du colonel Pompée; et Psyché, éclairant ses propres traits avec la lampe qu'elle portait timidement, laissa entrevoir au marquis (après lui avoir montré en dansant tant d'autres grâces) une surprenante ressemblance : c'était, à s'y méprendre, le charmant visage de madame de Montplaisir.

Le colonel se crut dupe d'une allucination, mais le rêve lui plut à tel point, qu'il ne chercha nullement à le chasser, et qu'il vécut de son illusion jusqu'à la fin du ballet.

C'était le moment décisif. Psyché-Champ-Fleury,

redemandée à grands cris, devait reparaître sur l'avant-scène. M. le directeur du théâtre royal s'avança le premier, en grand habit de velours, en veste de drap glacé d'or, l'épée en brette, la tête poudrée, le chapeau à cornes sous le bras, le jarret tendu et la pointe du pied basse. Il salua M. le maréchal et l'assemblée, et déclara avec toutes les précautions oratoires d'usage, que mademoiselle de Champ-Fleury était très-honorée, très-reconnaissante, mais....

L'honorable directeur ne put jamais achever, et un vigoureux admirateur, placé à l'orchestre, lui ayant déclaré d'une voix énergique qu'il allait le couronner lui-même sur le théâtre, si Psyché ne reparaissait pas, le digne homme, épouvanté, s'élança dans les coulisses. Deux minutes après, il revenait sur l'avant-scène, mais cette fois tenant par la main la *divine amante* de Cupidon, jambes nues, robe courte, encore dans le *simple appareil*, seulement à moitié enveloppée d'une magnifique mante de satin rose, et dont le capuchon encadrait sa tête triomphante; ce qui parut d'un effet enchanteur.

Mademoiselle de Champ-Fleury salua le public, comme aurait fait une princesse du sang, un jour de cérémonie chez elle; sur trois révérences, il y en eut une pour M. de Richelieu, qui battait des mains comme un fou, le corps à moitié sorti de la loge; l'autre pour la ville, et la troisième, évidemment, pour le petit colonel, qui vit en face de lui, dans ce moment-là, son rêve extraordinaire. Une averse de fleurs inonda le théâtre; trois valets eurent peine à en remplir des corbeilles. Le rideau était retombé. Le marquis, hors de lui, et n'écoutant que l'impétuosité de sa passion, s'était levé, et, par un hasard bizarre, la petite porte donnant de sa loge sur le théâtre s'était ouverte. Pompée s'élança sur les planches, sans trop avoir le sentiment de ce qu'il faisait, mais obéissant à une impression surnaturelle.

A travers les châssis, les trappes, les fausses trappes, les échelles, les mille embarras d'une scène qui tombe dans l'obscurité à la fin d'un grand ballet et qui n'est plus qu'un pêle-mêle de décorations, le marquis aurait dû vingt fois se casser le cou. Il n'en fit rien; mais, sautant par-dessus tout obstacle, glissant entre les toiles et les coulisses comme une ombre, il parcourut d'un bout à l'autre la grande surface de planches, la tête perdue, ne demandant rien à personne et fouillant tous coins et recoins. Tout entier à l'idée qui le dominait, il s'enfonça dans les profondeurs des palais et des forêts de ce monde fantastique appelé le *théâtre*.

Il était plus de minuit quand il se retrouva dans la rue, où il était descendu comme par miracle et sans savoir par quel chemin, lorsqu'il s'avisa d'aller frapper à la porte de mademoiselle de Montplaisir. Au fait, c'est ce qu'il aurait dû faire depuis longtemps, dans ces terribles perplexités. Les bonnes idées arrivent souvent après tout le cortége des mauvaises, par dignité pour leur mérite apparemment. Le colonel, rentré à l'hôtel des *Princes*, où il avait son logement aussi, se hâta d'escalader les degrés qui menaient à une certaine porte au premier étage. Il sonna assez discrètement. Un nègre vint ouvrir; c'était bien Lily.

— Ta maîtresse, Lily, ta maîtresse?...

— Madame la marquise dort, monsieur le colonel, dit le nègre imperturbablement.

— Elle dort! et depuis quand?

— Marquise ne l'a pas dit à moi, reprit Lily, dont le langage était encore un peu barbouillé de la naïveté créole.

— Sans doute, Lily, sans doute. Elle n'est pas obligée de te prévenir quand elle va fermer les yeux; mais depuis quand est-elle rentrée? ou plutôt, est-elle sortie? Si elle est sortie, pourquoi n'est-elle point allée au ballet?

— Marquise a dit qu'elle était malade.

— Alors elle est restée chez elle toute la soirée? elle n'a pas bougé d'ici?

— Marquise ne bouge pas, elle dort.

L'impatience gagnait le colonel.

— Tiens, Lily, dit-il, rends-moi le service d'aller dire à Zéphirine que je veux la voir.

— Mademoiselle Zéphirine est dans son lit.

— Couchée aussi?

— Je ne sais pas, mais dans son lit, ajouta le nègre.

— Va la réveiller.

— Impossible!

— Comment impossible! elle a donc un sommeil de plomb?

— Non, monsieur le colonel; mais elle a une petite main fine et dure comme l'acier, et qui donne des soufflets à moi, quand je réveille elle.

— Allons, dit le marquis de Pompée, attendons le jour. C'est diaboliquement cruel... Affreuses incertitudes! Ce nègre est un niais ou un roué qui joue son jeu. Voyons.

— Lily, d'où vient ta maîtresse? De quel endroit arrive-t-elle?

— Du château à marquis.

— Oui; mais avant cela, d'où arrivait-elle?

— De Bordeaux et de Paris.

— Bon. Où logeait-elle à Paris?

— Dans l'hôtel qui servait à nous d'habitation.

— Dans quel quartier?

— Dans le quartier de notre hôtel.

— Que faisait-elle à Paris?

— Pas grand'chose.

— Mais encore?

— Elle ne faisait rien.

— Détestable nègre! disait Pompée.

— Qui recevait-elle? ajouta-t-il.

— Des visites.

— Mais qui?

— La cour et la ville.

— Chez qui allait-elle?

— Chez la ville et la cour.

— Scélérat d'homme de couleur! pensait Pompée.

— Tu mens, Lily, reprit-il. Ta maîtresse n'allait pas à la cour.

— Non; pourtant nous allions danser à Versailles.

— Ah! oui, danser! dit le marquis.

— Avec les princes et les seigneurs.

— Avec les princes? Chanson!

— Chanson? dit Lily; avec le roi.

— Avec le roi! s'écria Pompée.

— Dame! reprit le noir, à moins que ce soit le roi qui dansait avec maîtresse; je ne sais pas bien.

— Ah! tu ne sais pas bien, double roué, disait le marquis en lui-même.

— Enfin, Lily, reprit-il, tu ne veux pas me dire un mot de vérité. Tiens, voici de l'or; sois plus franc.

— Et plus coquin, dit le noir.

— Quoi? incorruptible! tu as donc frayeur de trahir ta maîtresse? Ta maîtresse n'est donc pas une marquise, mais bien une danseuse de l'Opéra?...

Le nègre, avec une agilité extraordinaire, pour toute réponse, fit pirouetter Pompée sur ses talons, le glissa sous la portière, et, entr'ouvrant la porte de l'escalier, lui ferma cette porte au nez.

Replongé dans l'obscurité de la maison et de ses doutes, le marquis se mordit les lèvres en pensant que peut-être il venait de faire une très-grosse sottise et calomnier une femme de qualité aux yeux de son laquais. Honteux, fiévreux et repentant, il se hâta de regagner l'appartement où l'attendait son valet de chambre auprès d'un excellent feu.

### UN BEAU MARÉCHAL.

Le lendemain, à son réveil, vers les neuf heures du matin, le colonel reçut de son étrange idole le billet suivant :

« Je suis extrêmement souffrante et j'ai hâte d'ar-
« river à Paris pour me mettre entre les mains des
« médecins. Je tiens à partir aujourd'hui même, à
« midi. Vous m'accompagnerez, n'est-ce pas ? Gar-
« dez le secret sur mon passage à Lyon ; j'ai appris
« que M. le duc de Richelieu est dans cette ville, et
« je tremble qu'il ne vienne me voir. J'ai besoin de
« solitude et d'attachement. »

— Quelle idée ! s'écria le marquis Pompée en s'habillant. Avant midi, j'aurai vu moi-même M. le maréchal, et je saurai toute la vérité.

Les prévisions de Rosemonde s'accomplissaient ; elle avait parfaitement prévu que le marquis se hâterait de courir chez le duc de Richelieu pour avoir des renseignements sur le spectacle de la veille, et c'est là qu'elle avait voulu le pousser. Rosemonde avait un double but en agissant ainsi : elle voulait d'abord monter au dernier point l'imagination du petit colonel, afin d'en devenir le maître et non la maîtresse ; secondement, elle était enchantée de donner un peu d'inquiétude à M. de Richelieu, qui, depuis peu, à Paris, s'était permis de faire le vieux fat relativement à elle, en laissant dire, autour de lui, que mademoiselle de Champ-Fleury le trouvait, à soixante ans, fort de son goût. Envoyer chez M. le maréchal un jeune étourdi qu'on avait enlevé, c'était presque le braver et lui dire : — Je les prends à vingt ans, monsieur le duc.

Le marquis de Montorgueil ne connaissait pas personnellement le duc de Richelieu, mais il était sûr qu'en lui faisant parvenir son nom il serait reçu.

Il se rendit donc de bonne heure à l'Hôtel de Ville, où logeait, dans les somptueux appartements destinés au roi, M. le maréchal. Les antichambres étaient encombrées. Pompée désespérait presque d'arriver jusqu'au maréchal, lorsqu'il reconnut un laquais portant la livrée de la maison de Richelieu, et qui avait servi chez sa tante de Montorgueil. Cet homme reconnut Pompée et lui promit d'aller à l'instant même parler au valet de chambre. La chose fut faite à souhait ; dix minutes après, un huissier, portant chaîne d'or, vint chercher M. le marquis de Montorgueil, colonel aux gardes françaises, et l'introduisit dans le petit salon vert qui servait de cabinet à Son Excellence.

M. de Richelieu était le plus aimable homme du monde quand il le voulait, et il le voulait souvent. Il vint au-devant du jeune marquis, à qui il tendit la main, avec cette noble aisance d'un homme habitué à la donner aux plus grandes dames.

— Monsieur le marquis, dit-il, j'ai l'honneur de connaître quelques personnes de votre famille ; je suis charmé de vous voir. Vous passez sans doute à Lyon pour vous rendre à Versailles ?

Pompée, qui s'était assis sur un fauteuil en face du maréchal, lui répondit qu'en effet il allait à Paris.

— Étiez-vous hier soir au ballet, marquis ? demanda le vainqueur de Mahon.

— Oui, monsieur le duc, reprit Pompée, enchanté de toucher tout d'abord à ce terrain, et j'ai pu juger de l'enthousiasme de la ville de Lyon pour...

— Pour Psyché ? dit Richelieu.

— Et pour monsieur le maréchal, ajouta Pompée.

— Oh ! ne parlons pas de cela (reprit le duc, tout ébloui encore de la beauté et de la grâce de Rosemonde). Convenez, mon cher marquis, que cette diablesse de Champ-Fleury est une séduisante fille. Elle joue tous les rôles : hier, c'était une apparition céleste.

L'huissier à chaîne d'or entra et dit à M. le marquis que la députation du corps des marchands, M. le prévôt en tête, demandait à lui être présentée.

— Sans doute, sans doute, dit Richelieu assez haut pour être entendu des salons voisins ; ces messieurs me font bien de l'honneur ; je termine une lettre importante, je suis à ces messieurs.

— Je n'ai jamais vu, reprit-il, quand la porte fut refermée, des formes plus sveltes et plus juvéniles, avec plus de moelleux dans les mouvements.

— Monsieur le duc doit connaître beaucoup mademoiselle de Champ-Fleury ? demanda Pompée avec une assez forte émotion.

— Oui, marquis, beaucoup ; elle peut en dire autant ; je lui en ai donné la permission.

— Monsieur le maréchal, reprit Pompée, n'aurait-il pas été frappé d'une très-grande ressemblance entre la ravissante danseuse et une femme du monde non moins ravissante, la marquise de Montplaisir, que sans doute M. le maréchal connaît aussi ?

— La marquise de Montplaisir ! dit Richelieu. Ah ! quel vilain chat ! j'en connais une d'un grotesque achevé...

L'huissier vint annoncer M. le procureur fiscal de la province.

— Je suis à M. le procureur fiscal, reprit le duc ; j'ai ici une affaire importante et pressée.

— Est-il possible ? dit Pompée. Mais alors cette femme aurait une jeune parente...

— Elle n'a qu'un neveu qui sert dans les compagnies rouges, un franc mauvais sujet. Ah ! marquis, grâce pour l'éblouissante Rosemonde de Champ-Fleury. Point de ces comparaisons-là, je vous prie.

— Alors, reprit Pompée, ma tante de Montorgueil a été victime d'une mauvaise plaisanterie.

Et il raconta l'arrivée de la marquise à Montorgueil. Richelieu avait trop de coup d'œil pour n'avoir pas vu que le jeune Pompée avait été beaucoup plus victime d'une jolie ruse que sa tante. Un fou-rire le gagnait ; mais, voulant percer à jour cette aventure mystérieuse :

— Tenez, marquis, dit-il, il me vient une idée fort plaisante ; je crois deviner. La Champ-Fleury aura été jouer un joli petit rôle à Montorgueil avant de venir danser le grand ballet à Lyon.

La tête de Pompée se montait à un lyrisme extraordinaire. Il y avait dans son émotion de la colère d'abord, puis de la joie, puis de l'orgueil, puis une immense ardeur d'aller parader à Paris et à Versailles avec une beauté célèbre qui raffolait de lui au point d'être venue l'enlever de sa propre habitation. Pompée avait surtout rêvé, dans ses longues heures de solitude, un grand succès à l'Opéra. Rien, à ses yeux, ne devrait mieux établir la réputation d'un homme de qualité comme l'amour d'une fille célèbre. Pompée avait-il tort et méconnaissait-il son époque ?

— Monsieur le maréchal, dit-il, je vous remercie, parbleu ! de la confidence. J'ai des raisons majeures pour ne pas vouloir me venger de l'impertinence de mademoiselle de Champ-Fleury.

— C'est agir en homme d'esprit, dit le maréchal. Rien n'est impertinent de la part d'une si charmante fille... Et d'ailleurs, entre nous, il serait assez difficile de se venger d'elle. Personne n'est plus clairvoyant que Rosemonde... et plus sur ses gardes.

— Oh ! oh ! ajouta Pompée, dont le cœur battait d'une joie vaniteuse, je suis bien certain, si je le voulais, de faire verser à Psyché deux larmes plus sérieuses que celles que Vénus lui fit verser hier au soir.

— Vraiment! dit Richelieu, que cette fatuité amusait. Voulez-vous me mettre de la partie, marquis?

— Monsieur le maréchal, ajouta Pompée témérairement, gagnez des batailles, prenez des villes...

— Holà ! monsieur, dit le vieux héros de tant de prouesses galantes, me jugez-vous déjà digne d'être mis à la retraite... Prendre des villes et des îles; tudieu ! on a encore, Dieu merci, autre chose à faire.

— Je n'en doute pas, monsieur le maréchal, dit Pompée; mais, dans cette occasion, je me vengerai seul. Permettez que, pour cette fois, je ne partage pas avec vous, monsieur le duc.

— Vous parlez sérieusement, marquis ?

— Sérieusement.

— Vous ferez tomber deux larmes des beaux yeux de Rosemonde? deux larmes de dépit...

— De jalousie, monsieur le duc.

— Marquis, vous avez votre tête, n'est-ce pas ? Songez donc à ce que vous dites. Cette fille est presque indomptable... Moi qui vous parle, j'ai failli l'enlever, et le coup a manqué.

— Et moi qui vous parle, maréchal, je n'ai pas eu besoin de tenter le coup.

— Comment, monsieur le marquis, dit Richelieu d'un ton ironique et hautain, elle vous a suivi !...

— Non monsieur le duc, car elle m'a enlevé... répliqua Pompée.

L'huissier entra et vint annoncer les révérends pères jésuites de la collégiale de Lyon,

— Ah ! mes révérends pères, dit le maréchal en allant un moment sur le seuil de la porte, je suis à vos ordres dans l'instant. Il s'agit du service du roi, mes pères ; je suis à vous.

Fermant alors la porte du petit salon, le maréchal vint se placer devant Pompée, qui, debout à la cheminée, se chauffait les talons.

— Par Dieu ! dit-il, la chose en vaut la peine ; apprenez, mon jeune ami, que si vous êtes venu ici pour me conter d s sornettes, je pourrai vous en faire repentir. Vous avez été le point de mire de la plaisanterie d'une des plus agréables filles, contentez-vous de ce succès; il en vaut un autre.

— Monsieur le maréchal, reprit le petit colonel en le saluant, mademoiselle de Champ-Fleury, ou plutôt la marquise de Montplaisir, part à midi en chaise de poste pour Paris. Elle loge à l'hôtel des *Princes*.

— M'apprenez-vous cela sérieusement, monsieur le colonel ? dit Richelieu. Elle a déjà mon billet, mes bouquets et mes confitures, avec l'invitation de venir souper ici ce soir. Tenez, reprit-il, sans rancune, venez souper avec elle chez moi. Ce sera un moyen de la voir encore. Nous jouerons une petite comédie à trois.

— Monsieur le duc, dit Pompée, j'accepte le rôle; mais je crois que le spectacle est commencé.

Et, faisant un profond salut, il se hâta de regagner la porte, laissant le maréchal assez sérieusement préoccupé pour paraître, aux yeux du procureur fiscal et autres, avoir travaillé beaucoup dans la matinée pour le service de Sa Majesté.

Tout amoureux prenant ses grades est maladroit. C'est une vérité bien établie et qu'il serait facile de démontrer par de nombreux exemples, si on avait du temps de reste. Le marquis, en entrant chez Rosemonde, n'eut rien de plus pressé que de lui raconter tout ce qui venait de se passer, croyant confondre la charmante menteuse et se réjouissant de voir apparaître dans celle qu'il aimait une des célébrités les plus à la mode du monde galant.

Pour toute réponse, la *marquise* se mit à rire aux éclats et de si bon cœur, que Pompée, tout décontenancé, crut être devenu parfaitement ridicule. Le brave colonel flottait donc, depuis la veille, dans un vague d'illusions et de déceptions dont il ne pouvait atteindre la limite.

— Enfin, dit-il, au nom du ciel ! qui êtes-vous, madame ? car, en vérité, ma tête s'y perd.

— Qui je suis ? demanda la sirène; mais je crois que M. de Richelieu vous l'a dit assez clairement. Je suis mademoiselle de Champ-Fleury que vous avez applaudie hier au soir dans le rôle de Psyché.

— Jour de Dieu ! s'écria Pompée, peut-on mentir de la sorte ! Non, madame, vous n'êtes pas cette fille, et M. le maréchal n'est qu'un vieux fat. Mais vous n'êtes pas non plus madame de Montplaisir, car il n'en existe qu'une seule, et elle est laide à faire peur.

— Or çà, mon colonel, dit Rosemonde, allez-vous me débaptiser de tous mes noms chrétiens ? Alors faites-moi la grâce de me donner un nom quelconque, à votre choix ; on ne peut vivre sans cela dans la société des honnêtes gens.

— Vous avez fait la leçon à votre nègre, madame; il faut que je vous le dise. Il est bête ou spirituel au suprême degré, il n'y a pas de milieu.

— Oui ? reprit Rosemonde. Eh bien ! faites-le venir.

Le noir parut au coup de sonnette.

— Lily, dit Rosemonde, M. le marquis t'a demandé qui j'étais, ce que j'étais ? Eh bien ! réponds sincèrement, je te l'ordonne.

Le nègre se gratta l'oreille, regarda sa maîtresse, puis le colonel, puis il se regarda lui-même dans la glace, en riant avec une grande bouche.

— Qui est maîtresse ? dit-il. Maîtresse est... mademoiselle de Champ-Fleury.

— Là, qu'ai-je eu l'honneur de vous dire, monsieur ? Faites réparation à Lily et au maréchal ?

— Je les tiens pour deux imposteurs, répliqua le furieux colonel.

— Après d'autres éclats de rire, non moins immodérés, Rosemonde demanda si les chevaux de poste étaient arrivés. Tout était prêt pour le départ, et midi approchait.

— Or çà, marquis, dit-elle, êtes-vous disposée à me suivre, ou bien faut-il vous envoyer à M. le maréchal, qui prendra soin de vous ramener chez madame votre tante.

Pompée déclara que son parti était pris irrévocablement.

— Je pars avec vous, madame, répondit-il; mais le diable m'emporte si je sais avec qui je monte en voiture.

Les chevaux étaient attelés. Le valet de chambre du marquis fut envoyé en avant comme courrier, afin de préparer les logements sur toute la route, et, à midi sonnant, Rosemonde, Pompée, Zéphirine, le nègre et le perroquet traversaient la ville de Lyon en chaise de poste.

M. le duc de Richelieu, qui n'avait pas perdu une seule des paroles du marquis, tout en les traitant de folie, n'avait pas non plus perdu son temps. Il en eut bientôt fini avec MM. les notables négociants, le procureur fiscal et les jésuites. Parfaitement averti du départ de mad moiselle de Champ-Fleury, il avait pris un costume de circonstance; accompagné d'un laquais dévoué et sans livrée, il se dirigea aussi, lui, dans une voiture très-bien attelée, sur la route de Paris, résolu à s'arrêter au premier relais de poste. Le duc avait donné à son postillon le mot d'ordre; il devança la chaise de Rosemonde d'une demi-heure au relais.

Son premier soin, en arrivant, fut de retenir, argent comptant, tous les chevaux de poste, même ceux qui arriveraient à l'hôtellerie, au nom de M. le maréchal de Richelieu, qui devait passer à chaque instant avec de nombreux équipages. Cela fait, il loua la maison tout entière et s'installa dans le meilleur appartement.

Une fort belle voiture de voyage, attelée de quatre chevaux et précédée d'un courrier, ne tarda pas à arriver. C'était toute la carrossée des fugitifs. Une très-vive discussion s'établit, dans la cour de l'hôtellerie, entre le marquis, soutenu par le courrier et le nègre, et le maître de poste, ayant pour auxiliaires ses postillons superbement vêtus de leur livrée rouge et bleu et armés de leurs bottes formidables.

— Il me faut cinq chevaux, disait le marquis.

— Et à moi, monsieur, répondait le maître de céans, il m'en faut vingt-quatre.

— Vous les avez dans vos écuries, monsieur.

— Certainement, et ils sont même enharnachés et prêts à partir.

— Alors je ne comprends pas votre refus.

Le maître de poste expliqua en quatre mots tout ce qu'il en était. Rosemonde demanda à descendre de voiture. Elle parut aux yeux des assistants avec cet air de dignité dédaigneuse qui lui donnait un si grand ascendant. Jamais plus belle voyageuse n'était descendue à l'hôtellerie des *Trois Pigeons*.

— Du moins, monsieur, dit-elle à l'hôtelier, vous avez pour moi un appartement?

— Madame, dit le maître du logis, toute cette maison serait à vos ordres, si elle n'était occupée, prise, retenue.

— Par qui, monsieur?

— Par un homme de la suite de Son Excellence le maréchal duc de Richelieu.

— Ah je comprends, dit la *marquise*. Eh bien, dites à cet homme de venir me parler.

Un homme âgé et d'une physionomie fort noble parut bientôt. Il était vêtu d'un large habit gris; il avait des bottes fortes, une canne à la main et un chapeau à cornes sous le bras.

— Monsieur, lui dit Rosemonde, qui l'avait reconnu avant même de l'avoir vu, j'ai l'honneur de connaître M. le maréchal. Tout le monde vante à bon droit sa galanterie et sa noble politesse. Je vous demande cinq chevaux et je me charge dê justifier cette complaisance de votre part aux yeux du maréchal.

— J'en suis vraiment désespéré, madame, reprit l'homme de la suite. J'ai les ordres les plus sévères au sujet des chevaux. Je ne puis rien céder sur ce point; mais si madame veut me faire l'honneur d'accepter un appartement, j'en mets un à sa disposition

Le marquis croyait avoir seul reconnu M. de Richelieu; il bondissait d'une joie secrète, se promettant bien de jouir un peu de la confusion de sa *dame de cœur*, comme il l'appelait, ne sachant plus quel nom et quelle qualité lui donner.

Rosemonde accepta l'appartement, et, dix minutes après, elle était installée auprès d'un excellent feu, dans une grande chambre d'auberge, où l'on dressait une table pour servir un déjeuner.

— Marquis, disait-elle au colonel pendant que l'homme au large habit gris se trouvait dans la cour, je ne comprends rien à tout cela. M. de Richelieu est encore à Lyon pour vingt-quatre heures au moins.

— Madame, reprenait Pompée, ne connaît donc pas M. le maréchal? il a un luxe fastueux... Madame n'a pas remarqué la dignité avec laquelle son homme de confiance nous a reçus?

— Cet homme-là me déplaît, dit la *marquise*.

— Madame n'a jamais vu M. de Richelieu? ajoutait Pompée.

— Une ou deux fois; mais il connaît beaucoup ma famille. S'il m'avait sue à Lyon, je vous l'ai dit, il serait venu me voir.

— Décidément, pensait Pompée, ce n'est pas là mademoiselle de Champ-Fleury, et rien ne prouve non plus, d'un autre côté, que ce soit la marquise de Montplaisir. J'en crèverai d'une fièvre d'incertitude et de perplexité.

L'homme de confiance du maréchal rentra. On avait servi le déjeuner.

— Madame, dit-il à Rosemonde, tout en retenant les hôtelleries sur sa route, M. le maréchal a résolu d'en faire les honneurs aux voyageurs de qualité. Me permettez-vous de vous inviter à prendre un modeste repas?

Rosemonde et Pompée se mirent à table sans plus de façon. L'homme en habit gris restait debout.

— Monsieur, dit Rosemonde, à mon tour, je vous invite à déjeuner avec nous.

— Madame, répondit-il, me fait là un très-grand honneur; je n'aurais jamais osé espérer...

— Ah! grand comédien! pensait Rosemonde; mais tu as beau faire, j'ai l'œil ouvert sur toi.

L'homme de confiance se plaça à la droite de Rosemonde. Pompée était en face. Il y avait donc là, à cette table, trois convives qui jouaient, chacun de son côté, un jeu composé, et dont le résultat était encore parfaitement inconnu. Au bal masqué, on n'est pas plus prudent, pas plus circonspect que n'étaient nos trois convives, quoique à visage découvert.

Rosemonde, tout en échappant à M. le maréchal, voulait donner une haute correction à sa vieille fatuité. Pompée, croyant à l'avantage de sa position, jouissait d'avance de la confusion de sa *dame de cœur*, lorsqu'elle reconnaîtrait Richelieu, et il se flattait ainsi de découvrir qui elle était elle-même, et malgré elle.

Quant à M. de Richelieu, que voulait-il?...

#### LA CONQUÊTE D'UN PERROQUET.

A cette table, servie dans une grande chambre de l'auberge des *Trois-Pigeons* (enseigne qui paraissait ce jour-là en harmonie avec les trois convives), la conversation devenait peu à peu fort animée. *L'intendant* du maréchal faisait beaucoup de frais d'esprit et de galanterie, ce qui ne laissait pas que d'alarmer un peu le colonel Pompée. Rosemonde, fort réservée encore, observait toutes les manœuvres de l'ennemi, bien résolue à profiter de la moindre faute qu'il ferait Pompée, lui, était comme au spectacle.

— Madame, dit tout à coup l'homme de confiance, vous quittez Lyon le jour même d'une fête qui promet beaucoup. On danse ce soir à l'Hôtel de Ville; et il y a, après le bal, chez monsieur le maréchal, un souper intime auquel ne sont conviés que les gens de qualité, amis de mon noble maître. Si M. le maréchal avait eu le bonheur de vous savoir si près de lui, il aurait été vous prier lui-même. Je ne sais même pourquoi je me figure qu'il a eu l'honneur de vous convier.

— Moi! dit Rosemonde. Mais je voyage très-incognito: je suis même souffrante.... Je n'ai pas l'honneur de connaître assez M. le maréchal pour qu'il veuille bien me convier à un souper intime. Je me nomme la marquise de Montplaisir, monsieur.

— Ce nom-là, madame, m'est très-connu. M. le duc de Richelieu assure que madame de Montplaisir est un modèle d'esprit et de grâce.

— Ajoutez, monsieur, un modèle de laideur.

Pompée triomphait, le maréchal avait rougi.

— Quelque indiscret, qui aura mal entendu, aura sans doute aussi mal interprété les paroles de M. de Richelieu?

— Non, monsieur, non, reprit Rosemonde; le maréchal, en fait de femme, se trompe rarement. Il est vrai que la première femme de mon mari était spirituelle et laide. Elle est morte depuis longtemps; il n'est pas étonnant que le maréchal ait des souvenirs de vieille date... Il a l'heureux privilége d'avoir beaucoup vécu, et de pouvoir raconter beaucoup.

—C'est-à-dire, madame, que mon noble maître est vieux! reprit *l'intendant* avec un sourire équivoque.

— On peut être jeune à tout âge, dit Rosemonde.

— Allons donc, madame la marquise, dit *l'intendant*, ne corrigez pas une très-jolie méchanceté.

— Eh bien! reprit-il, je regrette vivement que madame la marquise ne soit pas ce soir du souper intime. Il pourra y avoir des démentis donnés à la réputation de vieil lesse que l'on fait à mon maître.

— On dit qu'il est épris en ce moment d'une beauté de l'Opéra, mademoiselle de Champ-Fleury? On la dit à Lyon. Soupera-t-elle ce soir chez M. le maréchal?

— Oui, madame, elle y soupera, reprit très-affirmativement *l'intendant*, légèrement ému...

— Vraiment? dit la marquise. Ah!... et des femmes de qualité souperont avec elle?

— Oui, madame, et sans se douter qu'elles soupent avec elle. C'est un tour de force de M. le maréchal et de cette spirituelle et merveilleuse fille.

— Ce sera très-joli! reprit Rosemonde. Je regrette ce souper maintenant.

— Vraiment, madame la marquise? eh bien! il dépend de vous d'y assister.

— Me voilà sur la route de Paris. Je ne reviens jamais sur mes pas.

— C'est un principe irrévocable?

— Oui, monsieur.

— Madame a donc le projet de coucher aux *Trois-Pigeons*, cette nuit?

— Je n'ai jamais de projet, monsieur; je prends toujours conseil des événements.

— Ah! je vois, dit *l'intendant* en désignant Pompée, monsieur est un cavalier assez dévoué pour aller chercher des chevaux à Lyon.

Pompée allait protester de sa bonne volonté, lorsque Rosemonde reprit:

— Mon cousin ne manquerait pas de complaisance dans l'occasion.

— Monsieur est cousin de madame?

— Et je m'en fais honneur, reprit Pompée.

— Son guide, son.... protecteur? ajouta *l'intendant*.

— Et pourquoi non? dit Pompée d'un petit air narquois.

— Allons, reprit l'habit gris, l'homme de confiance; j'avais une folle idée.

— Laquelle, monsieur? dit Rosemonde.

— Oh! rien; à mes yeux, monsieur ressemblait d'abord: mais je n'oserai jamais....

— A qui, monsieur?

— A quelque chose, madame.

— A quoi donc, monsieur?

— A ce que l'on nomme un.... mais jamais je n'oserai.

— Monsieur, reprit Pompée qui se gourmait, je vous demande formellement de vous expliquer.

— Ah! dit l'homme de confiance, vous me brusquez, monsieur! c'est mal connaître les lois de l'hospitalité.

— Mon cousin, reprit d'un air naïf la joyeuse Rosemonde, de la modération, je vous prie. Vous avez affaire à un homme respectable.

— Effrontée! dit en lui-même *l'intendant*. Madame, reprit-il (en jouant avec une pomme qu'il piquait de la pointe de son couteau, ce mot *re pectable* me rappelle une anecdote qui regarde précisément mademoiselle de Champ-Fleury, dont il a été question.

« Mademoiselle de Champ-Fleury, une fort agréable personne, ma foi, avait engagé le pari, dans un joyeux déjeuner comme celui-ci, de tourner la tête à un grand seigneur connu par bien des succès et de le jouer impitoyablement au bal masqué de l'Opéra, attendu que, si elle était une jolie étourdie, elle était aussi une femme *respectab'e*. Le jour fut pris. Le grand seigneur fut attaqué par les plus savantes manœuvres de la coquetterie. Il feignit de donner tête baissée dans le piége, et offrit un rendez-vous, qu'on accepta. Ce rendez-vous eut lieu dans une petite maison, située au milieu des vergers et des jardins qui avoisinent la plaine d'Antin. Figurez-vous donc une nuit sereine, un salon bien éclairé, un délicieux souper, enfin un tête-à-tête ravissant, et deux heures après une femme inconsolable de voir le grand seigneur, sa conquête, obligé de la quitter pour se rendre à Versailles. Elle pleurait; le grand seigneur accorda encore une demi-heure. Le lendemain, le portrait de la belle imprudente fut appendu aux murailles du salon de la petite maison, complétant la riche collection des portraits de toutes les beautés qui étaient venues sacrifier dans ce joli temple de la galanterie. Ainsi, madame, la *respectable* et ravissante danseuse eut tout lieu d'exiger moins de respect de tous ses admirateurs. »

— Je connaissais cette aventure, dit la marquise. Seulement, monsieur, je vais compléter ce récit.

Rosemonde ouvrit une petite cassette, qu'elle portait toujours avec elle, et qui, dans ce moment-là, était déposée sur la cheminée. Elle en tira un billet.

— Votre noble maître, monsieur, qui n'est autre que le grand seigneur en question, fut demandé à la fin du souper par un courrier qui arrivait en effet de Versailles. Il monta dans son appartement pour répondre à une lettre très-pressée qu'on lui expédiait, et il prit la précaution d'enfermer sous clef, dans le petit salon du rez-de-chaussée, l'étourdissante danseuse qui l'avait visité. Mais M. de Richelieu avait sans doute oublié que le petit salon avait une porte à vitre donnant sur le jardin, et que ce jardin lui-même avait une petite porte donnant sur la campagne. Or, il ignorait encore que mademoiselle de Champ-Fleury, fille de tête, s'était procuré une clef de la porte du jardin... Devinez-vous, monsieur?

— Pas encore, madame.

— Je poursuis. M. de Richelieu, après avoir répondu à la lettre très-pressée qui lui était adressée de Versailles précisément par une des belles amies de la danseuse, revint au petit salon où il avait si soigneusement enfermé le bel oiseau..... Comprenez-vous, monsieur?

— Je commence, madame.

— Eh bien, monsieur, l'oiseau étant déniché, M. le maréchal se trouva en face d'un délicieux souper à moitié mangé et en face d'une carafe qui portait au col un petit écrit au crayon, un billet d'adieu, pour prendre congé... Vous comprenez, n'est-ce pas?

— Madame, le conte est joli.

— C'est de l'histoire, monsieur; car voici un autre billet écrit de la main même de M. le maréchal, dont vous connaissez fort bien l'écriture; un billet adressé par lui-même le lendemain à la Champ-Fleury: «Diabolique enfant, je me vengerai.» C'était laconique, mais concluant.... Voulez-vous lire ce billet, monsieur?

— Madame, dit *l'intendant* un peu confus, ce qui m'étonne, c'est que vous possédiez ce papier.

— Monsieur, feu mon mari était des amis de mademoiselle de Champ-Fleury, qui lui livra ce papier un jour de belle humeur. Après la mort de mon mari, j'ai trouvé dans ses papiers ce précieux document. Il vient à l'appui de ce que mon mari m'avait déjà raconté.

Le fou-rire gagna Pompée; la colère gagnait *l'intendant;* Rosemonde, ayant la victoire, referma paisiblement sa cassette, et se remit à déjeuner de très-bon appétit.

— Allons, madame la marquise, dit l'homme de confiance, vous avez réponse à tout. Mon maître dit autrement à ce sujet; vous prétendez avoir des preuves contraires. C'est un procès.

— Un procès gagné par mademoiselle de Champ-Fleury, dit Pompée.

— Et par madame la marquise, ajouta *l'intendant*, prenant son parti comme un homme qui compte sur une revanche.

L'heure avançait. *L'intendant* déclara qu'il était dans l'obligation de retourner à Lyon, en emmenant tous les chevaux de poste et regrettant beaucoup ce contre-temps pour madame de Montplaisir.

— A moins, madame, dit-il, que vous ne consentiez à retourner à Lyon, où il vous sera facile de trouver d'autres chevaux.

— Il le faut bien! dit Rosemonde avec un grand soupir hypocrite.

*L'intendant* triomphait. On demanda les voitures. L'homme de confiance du maréchal ordonna qu'on mît quatre chevaux à la chaise de poste de la marquise, puisqu'elle reprenait la route de Lyon et puisque ces chevaux devaient s'y rendre par ordre de M. le maréchal. Les préparatifs achevés, on quitta l'auberge des *Trois-Pigeons*. M. *l'intendant* monta dans sa chaise. Il fut prié par la marquise de se charger d'un très-beau perroquet, auquel elle tenait exclusivement. Il y consentit de bonne grâce. Il donna ordre aux postillons de la grande voiture de marcher en avant, sa chaise de poste à lui devant suivre par précaution. C'était à merveille et le triomphe paraissait assuré. Mais M. *l'intendant* qui avait de l'or n'aurait pas dû ignorer que la marquise en avait aussi et qu'elle savait dans l'occasion se servir royalement de ce précieux talisman. Or, la marquise avait fait dire quatre mots en secret aux deux postillons de sa voiture, et, au tournant de l'allée de l'auberge qui donnait sur la grande route, on vit la voiture de voyage de madame de Montplaisir tourner rapidement à gauche et s'élancer dans la direction de Paris avec une rapidité que la trahison seule pouvait donner. Cette trahison avait pour cause une horrible corruption, un pourboire fabuleux accepté par les postillons de la marquise.

*L'intendant*, aux abois, jura et s'emporta comme un maréchal de France à qui l'ennemi échappe. Son postillon (il n'avait que deux chevaux à sa chaise) reçut par la portière l'ordre énergique de poursuivre la voiture fugitive, les plus riches promesses arrivaient à ce malheureux postillon; mais, nous l'avons dit, il n'avait que deux chevaux et la voiture rivale était déjà bien loin. Cette course extravagante se serait prolongée ainsi jusqu'à Paris, les relais n'étant pas prévenus, et la marquise était femme bien pourvue d'arguments irrésistibles pour tous les postillons de la route. D'ailleurs, *l'intendant*, ou plutôt M. le maréchal, était attendu à Lyon et n'avait pris aucune des précautions voulues pour un long voyage. Il arrêta donc son postillon, après avoir perdu de vue les fugitifs, et, faisant tourner bride, il reprit la route du Rhône, rouge de dépit, jurant de se venger, et emportant, comme fiche de consolation, un perroquet charmant. Ce fut donc là toute la capture d'un beau maréchal de France. Il avait compté sur un plus agréable et plus noble oiseau. Il avait pris des précautions inouïes; il avait quitté ses triomphes de Lyon, ses joies et ses affaires; il avait fait quatre lieues de poste, lui-même, de son auguste personne, pour aller à la conquête d'un oiseau moqueur.

En homme d'esprit, il eut beaucoup de soin de l'oiseau, dit-on, finissant par rire en lui-même de la malicieuse espièglerie de Rosemonde, qui l'avait forcé, pour toute bonne fortune, à enlever son perroquet.

Nous laisserons M. le maréchal rentrer incognito dans la ville de Lyon. Nous ne suivrons pas non plus la voiture de Rosemonde, courant à perdre haleine sur la route de Paris.

### M. PRIOR.

Tandis que Rosemonde, en véritable amie de Dolorès, enlevait le petit colonel des gardes-françaises pour aller compléter son éducation à Paris, et pour donner le droit à la belle Espagnole de refuser de se marier avec lui; tandis que, d'un autre côté, M. le maréchal revenait à Lyon, en compagnie d'un perroquet et d'une émotion d'amour-propre humilié assez poignante; tandis que le sergent La Rose sortait du fort de Moulins, après quarante-huit heures de détention, et se dirigeait vers le château de Montorgueil pour y rejoindre son capitaine, une scène assez extraordinaire avait lieu à ce même château, entre mademoiselle de Fontarabie et le personnage noir que nous sommes loin d'avoir oublié.

Retirée dans la bibliothèque du château avec le personnage en question, et que décidément on nommait M. Prior, Dolorès consentait à continuer une conversation qui, probablement, avait été ménagée

J'en suis vraiment désespéré, madame, j'ai les ordres les plus sévères au sujet des chevaux.—Page 37, col. 1re.

par la duchesse entre elle et cet ami de la maison.

M. Prior était debout, le dos appuyé contre la fenêtre, en sorte que son visage ne recevant pas de lumière, était presque caché à la jeune fille, placée en face du jour et assise devant la grande table de velours vert. M. Prior n'était pas homme à avoir pris au hasard la place qu'il occupait; il savait fort bien de quelle importance dans une affaire sérieuse est le jeu de la physionomie, et combien il est plus utile de pouvoir lire sur le visage d'autrui que de donner le sien à étudier.

— Non, mademoiselle, reprenait-il, permettez que je sois d'un avis entièrement opposé; non, vous n'avez pas de raisons suffisantes pour refuser ce mariage.

— Monsieur, dit Dolorès avec beaucoup de calme, vous n'avez pas paru dans ce château depuis deux ans; je ne suis moi-même auprès de ma bonne cousine que depuis peu de temps.... Je n'ai donc pas l'honneur de vous connaître beaucoup; tout ce que je sais, c'est qu'il m'est bien prouvé que vous jouissez ici d'un grand ascendant. Vous méritez sans doute toute confiance.... mais celle de ma parente pour vous me paraît aller bien loin. Eh quoi! monsieur, vous êtes chargé même du soin de mon avenir, à moi, orpheline, maîtresse de ma position et de ma fortune, et arrivée à l'âge de disposer à mon gré de tout ce qui me regarde.

— Ma position, ici, est bien nette, mademoiselle, reprit M. Prior. Ami dévoué de la famille de Montorgueil depuis mon enfance, on veut bien m'accorder une confiance illimitée. Si j'ai abusé de cette confiance en parlant à mademoiselle de Fontarabie de son union projetée et même résolue avec le marquis, je suis prêt à lui faire mes excuses et à me retirer.

— Restez, monsieur, répondit Dolorès, puisque vous êtes ici un procureur fondé.

— Je suis un ami avant tout, mademoiselle.

— Je le souhaite pour mes nobles parents, reprit Dolorès en le regardant sérieusement.

— A ce titre, mademoiselle, dit-il, j'ai presque le droit de vous donner des conseils.

— Parlez, monsieur.

— D'abord, est-il bien prouvé que le marquis se soit enfui avec la personne que les uns nomment madame de Montplaisir et les autres mademoiselle de Champ-Fleury, danseuse de premier ordre à l'Opéra? Secondement, un jeune homme de vingt et un ans qui fait une folie, une étourderie, est-il donc un homme déshonoré? Doit-il perdre sa position, l'estime de ses amis, toutes ses espérances d'avenir, et entre autres, — la plus desirable, — celle d'un grand mariage arrêté entre deux nobles familles? Allons, mademoiselle, vous ne le pensez pas. Dans le grand monde, on ne se marie pas comme des bourgeois; on épouse un grand nom, un grand titre, une grande fortune.... C'est une alliance que l'on fait, à l'imitation des maisons royales; ces mariages-là obligent les familles entre elles plutôt que les personnes contractantes, et il serait facile de vous citer cent exemples qui vous prouveraient combien de pareilles

Ce mot, monsieur, vous allez me le dire à moi-même.—Page 42, col. 1re.

alliances s'élèvent au-dessus des vulgarités de ce que le commun nomme le mariage...

M. Prior s'arrêta, comme pour observer l'effet de ses paroles sur l'esprit de Dolorès. La noble fille avait rougi et pâli tour à tour.

— Continuez, monsieur, dit-elle avec une grande dignité... pourquoi ne continuez-vous pas?

— Ce langage paraît vous blesser, mademoiselle, répondit M. Prior.

— Moi! dit Dolorès; pourquoi me blesserait-il? Il est en contradiction directe avec mes sentiments et mes principes, cela est vrai; mais, dans le monde, si on se sentait blessé de tout ce qui est opposé à nos convictions et à nos goûts, on serait fort malheureux. Continuez, monsieur. Je dois seulement vous prévenir que je refuse plus que jamais mon consentement à ce mariage. M. le marquis a enlevé une femme, qu'il l'épouse.

— Et si cette femme, reprit M. Prior, avait enlevé le marquis?

— Alors, répondit mademoiselle de Fontarabie avec un loyal sourire, croyez-vous qu'une femme distinguée puisse accepter le ridicule d'un mariage avec un homme qui se laisse enlever?

M. Prior garda le silence, horriblement piqué et reconnaissant un peu tard son imprudence en demandant à la prétendue marquise sa *protection* pour le colonel Pompée.

—Ah! se disait-il avec dépit, l'effrontée a été bien loin! Qui l'eût cru capable de coup-là?

—Monsieur, ajouta Dolorès, je pense que notre conversation doit en rester là.

— Faites-moi l'honneur, mademoiselle, de m'écouter encore un moment, dit-il. Née en Espagne, de père et mère espagnols, ayant les trois quarts de vos biens en Espagne, vous vous reconnaissez parfaitement la sujette de S. M. Ferdinand VI?

— Parfaitement, monsieur, reprit Dolorès assez surprise.

— Très-bien, mademoiselle. Vous n'ignorez pas non plus les droits de la couronne du roi catholique sur certains fiefs concédés par elle dans le temps, à des maisons de grands d'Espagne, le droit, si ces nobles fiefs manquaient d'héritier mâle, de les concéder à des collatéraux, le droit aussi de choisir un époux à une héritière unique de ces biens et titres feudataires?

— Où voulez-vous en venir, monsieur! dit Dolorès.

— Rassurez-vous, mademoiselle, je ne viens vous parler ici que d'une chose fort honorable et qui serait enviée par beaucoup de femmes. Je viens vous exprimer les vœux que forme le roi d'Espagne, en personne, pour vous, pour votre bonheur.

Tirant alors une lettre de sa poche, et la dépliant, M. Prior continua:

— Voici ce que m'écrit S. M. elle-même, qui daigne aussi m'honorer de quelque confiance. Il y a dans cette lettre un tout petit paragraphe qui vous concerne particulièrement: « Je désire bien vivement « apprendre, sous peu, le mariage de mademoiselle

« de Fontarabie avec le marquis de Montorgueil, colonel aux gardes-françaises. J'aime à croire que « rien ne s'opposera à cette union. Dans tous les cas, « je vous charge, monsieur Prior, de veiller à ce que « tout obstacle soit levé. Je vous charge également « d'assurer mademoiselle de Fontarabie de mon affection particulière et de ma haute estime pour tous « ses mérites. » Certes, mademoiselle, reprit M. Prior, je fais ici tel pari que l'on voudra tenir, que sur mille femmes, sur dix et vingt mille femmes, il ne s'en rencontrerait pas une qui ne fût enchantée et très-fière de ces paroles du roi d'Espagne et des Indes, et qui ne consentît à se marier selon le désir de Sa Majesté.

— Eh bien! moi, monsieur, reprit Dolorès, tout en assurant le roi de ma profonde reconnaissance, je le prie, je le supplie, de me laisser disposer librement de mon avenir. J'en ai pris la résolution; je renonce à un mariage quelconque.

— Vous, mademoiselle!

— Moi-même.

— Mais, songez donc que vous êtes la seule descendante et héritière d'une illustre maison.

— Le monde finira, monsieur, reprit Dolorès, pourquoi les races et les familles ne finiraient-elles pas?

— Mais, vos biens, vos biens immenses retourneront à la couronne!

— Eh bien! monsieur, on pourrait avoir une héritière moins honorable. D'ailleurs, par réciprocité d'affection, je devrais bien cela à Sa Majesté Catholique.

— Mademoiselle, cela est impossible! s'écria M. Prior.

— Impossible! et pourquoi, si je le veux, moi? dit la fière Catalane en redressant la tête.

— Pourquoi? pourquoi? reprit Prior, en frappant du pied Eh bien! parce que je ne le veux pas, moi, à mon tour.

— Vous! dit Dolorès avec dédain.

— Moi, c'est-à-dire *nous*, ajouta M. Prior, un peu étonné d'avoir été si loin.

— Nous? reprit Dolorès... Vous êtes donc plusieurs à veiller sur mes destinées?

— Le roi, mademoiselle....

— Ah! laissons le roi, dit Dolorès en se levant; je connais Sa Majesté tout aussi bien que vous; elle est meilleure et plus juste que vous ne la faites, et, s'il faut aller lui parler, me jeter à ses pieds, à Madrid, j'irai.

— Mademoiselle, dit celui-ci, en lui barrant le passage: encore un mot.

— Ce mot, monsieur, vous allez me le dire à moi-même, à quatre pas d'ici, reprit quelqu'un qui entrait. Il n'est pas bienséant de barrer le passage et de retenir de force une personne comme mademoiselle de Fontarabie.

Celui qui venait de parler de la sorte était le capitaine Raoul de Montaran.

Ouvrant la porte à deux battants, Raoul montra le chemin libre à Dolorès, qui, en passant devant le capitaine, le salua par un sourire plein de bonté et de reconnaissance.

— A nous, monsieur! reprit Raoul en revenant à M. Prior.

— Monsieur, dit celui-ci, je trouve fort étrange que vous écoutiez aux portes.

— Non, monsieur, je n'écoutais pas votre conversation; je passais, et vos dernières paroles ont choqué mes oreilles. Si vous n'êtes pas satisfait de mes explications, vous n'avez qu'à parler.

— Un cartel, monsieur? reprit M. Prior.

— Oh! je sais très-bien que si monsieur Prior le refuse, ce n'est certes pas pour cause d'inhabileté et d'inexpérience dans le métier des armes.

— Et pour quelle cause, monsieur, refuserais-je de vous donner ou d'exiger satisfaction?

Montaran regarda l'homme noir en face.

— Tenez, lui dit-il, venez jusqu'à l'habitation de la Faisanderie, nous nous expliquerons beaucoup mieux.

— A votre école militaire, monsieur le commandant? répondit M. Prior avec un sourire sardonique.

— A mon école, monsieur, où peut-être vous pourrez recevoir une leçon.

— Il est certain que vous manquez d'élèves dans ce moment-ci, dit M. Prior. Ne craignez-vous pas qu'on ne vienne m'enlever à mon tour, monsieur le capitaine? Ma foi, si vous gardez vos belles comme votre colonel...

Raoul de Montaran commençait à sentir sa tête terriblement échauffée. Il avait une frayeur horrible d'éclater, malgré lui, dans le château de madame de Montorgueil et presque dans l'appartement de la duchesse.

— Monsieur, reprit-il, je vous le demande en grâce et au nom de toutes les bienséances, sortons d'ici.

— Sortons, dit M. Prior.

Montaran lui céda le pas. Tous deux descendirent dans le parc. Il faisait froid; une brume couvrait la campagne, et quelques flocons de neige commençaient à tourbillonner.

— Où irons-nous par ce temps-là? dit M. Prior. Savez-vous que je suis beaucoup moins échauffé que vous, monsieur le capitaine?

Montaran marchait devant lui sans lui répondre et voulait l'emmener assez loin du château, ce dont M. Prior ne tarda pas à se douter. Mais c'était un homme d'énergie, et la pensée d'un danger était loin de l'intimider. Se mettant au contraire au pas de Montaran et marchant sur la même ligne que lui:

— Monsieur, lui dit-il, il fait un froid piquant, cela est vrai; mais je vous sais gré de cette promenade. Nous irons où bon vous semblera, et sans hésiter, je vous en préviens.

— Enfin! dit Raoul de Montaran, je vous trouve un peu plus complaisant. Marchons, monsieur.

Ils arrivèrent ensemble à la Faisanderie. Montaran ouvrit la porte de la grande salle.

— La salle d'armes! dit M. Prior.

Et comme il examinait les épées et les pistolets accrochés aux murailles:

— Eh! non, monsieur, lui dit le capitaine; ce n'est pas un duel que je veux, mais une explication. Vous me la devez, et je vais vous dire pourquoi. Mon nom, monsieur, a été prononcé par vous dans une conversation intime, le soir, dans une chambre du château, où vous avez déclaré que vous vous chargiez vous-même de *peser et mesurer mes mérites*... Eh bien! monsieur, cherchez donc à connaître ce que je vaux... Quant à moi, je sais ce que vous valez.

M. Prior, un peu déconcerté, pensa que l'abbé de Saint-Yrieix avait eu la folie de parler. Il n'y avait pas moyen de nier le propos.

— Monsieur, dit-il, vous ajoutez foi aux confidences d'un homme sans valeur.

— J'ai mes raisons pour y croire, répondit Montaran.

— Soit, monsieur le capitaine. Eh bien! je vous ai jugé; vous êtes un galant homme.

— Trêve de compliments, monsieur. Je vous préviens que je ne vous rendrai pas la pareille.

— Un galant homme, reprit M. Prior, mais incapable de faire une brillante fortune...

— Je n'en ai aucun souci, dit Montaran; mes préoccupations sont ailleurs, et, pourvu que je fournisse une honorable carrière, je me tiens pour satisfait.

— Vous êtes bien jeune! répondit Prior en souriant.

— Et vous êtes bien vieux, vous, monsieur, ajouta le capitaine.

— Vous voulez dire que j'ai de l'expérience? Hélas! oui. Je connais les hommes... je les méprise en général; mais je me rends utile au petit nombre de ceux que je reconnais dignes de mes soins, entendez-vous, monsieur de Montaran?

— Vous m'offrez votre protection?

— Mes services, si vous les voulez.

— Je les refuse.

— Pourquoi?

— Parce que si j'emprunte quelquefois, je ne reçois jamais.

— Vous êtes fier, monsieur?

— Je suis franc aussi, et je vous déclare, monsieur Prior, que vous avez toutes mes antipathies...

— Vraiment, jeune homme, dit Prior en se redressant, et moi qui m'intéressais déjà à vous.

— Merci, monseigneur, répliqua le capitaine d'un accent incisif.

— M. Prior pâlit et recula de trois pas, comme il avait fait au moment où Rosemonde l'avait appelé ainsi.

— Que dites-vous! s'écria-t-il; il n'y a qu'une folle, une fille d'Opéra qui ait pu vous faire de pareils fagots sur mon compte.

— Convenez, monsieur Prior, dit Montaran, satisfait, que j'ai touché le vif...

— Vous avez dit une extravagance, monsieur.

— Alors pourquoi vous fait-elle pâlir?

— Parce que je suis outré de vous voir vous moquer de moi.

— Vous tenez-vous pour offensé?

— Oui, monsieur.

Montaran décrocha deux épées.

— Acceptez-vous la partie, monsieur Prior?

— Ah! dit celui-ci, vous abusez...

— Moi, reprit le capitaine; du tout. J'ai éprouvé votre adresse et votre audace. Nous sommes au pair, monsieur.

L'homme noir regardait les deux lames nues que lui présentait le capitaine, et une terrible tentation lui serrait les flancs, on le voyait. Enfin, saisissant une épée et la maniant avec un mouvement nerveux :

— Oui, dit-il, je devrais... m'en servir... je brûle de la croiser avec la vôtre.. Je ne puis résister au besoin de me battre... de vous châtier...

— Me châtier! s'écria Montaran; en garde, monsieur! en garde!

M. Prior avait déjà pris position, et déjà il avait effleuré le fer de son adversaire par un revers de main, lorsque tout à coup abaissant l'épée et appuyant fortement sur la pointe, il la cassa en deux.

— Non, dit-il, je ne le dois pas.

— Allons, ajouta le capitaine en remettant le fer au crochet de la muraille, il n'y a pas moyen de vous décider à rien, *monseigneur*.

— Au nom de Dieu! s'écria M. Prior, cessez de m'appeler ainsi. C'est une ironie amère...

— Non, monsieur, non, dit Montaran. Et voulez-vous que je vous le dise, moi . votre incognito est une hypocrisie ou une trahison; choisissez.

— Qui vous a dit cela, monsieur?

— Personne.

— Qu'est-ce qui vous donne le droit de me parler ainsi?

— Votre arrogance avec une noble jeune fille que vous devriez vénérer.

— Ah! je comprends, dit Prior; vous voilà amoureux de mademoiselle de Fontarabie. Et vous dites que vous n'êtes point ambitieux, mon capitaine?

— Qu'entendez-vous par là? demanda Montaran, enflammé de colère.

— J'entends, répondit impitoyablement M. Prior, qu'une belle fille et quatre millions de dot sont du goût de tout le monde.

— Vous en avez menti, monsieur!

— Monsieur le capitaine, reprit l'homme calme et fort, est-ce parce que j'ai déclaré ne pouvoir me battre que vous m'insultez?

— Pardon, dit aussitôt Montaran; j'oubliais que vous avez cassé votre épée. Mais je vous déclare que vous vous trompez sur mes sentiments.

— Allons donc! reprit M. Prior. Est-ce que vous me prenez pour un écolier? Est-ce que je n'ai pas remarqué, depuis quatre jours, la puissance magnétique de ces deux beaux yeux d'ange sur tout l'organisme de votre âme et de votre imagination? Est-ce que je n'ai pas reconnu l'effet électrique de cette voix saisissante et pure sur vos nerfs? Est-ce je n'ai pas distingué l'impression de cette démarche fière et aérienne sur tous vos sens? Me prenez-vous pour un sot ou pour un fou! Je vous déclare que je ne suis ni l'un ni l'autre. Je vous déclare que vous êtes dès aujourd'hui épris sérieusement de la fille d'un grand d'Espagne, d'une des plus attrayantes personnes de l'Europe et d'une des plus aimables femmes. Mais je dois auss vous déclarer, monsieur, que le rêve me paraît trop ambitieux et que vous donnez, tête baissée et lance en avant, contre un rocher imprenable. Ainsi, capitaine Montaran, croyez-moi, puisque votre élève a délogé, quittez la partie aussi; fuyez ce séjour dangereux; reprenez vos armes, vos chevaux, votre vie militaire, et allez joyeusement gagner des grades à Versailles et au champ de bataille. Il est de certaines fortunes qui se brisent en voulant dévier d'une route naturellement tracée. Je suivrai votre étoile et je tâcherai de vous être de quelque utilité; ne dédaignez pas mes offres de service; d'autres se sont bien trouvés de les avoir acceptés. Quant à la personne dont le nom a été prononcé entre nous, je vous le déclare hardiment et cruellement peut-être, elle sera avant peu la femme de votre colonel, le marquis de Montorgueil.

— Avez-vous tout dit, monsieur Prior? demanda l'officier d'une voix concentrée.

— Oui, monsieur.

— Eh bien! moi, capitaine Raoul de Montaran, j'ai l'honneur de vous déclarer à mon tour que mademoiselle de Fontarabie n'épousera jamais le ridicule colonel, votre protégé.

— Et qui donc épousera-t-elle, monsieur?

— Elle seule et Dieu le savent, monseigneur.

### MADEMOISELLE DE FONTARABIE.

La nuit était venue. Une neige épaisse couvrait les vallées et les montagnes du Bourbonnais. Dans le grand parc de Montorgueil, les arbres verts pliaient sous les lourdes couches de givre, et chaque pièce d'eau était un bloc de glace. Cependant le ciel dépouillé étincelait d'étoiles, et la lune se leva pour éclairer le froid paysage.

Dans la grande salle du rez-de-chaussée, au petit château, un grand feu flambait dans une des cheminées, un feu rose, clair et joyeux; il était produit par des troncs résineux de pins et des branchages de chênes. M. de La Rose, revenu de Moulins, était commodément étendu dans un large fauteuil au coin de la cheminée, ayant auprès de lui une lourde table couverte de cristaux et de divers ustensiles à l'usage d'un fumeur. M. de La Rose avait pour la pipe un amour modéré, mais une tendresse enthousiaste pour le rhum de la Jamaïque. Ce soir-là, précisément, l'honnête sergent passait d'agréables quarts d'heure à faire fondre du sucre dans la liqueur de sa prédilection et à brûler le tout dans un petit bol d'argent.

Le capitaine Montaran laissait ces occupations de gourmet à un sous-officier; il allait et venait d'un bout de la salle à l'autre, fort soucieux et taciturne.

— Capitaine, lui dit le sergent après trois quarts d'heure de silence, il me semble que votre promenade se prolonge aux dépens de votre repos et de votre belle humeur. Eh! que diable, si nous avons de poignantes contrariétés, nous avons aussi là un ami jovial; je vous jure, par les beaux yeux de ma perfide marquise, que je n'ai jamais trempé ma moustache dans un nectar plus voluptueux.

Le capitaine continuait à marcher.

— A moins que vous ne préfériez la pipe. J'ai du tabac d'Espagne...

Montaran s'arrêta à ce nom et reprit presque aussitôt sa promenade.

— Un vrai Tabago. Mais il est malsain de fumer à sec... Rabelais, qui ne fumait pas, disait cependant : « Buvez, ne demeurez jamais en sec, de peur que votre âme ne s'enfuie dans quelque grenouillère. » Belles paroles et qu'un ami de la vie ne saurait jamais trop méditer. A votre santé, capitaine!

Le sergent s'ingurgita un verre de rhum brûlé.

— Ce n'est pas, reprit-il, que, pour le quart d'heure, j'aie à me louer de l'existence... diantre! les destins me sont devenus contraires tout autant qu'à un neveu de M. Racine. Quand je pense que moi, La Rose, connu par les ressources de mon esprit, quand je pense que j'ai pu donner en plein dans le panneau et aller moi-même porter au commandant de la place de Moulins la lettre de cachet qui devait me faire coffrer! Ah! mon sang bouillonne! diabolique et séduisante créature, va!... Du reste, capitaine, la chose est claire maintenant; la marquise est une des divinités du ballet de l'Opéra...

Montaran s'approcha de la table, prit machinalement le verre que lui présentait le sergent, et, après l'avoir vidé, recommença sa promenade silencieuse.

— Ensuite, mon capitaine, il faut calmer nos scrupules au sujet de notre séjour ici. Le personnel des élèves de l'école militaire a délogé, cela est vrai; mais enfin nous, les professeurs, nous sommes dans les limites de notre mandat. Le ministre de la guerre nous a accordé un mois et nous a envoyés en mission auprès du colonel... nous restons à notre poste. Tant pis pour le personnel de l'école, s'il court les champs... les professeurs sont présents à l'école et en plein exercice de leurs fonctions. Je me suis démontré à moi-même, dans l'après-midi, le mécanisme de la charge en douze temps. Quant aux maîtres du logis, vous savez qu'ils nous supplient de rester encore quelques jours ici; ils sont convaincus que le personnel de l'école ne tardera pas à rentrer.

— Cela est vrai, dit Montaran; j'ai cédé aux instances de cette bonne duchesse... bien affligée du coup de tête du colonel.

— Capitaine, le coup de tête appartient de droit à l'aimable ravisseur. Ah! la jolie femme! je me vengerai, marquis ou déesse!

Le capitaine, sans répondre autre chose, prit son manteau, le jeta sur ses épaules et quitta la salle d'armes, laissant La Rose dans le plus doux tête-à-tête avec le bol de rhum brûlé.

— Où diable va-t-il par ce temps-là? se demanda le sergent.

Il se serait levé pour accompagner Montaran; mais celui-ci n'avait pas même fait un signe d'appel. M. de La Rose resta dans les voluptés de son fauteuil, les deux pieds posés sur les chenets.

Raoul était sorti du château. Il vit la trace de ses pas sur la neige, et il fut très-contrarié de laisser ainsi derrière lui des indices sur la direction qu'il allait suivre. Aussi il imita le chevreuil qui ruse pour dépister la meute; il fit des détours, revint sur ses pas, et, prenant tout à coup un sentier qui tournait brusquement, il s'enfonça dans les bois, éclairé par la double lumière de la lune et de la neige.

Soit avec préméditation, soit par une attraction involontaire, le capitaine Montaran se trouva au bout d'un quart d'heure de marche sous les fenêtres d'une tour fort large qui donnait sur le parc. Dans cette tour du château, était précisément le petit salon alors dépendant de l'appartement de mademoiselle de Fontarabie. Aux clartés de la lune, on pouvait distinguer le beau jasmin de la muraille, qui, quelques jours auparavant, fleurissait encore, mais que la gelée tout à coup survenue avait flétri et jauni avec une déplorable brutalité.

Montaran, aux clartés de la lune, regardait le jasmin courbé sous les flocons de neige; soit pitié pour l'arbuste, soit désir de sauver ces belles tiges qui fleurissaient au pied du balcon de l'appartement habité par un ange, il se mit à secouer les branches pliées et les dégagea de leur fardeau de gelée. Puis il se reprit à rêver en contemplant la fenêtre du balcon éclairée d'une douce lumière intérieure.

Quelqu'un avait vu le capitaine, et bientôt une petite porte donnant sur le parc, vint à s'ouvrir. C'était dona Thérésa, la duègne que nous connaissons.

— Monsieur, dit-elle à demi-voix, vous prenez soin d'un pauvre arbuste que nous aimons beaucoup; il nous a donné de bien belles fleurs. Ce jasmin nous rappelle l'Espagne, et nous étions au désespoir de le savoir ainsi couvert de neige et en danger de périr. Je viens vous porter nos remerciements. La sénora est bien reconnaissante de cette attention de votre part.

— Veuillez dire à la sénora, reprit Montaran, que ses moindres désirs sont des ordres pour moi. Comment se porte la sénora depuis hier? Nous avons été privé de l'honneur de la voir.

— La sénora n'a pas quitté son appartement depuis vingt-quatre heures, répondit dona Thérésa.

— Serait-elle souffrante? demanda vivement Raoul de Montaran.

— Oui et non, dit la duègne; nous avons de la peine.

— De la peine? du chagrin?

— Quelque chose qui ressemble à du chagrin, oui.

Montaran devint soucieux; il baissa la tête et se mit à suivre je ne sais quel rêve chimérique. La duègne s'était éloignée. Bientôt le bruit discret d'une fenêtre qu'on ouvrit sur le balcon se fit entendre. Aux clartés de la lune, une forme svelte, une apparition tout aérienne se montra sur le balcon. Le temps s'était adouci, et il était possible de rester quelques instants en plein air, sans péril. Dolorès, c'était elle, voulait elle-même remercier le capitaine pour ses soins et ses bienveillantes paroles.

— Monsieur, dit-elle, mon jasmin est sauvé, grace à vous. Dona Thérésa allait en secouer les branches lorsqu'elle vous a rencontré. Mais il me semble que vous choisissez une heure bien mélancolique pour une promenade.

— J'ignore, en vérité, dit Montaran, si j'avais un projet de promenade quand j'ai quitté le petit château. Tout ce que je sais bien, c'est que je bénis l'étoile qui m'a amené au pied de ce balcon.

— Monsieur, reprit Dolorès, vous croyez à votre étoile, vous avez raison. Suivez-la ; elle promet d'être brillante...

— Je sais quelqu'un, répondit Montaran, dont les vœux peuvent porter bonheur mieux que toutes les étoiles du ciel.

— Oh ! si les vœux d'une pauvre orpheline ont ce pouvoir-là, croyez, monsieur, que vous serez heureux. Je vous ai mille obligations pour avoir mis un terme à une conversation qui m'affligeait beaucoup. Depuis ce moment, je n'ai pas quitté mon appartement.

— On m'a dit que mademoiselle de Fontarabie avait quelque sujet de tristesse ? dit Raoul.

— Pourquoi en ferais-je un mystère à un cavalier aussi loyal que monsieur de Montaran?

— Grand Dieu ! dit celui-ci avec animation, serait-il vrai? Vous, mademoiselle !

Et comme l'échelle dont M. de La Rose s'était servie était encore là, le capitaine ne put résister à se rapprocher du balcon d'un premier échelon.

— Oh ! monsieur, reprit Dolorès, parlons plus bas. Il y a ici, dans ce château, des échos malveillants...

— Je comprends, dit le capitaine en montant un second échelon. Cet homme est donc bien puissant !

— Plus que vous ne pensez, monsieur, répondit Dolorès en avançant sur son front le capuchon de la mante de satin qu'elle avait sur les épaules.

— Savez-vous qui il est décidément? reprit Montaran.

— Non. Je ne le connais, comme tout le monde ici, que sous le nom de M. Prior.

— C'est un nom d'emprunt, dit le capitaine. Cet homme porte un masque.

— Ma cousine, la duchesse, et M. l'abbé de Saint-Yrieix doivent avoir seuls le secret de ce mystère.

— Madame de Montorgueil n'aurait-elle pas assez de confiance en vous, mademoiselle, pour vous tout dire ?

— Je ne le crois pas. Du reste, je redoute de l'interroger. Elle-même redoute des confidences...

— Cet homme ne serait-il pas dans les ordres sacrés? demanda Montaran. Quelqu'un, l'autre jour, l'appelait monseigneur.

— Grand Dieu ! dit Dolorès en se rapprochant du capitaine, qui venait de monter un troisième échelon.

— Vous avez peur de lui, vous, ange charmant? reprit-il.

— Oh ! je suis loin de mériter ce nom-là, monsieur

Et elle se penchait sur la rampe à trèfles d'or et à écussons armoriés.

— Ce qui enchante surtout en mademoiselle de Fontarabie, ajoutait le capitaine, dont le visage était déjà à la hauteur des mains de Dolorès, ce qui ravit au suprême degré, c'est sa modestie touchante avec de si hauts mérites.

— Vous me flattez, monsieur ; oh ! de grâce, déclarez-le-moi ; vous ne pouvez me tromper, n'est-ce pas ?

— Je prends à témoin toutes ces étoiles et cette lune si sereine dans le ciel ; je prends Dieu et le firmament en temoignage que j'aimerais mieux mourir à l'instant même que de manquer de franchise envers la noble créature qui m'écoute.

— J'ai confiance en vous, dit-elle. Cette confiance m'est venue tout de suite en vous voyant. Que voulez-vous ? Nous autres Espagnoles, nous savons peu déguiser nos sentiments ; nous ignorons cet art du monde, cette puissance de coquetterie qui rendent de si grands services aux femmes de France. Elles sont toujours maitresses d'elles-mêmes, et c'est un rare et utile talent.

Montaran s'était si rapproché des belles mains de Dolorès, qu'il les touchait presque ; il les contemplait avec ravissement au clair de lune, blanches comme de l'albâtre, et délicatement posées sur la rampe.

— Oh ! reprit-il, dans un moment d'enthousiasme, laissez-moi vous dire, mademoiselle, que vous êtes belle, que vous êtes admirable de fierté et de grâce, et qu'ils sont heureux ceux à qui vous daignez accorder un peu d'amitié !

— En ce cas, monsieur, reprit la plus franche et la plus pure des femmes, vous n'avez pas à vous plaindre.

Raoul baisa les mains les plus aristocratiques qu'il eût jamais vues, et comme on les retirait :

— C'est un hommage de respect, mademoiselle, ajouta-t-il.

— Je mérite moins que cela, dit Dolorès. Je ne suis ni une reine, ni une sainte.

— Vous êtes la majesté et la sainteté, mademoiselle, reprit Montaran.

— Oh ! que d'enthousiasme, monsieur ! et pour qui cependant?

Elle se penchait encore. Ses beaux cheveux, que la brise agitait, s'étaient déroulés ; l'heureux capitaine les toucha et les pressa contre ses lèvres ! Quel parfum ! et quelles célestes émanations !

— C'en est fait, reprit-il ; dussiez-vous être irritée contre un audacieux, il faut que je vous le dise, mademoiselle, dès aujourd'hui je sens que ma vie est à vous.

Dolorès, à cet aveu, se redressa ; mais un sourire de pardon et presque de tendresse vint rassurer Raoul.

— Dieu ! s'écria-t-il, vous ne me traitez pas avec colère !

— Non, dit Dolorès.

— Vous ne m'ordonnez pas de me retirer ¿

— Pourquoi le ferais-je, monsieur?

— Vous ne me détestez pas?

— Vous avez, monsieur le capitaine, une bien mauvaise idée de mon caractère, reprit la charmante Catalane.

— Ah ! vous êtes un ange, s'écria Rooul, et je vous aime avec passion. Ce détestable Prior avait raison.

— Que dites-vous là? reprit Dolorès.

— Rien, rien, mademoiselle, répondit-il vivement; n'attristons pas ces moments d'un suprême bonheur par un souvenir odieux. Je vous aime ; oui, je voulais me le cacher à moi-même. Comment espérer mon pardon après cet aveu ? Seul sur la terre, sans autre existence que mon métier, orphelin, isolé, potant un nom sans éclat, n'était-ce pas une folie d'oser élever mon ambition jusqu'aux pieds de mademoiselle de Fontarabie?

— De la folie? dit-elle. Hélas! que me dites-vous là? Alors, moi, je suis donc folle d'écouter ce langage du cœur, ces aveux d'une âme qui a compris les tristesses de la mienne, et qui vient à elle?

— Non, non, reprit Raoul; ne regardez pas cela comme de la folie. Daignez me tendre votre noble main en signe de paix et d'alliance, à moi, votre adorateur jusqu'à la fin de mes jours, à moi, qui vous donnerais mille fois ma vie.

Dolorès, très-émue, indécise, regardait le ciel comme pour l'interroger. Le ciel lui répondait-il? Qui le saura jamais! Se rapprochant de la rampe, elle finit par tendre la main au capitaine, avec un élan sublime de franchise. Raoul prit cette main dans les siennes.

— Mon Dieu! dit-il, mon Dieu! qui me voyez et m'écoutez, recevez mon serment : J'aime cette noble femme et à elle je dévoue, dès ce moment, toute mon existence.

Cinq minutes après, Dolorès rentrait dans son appartement, le cœur oppressé, mais heureux...

Le capitaine revint à son logis, fou de joie, au point que M. de La Rose en fut effrayé.

### TROIS FLACONS DE VIN DE XÉRÈS.

Sur la route de Fontainebleau à Paris, à travers cette magnifique forêt royale qui a près de trente lieues de circonférence, le sergent La Rose, à cheval, menant un autre cheval en lesse, et suivi de deux piqueurs montés sur de forts chevaux, cheminait à petites journées, cherchant à regagner Paris avant la fin de novembre. Il avait quitté le château de Montorgueil, deux jours après la conversation nocturne que son capitaine avait eue avec Dolorès, et il était parti (le croira-t-on?) sans le bon capitaine.

Ce qu'était devenu Montaran, Dieu le savait, et le fidèle sergent aussi. Or, M. de La Rose, fort préoccupé des explications qu'il pourrait donner à son arrivée au régiment sur les destinées du capitaine et du colonel, avait avec lui-même de sérieuses consultations, et s'évertuait à trouver des réponses qui pussent à la fois satisfaire aux convenances et à la vérité.

Il traversait au pas de route la forêt de Fontainebleau, lorsqu'il fut atteint par un courrier qui menait son cheval à fond de train. Le courrier avait assez brusquement demandé au sergent et à son escorte de céder la chaussée. Le sergent s'était contenté de lui rire au nez, ce qui avait déterminé le piqueur à revenir sur ses pas. Une explication s'engagea assez vivement.

— Comment voulez-vous que je ne sois pas sourd à vos ordres, courrier? avait dit La Rose. Parlez-vous à un cheval? Apprenez, mon ami, que si je tiens le haut de la chaussée, c'est que je me reconnais parfaitement digne de l'occuper.

— Monsieur le sergent, répliqua le courrier, vous ne vous rendez pas justice; à votre place, moi, j'obligerais M. le maréchal de Richelieu, qui arrive derrière nous en chaise de poste, à céder le pavé.

M. le maréchal arrivait en effet. La Rose tourna la tête et vit accourir à toute bride deux voitures attelées chacune de quatre chevaux. La Rose comprit ce qu'il devait d'égards au maréchal. Ramenant ses chevaux un peu sur la droite :

— Continuez votre chemin, mon ami, dit-il au courrier. Je ne vous ai rien cédé à vous, remarquez-le bien; mais je sais tout ce que je dois à un maréchal de France.

Les voitures arrivaient, lorsque, tout à coup, elles s'arrêtèrent et prirent le pas; ce qui parut étrange au sergent. Il vit un homme, vêtu d'une large pelisse, qui mettait la tête à la portière, et il reconnut le noble visage du duc de Richelieu. M. de La Rose se découvrit et arrêta ses chevaux.

— Sergent, lui dit le duc, n'êtes-vous pas des gardes françaises?

— Oui, monsieur le maréchal. Première compagnie du premier bataillon; La Rose, sergent instructeur, pour servir monsieur le maréchal.

— Fort bien, dit celui-ci. Faites-moi le plaisir de mettre vos chevaux au trot, s'ils ne sont pas trop fatigués, et de gagner au plus vite le premier relais de poste. Je m'y arrêterai et j'ai à vous parler.

Le sergent salua, remit son chapeau à cornes, et prenant un air de commandement très-déterminé :

— Escadron, dit-il bravement à ses deux piqueurs, au trot!

Et il suivit d'assez près les deux voitures, qui avaient repris le train de poste. Arrivé au relais, il abandonna ses chevaux à ses gens et il fut introduit dans une salle basse où il trouva M. le maréchal, seul, en face d'un grand feu et se chauffant les jambes. M. de La Rose salua militairement.

— D'où venez-vous, sergent? demanda le duc avec vivacité.

— Du château de Montorgueil.

— Ah! je m'en doutais... Où est votre colonel?

— A Paris, dit-on, excellence.

— Il a enlevé une danseuse, n'est-ce pas?

— Mon maréchal aura la bonté de renverser la chose : c'est la danseuse qui a enlevé mon colonel.

— Très-joli! dit Richelieu.... Vous étiez avec votre capitaine?

— Certainement, excellence.

— Où est-il aujourd'hui?

— Dieu et lui le savent, mon maréchal.

— On dit, je l'ai appris à Lyon, qu'il a enlevé la fille d'un grand d'Espagne.

— La version m'a été faite autrement, mon maréchal.

— Comment ça?

— A l'exemple de la princesse d'Opéra, on m'a assuré que la fille du grand d'Espagne a enlevé mon capitaine.

Le duc de Richelieu se prit à rire aux éclats.

— Or çà, dites-moi donc, sergent, c'est donc un usage établi chez les officiers de votre régiment de se faire enlever par les plus jolies femmes du monde?

— J'observerai à mon maréchal, reprit sérieusement M. de La Rose, que l'usage commence à s'établir aussi parmi les sous-officiers.

Et le sergent relevait avec grâce la pointe de sa moustache.

— A merveille! dit Richelieu... Pardieu! sergent, à la première vacance je m'enrôle dans votre régiment.

— Les gardes françaises, j'ose les en flatter, sont dignes de cet honneur.

— Merci, mon brave, répliqua le maréchal. Tenez, faites-moi le plaisir de me donner votre avis sur ce vin de Xérès que j'ai rapporté moi-même d'Espagne; il vaut un louis la bouteille. Nous avons à causer.

—C'est-à-dire, pensait M. de La Rose, tandis qu'un valet posait sur la table un beau flacon empaillé et deux verres, c'est-à-dire que M. le maréchal veut me griser pour me rendre indiscret... Nous verrons bien!

Le duc qui, toute sa vie, avait eu la plus irritable des curiosités sur le chapitre des galanteries, crut avoir trouvé une belle occasion de savoir, au sujet de Rosemonde, bien des choses qu'il ignorait, et qui pouvaient lui servir de guidon à Paris, dans le plan de campagne qu'il allait entreprendre contre cette insaisissable et belle ennemie. Persuadé que le capitaine Montaran avait été dans les bonnes grâces de la danseuse, il ne doutait pas que le sergent, homme dévoué à son capitaine, n'eût reçu de lui les plus chaudes confidences. M. de Richelieu, à l'âge de soixante ans, se voyait réduit, dans ses campagnes galantes, à des moyens cauteleux, détournés et petits, qu'il n'aurait certainement pas employés vingt-cinq ans auparavant, alors qu'il marchait si fièrement à ses conquêtes, le brillant vainqueur qu'il était. Or, savoir quelques bonnes petites faiblesses que Rosemonde aurait eues, et qu'elle tenait cachées avec tant de soin, pouvoir, au besoin, menacer Rosemonde d'éventer ses jolis péchés mignons, l'attrister, la faire pleurer, l'effrayer, tout cela, aux yeux du vieil enfant gâté de l'amour, était de bonne guerre.

Il invita le sergent à prendre place à une table assez bien servie pour une auberge de hasard. M. de La Rose, après avoir hésité un moment par convenance, fit céder son respect et sa discrétion. Assis devant la table, il se livra, pendant dix minutes, à une action des plus acharnées contre un râble de lièvre. M. le maréchal, dont le régime était sévère, s'était assis au coin du feu. Il ne mangeait pas; mais, par manière de contenance et comme pour encourager La Rose à boire, il avait fait placer sur le manteau de la cheminée un verre de vin de Xérès, auquel il ne touchait de temps en temps que du bout des lèvres.

— Mon brave, disait-il en tisonnant le feu, je ne sais pas pourquoi vous ne mangeriez pas à votre aise, aujourd'hui, un déjeuner servi par un maréchal de France? Que diable! nous avons le temps d'arriver à Paris.

— Il est certain, mon maréchal, que plus nous y sommes attendus, vous et moi, et moins il faut avoir l'air pressé d'arriver.

— Bravo! dit Richelieu. Vous connaissez votre théorie. Du reste, monsieur le sergent, j'espère que vous n'avez pas le projet de bouder trop fort mademoiselle de Champ-Fleury au sujet de sa spirituelle infidélité? Si elle a faussé compagnie à votre capitaine, elle a été charmante pour votre colonel. L'honneur du corps est sauvé. Irez-vous la voir? elle doit vous apprécier....

— Je lui dois quarante-huit heures d'arrêts forcés et des remerciements, dit M. de La Rose en avalant un verre de vin de Xérès.

— Diable! elle vous distinguait donc presque autant que votre capitaine?... car elle l'aimait, c'est un fait avéré... elle avait une passion pour lui...

— Une passion! répéta le sergent.

—Nous y voilà, dit Richelieu. Et une passion, chez une femme distinguée, est toujours prodigue.

— Prodigue! répéta le sergent.

— De manière, monsieur de La Rose, que vous êtes sûr que le capitaine a obtenu d'elle...

— L'impossible! dit le sergent en buvant le nectar. Fameux vin! ajouta-t-il en se mouillant les lèvres.

— N'est-ce pas? et cet *impossible*, dont vous parlez, s'obtenait à de rares intervalles?...

— Mais non.

— Comment! le dernier rendez-vous, par exemple, a été donné à....

— L'Opéra.

— Bon! pensait Richelieu, je vais avoir un détail, connaître une circonstance particulière. A l'Opéra? reprit-il, je devine...

— Parbleu! dit La Rose, mon maréchal a un trop grand esprit pour ne pas deviner.

— Oui, mon brave; mais vous racontez si bien!... Voyons, et buvez.

— A la santé de mon maréchal.

— Merci.

— Donc, je disais que mon capitaine, très-épris de la charmante danseuse, recevait d'elle des rendez-vous à l'Opéra. C'est mon capitaine qui me l'a raconté dernièrement, à Montorgueil, dans un moment d'effusion. Le rendez-vous avait lieu d'ordinaire entre neuf et dix heures du soir. Mademoiselle de Champ-Fleury, au moment fixé, arrivait sur le théâtre, habillée comme une fée, et dansait comme une nymphe; mon capitaine, très-exact aussi, était à une loge d'avant-scène, et il voyait, admirait et applaudissait, une heure durant, l'objet de sa flamme... Voilà.

— Allons donc! s'écria le maréchal... Et après....

— Après?... c'était comme auparavant; même rendez-vous donné et accepté pour le jour d'Opéra suivant... Mon Dieu! l'excellent vin que monsieur le maréchal rapporte d'Espagne! ajouta La Rose en regardant le fond de son verre.

— Ah! ah! disait en lui-même M. de Richelieu, j'ai affaire à un luron qui boit mon vin de Xérès comme du vin de Surènes et qui ne me livre pas une indiscrétion! Voyons, changeons nos batteries... et prenant un air satisfait:

— De manière, dit-il, que la belle Rosemonde n'est ni plus ni moins qu'une vertu! Eh bien! sergent, je l'aurais parié. Moi qui vous parle, je n'ai jamais obtenu d'elle d'autre faveur que son joli gant à baiser lorsqu'il recouvrait sa main. Ne voyez-vous pas vous-même, mon brave, comme vous avez été joué? Après toutes les agaceries qu'elle vous a faites, prenant un nom supposé, vous flattant de l'œil et de la voix, n'a-t-elle pas fini par vous faire coffrer à Moulins, au moment solennel?

Cette fois, le duc piquait au vif le plus beau et le plus galant des sergents. Richelieu s'en aperçut, et il en eut une joie extrême; car M. de La Rose, déposant son verre, avait redressé la tête et s'était rengorgé avec un air superbe et offensé.

— Ah! mon maréchal sait la chose? demanda-t-il en souriant du bout des lèvres.

— Mais... certainement. N'ai-je pas vu à Lyon la ravissante fille?

— Ah!... et mon maréchal tient le propos et le renseignement de la *marquise de Montplaisir*?...

— Eh! eh! dit Richelieu... les femmes sont si méchamment coquettes!

Le sergent baissa la tête un moment, et, prenant un joli couteau de dessert, il se mit à piquer une pomme par petits coups de pointe, rêvant sans doute quelques cruautés vengeresses. Mais hâtons-nous de justifier Rosemonde. M. de Richelieu, en passant à Moulins, avait vu M. le commandant de place de la ville, qui, connaissant le goût du maréchal pour les anecdotes galantes, lui avait raconté l'affaire de l'arrestation de M. de La Rose, et même lui avait montré le billet de mademoiselle de Champ-Fleury.

— Allons, allons, sergent, ajouta le duc, point de

La senora n'a pas quitté son appartement depuis vingt-quatre heures.—Page 44, col. 2e.

colère. Que diable ! la malice d'une femme spirituelle, belle et jeune, c'est la piqûre d'une abeille; cela surprend d'abord.... mais, au fond, il reste toujours un peu de miel.

Le sergent était devenu triste et taciturne. M. de Richelieu manquait son but une seconde fois. Il avait cru obtenir de l'amour-propre blessé les confidences qu'il n'avait pu arracher à la gaieté, à l'abandon que le vin de Xérès devait amener. Il s'était complétement fourvoyé.

— Mon maréchal, dit tout à coup La Rose en lui montrant le flacon vidé, les dernières paroles de votre excellence me causent une peine véritable; j'espérais mieux de la séduisante *marquise*, je l'avoue. Or, je ne connais qu'une seule et bonne manière de noyer un chagrin....

Un nouveau flacon fut apporté. Le sergent se versa une rasade complète qu'il avala d'un seul trait.

— Pour le coup, pensa le duc, il se grise décidément, et il se grise à un louis la bouteille.

— C'est de le jeter pieds et poings liés dans des flots de xérès, n'est-ce pas ?

— Je ne contredirai jamais mon maréchal.

— Allons, dit en lui-même Richelieu, voilà un drôle qui lève un impôt sur ma cave. Voyons ce qu'il peut y avoir de confidences dans le fond de la seconde bouteille.

Le roulement d'une chaise de poste se fit entendre dans la cour. Trois minutes après, un homme, vêtu de noir, de chétive apparence, maigre et d'un teint bistré, entrait dans la salle à manger de l'auberge. C'était M. Prior.

— Mort-Dieu ! dit le maréchal; je ne saurai rien !

Avec cette prudence, cet air réservé et cette finesse de coup d'œil qui lui étaient particuliers, le nouveau venu salua M. de Richelieu, en lui demandant la permission de s'approcher du feu. Il avait reconnu le sergent avant même d'avoir fait trois pas dans la salle.

— Vraiment, dit-il, la rencontre est charmante. Un glorieux maréchal de France et le plus brave, le plus aimable sergent de l'armée ; mais c'est un tableau ravissant.

— Vous trouvez ? monsieur, répondit le maréchal avec une certaine inquiétude, car ce personnage lui inspirait une indéfinissable suspicion. A qui ai-je l'honneur de parler ? ajouta-t-il.

— Au plus humble des serviteurs de monsieur le duc, répondit Prior en lui coulant un regard d'une étonnante expression ; je me nomme Prior ; j'ai l'honneur d'être lié d'amitié avec tout ce qui se nomme Montorgueil.

— Ah ! dit Richelieu; oui, je comprends, monsieur est donc la personne qui...

— Oui, monsieur le maréchal.

— Et monsieur se rend à Paris pour...

— C'est cela, monsieur le duc.

— Car les belles danseuses, aujourd'hui, se chargent de l'éducation des jeunes colonels.

— Eh ! eh ! dit Prior, il paraît que oui.

— Et monsieur, qui est des amis de la marquise,

Mon maréchal aura la bonté de renverser la chose : c'est la danseuse qui a enlevé mon colonel.— Page 46, col. 2.

sans doute, et des amis du colonel, désire surveiller par lui-même?...

— Je ne m'en cache pas, ajouta Prior. Mais il paraît que M. de La Rose se console assez philosophiquement de la disparition de ses deux chefs.

— A votre santé, monsieur! dit le sergent.

— C'est bien! reprit Prior. M. de La Rose, n'éprouvant aucune inquiétude, connaît, nous n'en doutons pas, les projets de ses deux supérieurs qui l'honorent de leur confiance. Il sait où le marquis de Montorgueil va compléter son éducation. Il n'ignore pas non plus le point de l'Europe, la retraite où le bon capitaine ira soupirer ses amours aux pieds d'Armide?

— Bon! pensait Richelieu. Le Prior, qui est un régent sans doute, va lui tirer les vers du nez.

M. de La Rose donnait au flacon de Xérès des preuves passionnées de sa tendresse. Il paraissait même avoir pour cette seconde bouteille un enthousiasme beaucoup plus violent que pour la première.

— Or ça, sergent, dit M. Prior, vous connaissez trop bien votre Rabelais pour ne pas savoir qu'il n'est pas bon de boire seul. Voulez-vous que je vous fasse raison? Vous n'avez pas oublié que vous me devez un coup de bouton? Vidons la querelle et la bouteille, morbleu!

— Bravo! s'écria Richelieu; qu'on apporte un troisième flacon de vin de Xérès.

Le sergent venait de boire triomphalement le dernier verre de la seconde bouteille, et son œil, brillant d'un nouvel éclat, n'en était pas moins aussi limpide que sa raison. M. de Richelieu voulut aussi (faisant trêve un moment à son régime) prendre part au gala; il saisit le flacon, versa rasade à M. Prior, rasade au sergent et demi-rasade à lui-même.

— Allons, messieurs! dit-il d'un air galant : Aux deux fugitives *ravissantes!* c'est le mot.

—Ravissantes! reprit M. Prior en élevant son verre.

— Et aux deux officiers *ravis!* réplique M. de La Rose avec un éclat de rire.

— Il a le vin gai, dit M. Richelieu à Prior ; il commence à être familier... Il parlera... J'ai le plus grand intérêt, monsieur, à connaître la vie secrète, les petites folies passées de la Champ-Fleury.

— Et moi, dit Prior, j'ai un immense intérêt à prévoir les petites folies futures du colonel Pompée et les grandes et sérieuses folies à venir de sa fiancée. Parlera-t-il, monsieur le maréchal?

— Il parlera...

— Messieurs, s'écria M. de La Rose en se levant et le verre haut, une dernière santé!

— Ah! voyons, reprirent-ils.

— A une femme presque introuvable, une divinité rare, bien rare, très-rare...

— Diable! fit Richelieu.

— Nommez-la, ajouta Prior.

— A l'amitié discrète et dévouée!

Et, choquant rapidement son verre contre ceux de ses deux interlocuteurs, le sergent avala le dernier coup de vin de Xérès, salua le maréchal, s'élança comme un daim par la fenêtre du rez-de-chaussée qui donnait sur la cour, sauta à cheval, piqua des deux éperons et partit au galop, suivi de son escorte.

M. de Richelieu et M. Prior, chacun le verre en main, restèrent face à face et se regardèrent avec de grands yeux, prodigieusement surpris du coup d'escamoteur qui les frappait tous deux.

— Où diable la discrétion va-t-elle se fourrer ! s'écria Richelieu de fort mauvaise humeur. Chienne de loyauté, qui me coûte trois flacons de Xérès à un louis la pièce.

— Remerciez votre étoile, monsieur le maréchal, dit le sérieux Prior. M. de La Rose était bien homme à vider toute votre cave de voyage sans vous livrer en échange le moindre renseignement ; le sergent boit d'une manière sublime !

— Sublime, si l'on veut ! reprit le duc. Adieu, monsieur Prior, je pars pour Paris et Versailles ; le roi m'attend.

— Et moi aussi, dit en lui-même Prior en s'inclinant.

— Quant à Rosemonde, je la découvrirai avec sa conquête avant huit jours.

— Et moi, avant quarante-huit heures, pensa Prior en saluant de nouveau.

— Figurez-vous, ajouta le maréchal en se dirigeant vers sa voiture de voyage, que la charmante m'a laissé un gage de souvenir assez étrange : son perroquet, un gredin d'oiseau qui me mord les doigts jusqu'au sang.

— C'est toujours cela, monsieur le duc, répliqua Prior avec un sourire de suprême ironie.

Richelieu monta dans sa magnifique berline de voyage et reprit la route de Versailles au bruit retentissant de six chevaux lancés par le fouet et l'éperon de deux postillons, ivres de joie de mener un maréchal de France. M. Prior, après deux heures de halte à l'auberge, où il écrivit quelques lettres, se remit en route pour Paris dans sa modeste chaise de poste, se disant en lui-même que, s'il allait moins vite qu'un grand seigneur, il arrivait plus sûrement au but qu'il voulait atteindre.

### LE PREMIER RESTAURANT ÉTABLI A PARIS.

Dix heures du soir sonnaient à la grande horloge des Pères de l'Oratoire, lorsqu'un homme enveloppé d'un large manteau passa sous l'arcade de Saint-Thomas-du-Louvre et arriva sur la place du Palais-Royal, où stationnaient un grand nombre de brillants carrosses. C'était jour d'Opéra. La salle du Palais-Royal venait de recevoir quelques belles et somptueuses restaurations, d'après les plans laissés par M. le régent, et que le duc d'Orléans, son fils, avait royalement mis à exécution.

On était en plein hiver de l'année 1759. Le mois de janvier ne cessait d'amonceler ses neiges sur les toits de Paris ; mais, avant tout, et malgré le temps le plus rigoureux, il fallait à ce charmant Paris la grande magie de son goût : l'opéra. Le roi Louis XV lui-même quittait souvent Versailles pour les pompes d'*Armide* et les splendeurs du *Temple du Soleil*, dans *Zoroastre ;* merveilles incomparables, selon le *Mercure* et la *Gazette de France*, ces deux ancêtres de tous nos journaux.

Or, l'homme mystérieux, l'homme serré dans un manteau, allait et venait d'un carrosse à l'autre, cherchant à reconnaître les livrées et les armoiries peintes sur les panneaux des portières. Singulière occupation pour un piéton grelottant de froid.

Quelques laquais et deux coureurs avaient remarqué le personnage.. Un d'entre eux, portant à la main une torche flambante, s'approcha de lui, et secouant la résine enflammée :

— Monsieur, lui dit-il, si vous manquez de lumière pour vos études du blason, en voici ; mais il faut convenir que vous choisissez une heure singulière et une charmante température pour ces études savantes.

— Ce que je cherche, reprit l'inconnu, ne peut être trouvé qu'ici.

Et il reprit sa promenade, ou plutôt son inspection, à travers les carrosses. Parmi ceux-ci, il y en avait quatre ou cinq aux livrées et armoiries de la cour. L'inconnu passa outre, comme s'il attachait peu d'importance à ces voitures dorées.

— Allons, dit le piqueur, portant toujours la torche et suivant l'inconnu, il dédaigne les carrosses de la maison du roi...

— C'est qu'il est peut-être habitué à monter dedans, reprit un coureur coiffé à l'oiseau royal et portant une longue canne à pomme d'or.

L'homme au manteau n'entendait même pas les propos des laquais, et il suivait toujours son chemin tortueux dans ce labyrinthe de voitures. Tout à coup il s'arrêta devant un élégant carrosse dont les belles lanternes étincelaient comme des soleils.

— Bon ! dit le coureur, le voilà qui se plante devant la voiture de M. le duc de Richelieu.

— Il n'a, pardieu ! pas mauvais goût, reprit le piqueur ; l'équipage est leste et galant.

— Tiens ! s'écria le coureur, ne voilà-t-il pas notre homme qui prend des notes ?

— Quand je vous dis qu'il fait un cours de blason, répliqua le piqueur.

L'homme au manteau reprit son inspection. Evidemment, il cherchait un carrosse qu'il lui tenait fort à cœur de rencontrer. Le moyen le plus simple était bien de demander à un des laquais de la place quelques renseignements sur les gens de qualité dont les voitures étaient là ; mais notre inconnu avait certainement de bonnes raisons pour faire ses affaires par lui-même et avec toute la discrétion possible. Enfin, après avoir donné un coup d'œil rapide aux panneaux de la voiture du comte de Lauraguais, un autre coup d'œil à celle du duc de Choiseul (ministre désigné), un autre au délicieux équipage de mademoiselle Hus, jeune et belle sociétaire de la Comédie-Française ; un autre au carrosse splendide du prince de Conti ; d'autres, enfin, aux voitures ducales de mesdames de Chevreuse, de Grammont, de Soubise, etc., l'inconnu se décida à quitter la partie, redoublant le pas et sortant des rangs des voitures d'un air assez peu satisfait.

— Je parie, dit le piqueur, qu'il cherchait son propre carrosse.

— Ou celui de sa maîtresse, répondit le coureur à l'oiseau royal. Holà ! holà ! messieurs les valets de pied, cochers, piqueurs et coureurs, faites donc avancer la voiture de *monsieur*.

L'inconnu se retourna. Quelques éclats de rire avaient suivi l'invitation du coureur. L'inconnu s'approcha de lui d'un air fort calme, et, lui mettant quelque chose dans la main :

— Mon ami, lui dit-il, je vous remercie, vous et votre compagnon qui porte une torche pour m'éclairer. Tenez, acceptez tous les deux un modeste pourboire.

Et, après ces mots, il disparut avec une merveilleuse agilité. Le coureur restait à la même place, la main fermée et l'air stupéfait de la promptitude avec laquelle il était l'obligé de l'inconnu.

—Ouvrez donc la main, lui criaient ses camarades.

— Contemplez donc le beau liard qu'il vous a donné, ajoutaient les plus fiers.

Il ouvrit la main, en effet, et le liard se trouva n'être autre chose qu'un beau et bon louis d'or, frappé aux armes de France, à l'effigie de Louis XIV et au titre de vingt-quatre livres tournois.

— Ma foi! messieurs, s'écria le coureur à l'oiseau royal, c'est à ne pas y croire. Voilà un gueux qui court les rues en distribuant des pièces d'or.

— Et moi qui le prenais pour un voleur, reprit le piqueur. Allons, douze livres tournois pour chacun. Si nous allions boire, près d'ici, à l'*Amour-Armé*.

— Oui-dà! dit le coureur empanaché, pour que messieurs de la reine, du royal dauphin et des gardes françaises me jettent dans une couverture et me fassent sauter au plafond. Il n'est rien de plus impertinent que l'uniforme.

— Si ce n'est la livrée, jeune oiseau! reprit sévèrement un officier du guet qui passait par là.

Cependant, l'homme au manteau avait gagné les alentours du Palais-Royal, furetant tous les coins et recoins des rues qui avoisinaient l'Opéra. Quelques carrosses passaient, mais sans s'arrêter. L'inconnu eut l'air de réfléchir un moment. A la lueur d'un réverbère, il lut une note écrite sur un portefeuille qu'il remit dans sa poche. La note lui avait sans doute suggéré une idée nouvelle. Il prit résolûment son chemin vers la rue Saint-Honoré, dont il doubla le coin à droite, à l'extrémité de la rue Richelieu. Les boutiques étincelaient encore des feux de leurs globes de cristal. L'homme au manteau cherchait un certain établissement très à la mode depuis quelques semaines, comme tout ce qui date d'hier à Paris. Cet honorable établissement était le célèbre restaurant de MM. Rose et Pontaillé, le premier du genre et le seul encore qui existât à Paris. La grande lanterne coloriée du restaurateur frappa bientôt les regards de l'inconnu. Il entra résolûment, traversa la vaste salle à manger et se dirigea droit au maître du logis qui venait à lui, le chapeau à la main et la brette passée dans les basques d'un habit de soie.

— Monsieur, dit l'inconnu à demi-voix, car de nombreux convives soupaient dans la salle, vous êtes le maître du logis?

— Oui, monsieur. Pataillé pour vous servir. Mon confrère, M. Rose, est chargé de l'intendance des cuisines et de l'office.

— Et vous avez la surintendance des salles, salons, cabinets et de la caisse?

— C'est bien cela, monsieur. Avez-vous des ordres à nous donner?

— J'ai un service à vous demander. Il est inutile de vous dire qu'avec moi tout service est payé d'une entière réciprocité.

— Parfaitement compris! ajouta M. Pontaillé en tapant des chiquenaudes sur son superbe jabot de dentelle, comme s'il avait l'habitude de prendre du tabac.

— Monsieur, on m'a donné avis qu'un tout jeune homme blond, délicat, fort leste et fort élégant, venait souper ici assez habituellement, à la sortie de l'Opéra, avec une très-aimable personne, attachée au corps de ballet.

M. Pontaillé, trouvant la confidence assez grave, pria l'inconnu de passer dans un petit salon voisin. Personne n'était là.

— Monsieur, répondit-il, je reçois ici beaucoup de femmes de qualité; si, parmi ces dames, il s'en trouve qui appartiennent au corps de ballet de l'Opéra, rien ne le prouve, rien ne le laisse deviner; c'est un hommage à rendre aux grandes dames du monde. Quant au tout jeune homme blond qui nous fait l'honneur de venir souper avec une belle danseuse, oui, monsieur, je le connais pour avoir l'honneur de le servir quelquefois dans ce petit salon même où nous nous trouvons vous et moi.

— Ah! ah! dit l'inconnu (en jetant de curieux regards sur les boiseries et le dessus des portes), c'est donc ici.

— Maintenant, monsieur, voudriez-vous bien m'expliquer?...

— Oh! c'est très-facile. D'abord, savez-vous si le couple amoureux viendra vous rendre visite ce soir?

— Monsieur, je suis discret par état et par éducation.

— Fort bien! monsieur Pontaillé, et moi, je suis discret par expérience. Je vous confie donc, sous le sceau du secret, que j'ai ordre d'arrêter ce soir le petit jeune homme et la belle demoiselle. C'est cruel! le tête-à-tête eût été délicieux, comme toujours... Ils viendront, n'est-ce pas, monsieur Pontaillé?

— Mais, monsieur, reprit l'honnête restaurateur, qui avait fait deux pas en arrière, à qui ai-je l'honneur de parler?

— Mon nom vous est inconnu, dit l'homme au manteau. Je suis gouverneur du jeune homme en question. Il s'est échappé du logis avec le charmant oiseau de l'Opéra, ou plutôt il a été enlevé par l'oiseau lui-même. Nous voulons le ramener chez madame sa tante, c'est tout naturel, et M. le lieutenant général de police m'a autorisé à me faire appuyer par deux exempts pour me saisir du jeune *Renaud* aux pieds d'*Armide*. Le difficile est de les rencontrer. Je les crois à l'Opéra dans quelque loge discrète. La nymphe ne danse pas ce soir. J'espérais découvrir leur carrosse, dont on m'a donné le signalement; mais impossible. Quant à leur demeure, c'est fabuleux. La police elle-même l'ignore... ou veut bien l'ignorer, à moins que mes deux oiseaux ne perchent réellement dans quelque bois enchanté, je ne sais où. Voici, monsieur Pontaillé, l'autorisation donnée par M. le lieutenant général d'arrêter le marquis de Montorgueil partout où son étoile le pourra conduire. Le *point* difficile est de trouver ce *point*-là; depuis quinze jours je cherche. Je n'ai appris que ce matin, d'un ancien laquais du marquis, que le tout petit jeune homme venait quelquefois souper ici. Donc, monsieur Pontaillé, veuillez avoir la bonté de me cacher quelque part, afin que je puisse bien reconnaître mon élève, qui a si virtuellement échangé son gouverneur contre une gouvernante, comme vous voyez. L'identité constatée, j'appelle mes deux agents restés devant votre porte, et l'enlèvement s'opère sans bruit, sans éclat... une larme ou deux peut-être tombées de part et d'autre... Enfin, ceci n'est plus du domaine de la police, ni de celui d'un gouverneur.

M. Pontaillé était visiblement contrarié. Volontiers il eût jeté à la porte le pédant qui se faisait alguazil avec une si froide cruauté. Mais la signature du lieutenant de police glaçait les plus fougueuses irritations, comme eût fait la tête de Méduse. Il tourna brusquement les talons à son interlocuteur et lui dit avec une résignation forcée et un sourire de colère :

— Eh bien! monsieur, placez-vous là, dans ce cabinet à porte à vitres. J'obéis aux ordres de M. le lieutenant général... mais je ne réponds de rien.

— Et moi, monsieur, je réponds de tout, dit l'homme au manteau en entrant rapidement dans le cabinet.

Revenant sur le seuil de la porte comme par réflexion :

— Il est bien entendu, monsieur Pontaillé, ajouta-t-il, que ni l'un ni l'autre de nos deux amoureux ne recevra le moindre avertissement de qui que ce soit en entrant ici.

— C'est entendu, dit l'honnête Pontaillé en haussant les épaules.

Le lecteur ne s'y est pas trompé : l'homme au manteau, qui se cachait, ce soir-là, dans un cabinet attenant à un petit salon du restaurant Rose et Pontaillé, n'était pas le gouverneur du marquis de Montorgueil, le placide et bon abbé de Saint-Yrieix, mais bien M. Prior lui-même.

Enfermé dans le cabinet sombre, il attendait Rosemonde et sa conquête. Ce n'est pas qu'il fût mécontent, jusqu'à un certain point, de l'escapade de l'élève de M. de Saint-Yrieix (Prior était un homme d'esprit, et il comprenait à merveille son époque); mais ce qu'il redoutait, d'après certaines lettres écrites par le colonel à un prêteur d'argent, un juif de Lyon, c'étaient les conséquences d'une passion qui s'annonçait extravagante à son début. Le petit colonel ressemblait assez bien, aux yeux de Prior, à ces jeunes chevaux enfermés trop à l'étroit entre les palissades du haras, et qui ne connaissent plus de bornes, plus d'obstacles, une fois lancés hors des barrières. Une lettre, entre autres, adressée au bâilleur de fonds, laissait poindre une idée effrayante dans le lointain : la pensée d'épouser très-légitimement l'étourdissante danseuse, si elle *résistait* trop longtemps. Rosemonde résistait donc encore !... C'était une cruelle habitude chez cette étrange fille, une habitude exorbitante et qui commençait à désepérer messieurs de la cour et de la ville. Or, le mystérieux Prior avait un immense intérêt à ce qu'un autre mariage eût lieu : celui de mademoiselle de Fontarabie avec le marquis. Que l'on juge donc de ses perplexités, lorsqu'il apprit au château de Montorgueil l'enlèvement de la noble Catalane par le capitaine Montaran, ou, si l'on veut, l'enlèvement de Montaran par la riche héritière, et lorsqu'il apprit, d'un autre côté, par le juif, le coup de tête dont le marquis Pompée était capable.

Quant à mademoiselle de Fontarabie, M. Prior la croyait réfugiée en Espagne avec son adorateur, et il avait déjà pris ses mesures pour la faire arrêter à petit bruit et la cloîtrer dans un couvent jusqu'à nouvel ordre. Mais mademoiselle de Champ-Fleury était bien autrement redoutable.... D'abord, elle était presque imprenable, et puis elle pouvait, d'un instant à l'autre, devenir, dans quelque chapelle de village, dans quelque église de monastère, on ne sait où, en Angleterre peut-être, marquise de Montorgueil. Un moine gagné, un curé trompé, pouvait, par une bénédiction nuptiale, briser comme une bulle de savon, le rêve éblouissant de M. Prior.

Onze heures venaient de sonner. On allait sortir de l'Opéra. Le marquis et Rosemonde devaient y être, par goût et par habitude, bien que la voiture de mademoiselle de Champ-Feury ne fût pas dans la foule des carrosses.

M. Prior n'attendit pas longtemps. Personne encore n'avait quitté l'Opéra, où *Armide* avait, ce soir-là, enchanté Paris, sous les traits d'une beauté à son début, mademoiselle Arnoux, lorsque le colonel Pompée entra dans l'élégant petit salon du restaurant, ayant à son bras une femme d'une taille divine, mais portant un demi-masque de satin noir. La porte fermée, le masque fut détaché, et la rayonnante figure de Rosemonde apparut dans tout son éclat. Le colonel l'aida à se débarrasser d'une mante bordée d'une chenille magnifique, et il prit soin d'établir convenablement les deux grands paniers de la belle nymphe, qui, à elle seule, prenait presque tout un côté de la table, grâce à l'opulente ampleur de ses jupes. Pompée était charmant de grâce, d'aisance et de gaieté.

— Diable ! disait en lui-même M. Prior, dont l'œil ardent dardait ses regards par un petit coin ménagé derrière les vitres de la porte, il s'est joliment formé. Comme on fait du chemin avec un pareil gouverneur !

La conduite de M. Pontaillé envers son hôte avait-elle été loyale ? Oui, sans doute. D'abord, l'obéissance aux ordres de M. le lieutenant de police voulait que l'honnête restaurateur restât neutre dans cette partie; ensuite, M. Pontaillé, en homme délicat et prudent, avait ménagé un incident qui pouvait sauver sa parole donnée à Prior et sauver en même temps les deux charmants convives. Mais l'incident devait-il survenir à tout propos ? Tel était l'inconnu de la question. Aussi le cœur de l'honnête restaurateur battait-il d'une certaine émotion. Il s'abstint d'entrer dans le petit salon, bien que Pompée l'eût demandé plusieurs fois. Le souper qui survint mit un terme aux appels réitéres du marquis. Quoique très-amoureux, M. le colonel de Montorgueil avait faim comme le premier grenadier des gardes après une double étape.

Le souper était délicat, exquis et servi dans la plus riche vaisselle plate. Le vin de Bordeaux, si fort mis à la mode par M. le régent, colorait de rubis de fort beaux cristaux, et le vin le plus français du monde, le vin de Champagne, pétillait dans des urnes d'argent pleines de glace.

— Ma foi, mademoiselle, disait le marquis, vous penserez de moi ce qu'il vous plaira, mais décidément je mange.

— L'amour qui se laisse mourir de faim n'est plus de mode, mon cher colonel, reprenait Rosemonde. Veuillez, je vous prie, me passer de cette purée de gibier.

— Je crois, mademoiselle, ajouta Pompée, que tous les Alcindor et tous les Clytandre auraient eu plus de succès auprès de leur inhumaine s'ils avaient consenti à dîner quelquefois. Ayez la bonté de me donner de la volaille aux truffes que vous avez devant vous !

— Ah ! vous devenez beaucoup plus spirituel que vous ne l'étiez, monsieur le marquis. Quand je vous disais que vous aviez besoin de six semaines de Paris avant de vous rendre à Versailles. Vous plairait-il de me servir un peu de cet aspic ?

— C'est à vous, charmant tyran, que je dois mon éducation. Si j'étais resté entre les mains de l'abbé et sous le chaperon de ma tante (veuillez me passer les truffes), je serais devenu... Que serais-je devenu ?

— Un très-joli oiseau bon à être empaillé. Donnez-moi du vin de Champagne !

— Savez-vous, mademoiselle, que le fou-rire me gagne toutes les fois que je pense à cette couvée de niais que nous avons si spirituellement abandonnée à Montorgueil? Une figure allongée, par exemple, doit avoir été celle du capitaine Montaran le lendemain de notre enlèvement.

— Je bois au capitaine, monsieur le colonel.

— Je sais, mademoiselle, que vous avez eu pour lui un grain de sentiment.

— Deux grains, colonel. A Montaran !

— A M. de Montaran ! dit le marquis en buvant rasade.

— Colonel, une autre santé. A votre noble et légitime future épouse : à mademoiselle de Fontarabie !

— Soit! reprit le marquis en buvant toujours; mais à se casser le cou on est toujours à temps.

Ici M. Prior se prit à soupirer *in petto*.

— Quant à moi, dit Rosemonde, si j'étais homme, je serais fou de Dolorès.

— Eh ! mais, c'est une sainte ! reprit le colonel Pompée.

— Ah ! marquis, que vous êtes jeune, vous, pour ne pas aimer et adorer les saintes !

— Ma foi j'aime encore mieux les diablesses, soit dit sans allusion aucune.

— Même pour votre femme, colonel Pompée, vous prendriez une diablesse?

— Ma femme ! ma femme !... Eh ! pour Dieu, mademoiselle, est-ce pour me parler d'un mariage de convenance que vous m'amenez ici? Vous voulez donc doubler M Prior?

— A la santé de M. Prior, colonel!

— Je le veux bien, s'écria résolûment le marquis. Au fait, qu'il vive ou qu'il crève, cela m'est aujourd'hui parfaitement indifférent.

L'homme aux écoutes dans le cabinet voisin se mordit énergiquement la lèvre. Il fut sur le point d'ouvrir la porte; mais la curiosité l'emporta sur la colère et arrêta la main qui déjà touchait le loquet.

— Colonel, reprit Rosemonde, dont la voix prenait par degré plus d'animation et le regard plus de velouté, décidément medirez-vous qui est cet homme?

— L'ami de la maison, mademoiselle. Je vous jure que je n'en ai jamais su davantage. Au château de ma tante, tout le monde le craint comme le feu, et personne ne le connaît précisément.

— Pas même votre tante, pas même votre gouverneur?

— Ma foi, je crois que non.

— Eh bien ! moi, dit Rosemonde, je sais qui il est...

— Vraiment?

— C'est un masque. J'ai vu la flamme de ses regards à des trous du carton qu'il a sur le visage.

— Vous m'effrayez ! dit Pompée. Quoi ! vous croyez que ce bon M. Prior?...

— Est un masque, vous dis-je, qui a un rôle à jouer chez vous, et qui le joue à merveille.

— Ce sont là tous les renseignements que vous me donnez sur lui, mademoiselle?

— Cela doit vous suffire, colonel. A bon entendeur, salut.

— Merci, mademoiselle. Si jamais je revois Prior, je lui dirai donc : Otez votre masque, et voyons votre face.

— Oui, croyez-moi, dites-lui cela... si vous l'osez.

En ce moment, un valet entrait, après avoir préalablement, et selon l'usage en pareille occasion, gratté à la porte. Il portait un plat d'argent, et ce plat contenait une petite lettre très-jolie, à l'adresse du colonel.

— Ah! dit le marquis Pompée après l'avoir lue, mais certainement, avec grand plaisir, et je vais avoir l'honneur d'aller moi-même le chercher. Mademoiselle, M. de Richelieu a su, j'ignore comment, que nous sommes ici; il demande la permission de vous baiser le bout des doigts.

— M. le maréchal ! s'écria la belle danseuse. Allez bien vite le chercher et me l'amener céans, tout chargé de ses lauriers de Mahon et de Lyon. A-t-il encore mon perroquet? Allez, Pompée, allez quérir ce grand guerrier.

— Il soupe au premier étage avec un certain comte de Choisy, dit le billet, un homme aimable, un maréchal des camps aux armées du roi.

— Amenez aussi le Choisy, reprit Rosemonde, je crois reconnaître cela.

Le colonel sortit et ferma soigneusement la porte du petit salon par un instinct involontaire de jalousie. Rosemonde, restée seule, se prit à réfléchir ou à rêver, un coude sur la table, le front dans la main, et montrant aux génies du plafond le bras nu le plus admirable du monde. Ce fut en ce moment que la porte du cabinet vitré s'entr'ouvrit légèrement. Mademoiselle de Champ-Fleury allait jeter un cri, lorsque l'homme qui paraissait devant elle étendit la main comme pour la supplier de se rassurer.

Du premier coup d'œil elle reconnut M. Prior, bien que celui-ci eût échangé son vêtement noir et à demi ecclésiastique contre la tenue d'un honnête gentilhomme campagnard. Le manteau sous le bras gauche, le chapeau à la main, l'épée longue et passée dans les basques, le regard doux mais assuré, M. Prior saluait Rosemonde qui, se rappelant les dernières paroles du marquis au sujet du présent personnage, se prit à rire aux éclats. La frayeur même avait bien peu de prise sur ce charmant caractère.

— Je vois, mademoiselle, dit Prior, que la paix est déjà signée entre nous.

Et, déposant sur un fauteuil son manteau, son épée et son chapeau, M. Prior prit précisément la place du marquis en face des beaux yeux, des beaux bras et des ravissants sourires de mademoiselle de Champ-Fleury.

— Comment! dit-elle, vous le remplacez! ici, en tête-à-tête avec toi? Mais c'est à ne pas y croire.

Le vrai peut quelquefois n'être pas... Vous savez le reste, mademoiselle.

— Mais d'où sortez-vous donc, monsieur, ou mon... sei...gneur...

— De grâce, mademoiselle, point d'injure ! veuillez dire monsieur. Je sors de ce cabinet où j'étais caché pour avoir le bonheur de vous voir.

— Moi? vous vouliez...

— Vous contempler dans un doux tête-à-tête.

— Monsieur, j'aurais droit de me fâcher.

— Vous êtes beaucoup trop spirituelle pour cela, reprit M. Prior. Veuillez m'écouter; les moments sont précieux. Vous avez enlevé le colonel; je ne m'y opposais pas. Vous vous évertuez à en faire un homme, je suis bien loin de m'y opposer. Mais l'éducation achevée, vous avez la secrète pensée d'épouser votre élève... et à cela je m'oppose de toute la puissance de mon autorité. Vous riez, mademoiselle, donc vous êtes très-sérieusement préoccupée de mes paroles. Vous êtes une femme supérieure, personne n'en doute moins que moi; vous êtes une femme ravissante, je le vois mieux que personne. Mais vous êtes une femme dangereuse, et, après vous avoir priée d'abord de vous charger un peu de l'éducation du marquis, qui est destiné à de grandes positions, je dois par prudence surveiller de très-près le nouveau gouverneur que je lui ai donné un peu témérairement, et même interrompre dès aujourd'hui le cours d'éducation. En conséquence, mademoiselle, veuillez remettre entre mes mains M. le colonel, sans trop vous faire prier. Je crois d'ailleurs, entre nous soit dit, et bien bas, et à huis-clos, que vous ne perdrez pas grand'chose à cette séparation.

A ces paroles, les regards de M. Prior s'animèrent d'une lueur si singulière que Rosemonde ne put se défendre de baisser les yeux et de rougir légèrement.

— La chose est convenue, n'est-ce pas, mademoiselle? J'enlève à mon tour le colonel pour le présenter moi-même à Versailles.

— Sans ma permission, monsieur, reprit Rosemonde en jouant avec un couteau de table au manche d'argent ciselé; sans ma permission spéciale et complète, nul ne touchera au colonel.

— Comment diable! vous y tiendriez! dit M. Prior.

— Comme l'on tient à un bon petit frère sans expérience.

— Vous vous trompez, mademoiselle, reprit le malicieux personnage, et vous voulez dire : comme l'on tient à un petit cousin...

— Je ne comprends pas, monsieur, dit sévèrement Rosemonde.

M. Prior, qui s'était versé un grand verre de vin de Champagne, but tout d'un trait comme pour se donner du cœur.

— Vous ne comprenez pas, charmante? ajouta-t-il. Vous ne comprenez pas tout ce que le petit cousin peut avoir de séduisant pour une belle et joyeuse fille?

— Vous êtes un insolent! répliqua Rosemonde en jetant à la face de Prior tout le reste du vin de Champagne qu'elle avait dans son verre.

— Mademoiselle, dit celui-ci en essuyant son visage, les rôles changent. Je vous envoie au For-l'Évêque pour vous apprendre à être polie, et j'enlève le marquis pour lui apprendre à commander un régiment.

Il se leva pour aller quérir main-forte, mais la porte était fermée à clef. Il reprit sa place. Un instant après trois personnes entraient dans le petit salon. L'une d'elles se prit d'un joyeux fou-rire en voyant mademoiselle de Champ-Fleury en tête-à-tête avec quelqu'un : c'était le maréchal de Richelieu.

— Mon cher marquis, dit-il au colonel, vous avez donc enfermé le loup dans la bergerie!

Le colonel Pompée de Montorgueil porta la main à la garde de son épée. M. Prior s'était levé, et sans tirer le fer :

— Monsieur le marquis, dit-il, je vous arrête au nom du roi.

— Au nom du roi! dit le comte de Choisy qui accompagnait M. de Richelieu.

Le maréchal de Richelieu jeta un coup d'œil expressif à son compagnon, qui reprit en ces termes :

— Au fait, M. le lieutenant de police doit savoir ce qu'il fait.

### LE COMTE DE CHOISY.

Le souper du colonel Pompée de Montorgueil prenait un caractère sérieux. M. Prior exhiba l'ordre d'arrestation en bonne forme et la délégation que lui donnait le lieutenant général de police pour arrêter lui-même le colonel, comme si M. Prior était revêtu à cet effet d'un caractère officiel.

— J'en suis désolé, dit cependant M. le maréchal en s'adressant à Prior, mais la police me paraît terriblement déroger en cette occasion aux usages reçus. Le marquis de Montorgueil est colonel aux gardes françaises, et par conséquent passible, en cas de délit, de la juridiction militaire. C'est un officier qui devrait venir ici demander au colonel son épée de la part de Sa Majesté. Qu'en dites-vous, monsieur le comte de Choisy? Vous êtes maréchal des camps et par conséquent très-versé dans les statuts de la hiérarchie militaire et de la discipline.

Le comte était un homme de quarante-cinq à quarante-sept ans environ. Il avait l'air moins âgé. Sa belle figure, sa taille bien prise, quoique déjà un peu forte, son œil animé et doux, un beau sourire, des mains superbes, des jambes faites à ravir, et une mise des plus nobles et des plus simples, tout annonçait en lui un grand seigneur de la meilleure race et du meilleur ton. Il avait un défaut, avec tant d'avantages personnels : c'était une sorte d'hésitation dans toute circonstance un peu sérieuse. Le comte ne manquait certainement pas de cœur, mais d'énergie.

Au lieu de répondre hautement à M. de Richelieu, il se prit à se dandiner un peu sur ses jambes, et, s'approchant d'une glace, il s'occupa des plis de son jabot. M. le maréchal réitéra son interpellation.

— Ma foi! monsieur le maréchal, reprit M. de Choisy, vous me prenez un peu au dépourvu. Il y a longtemps que je ne me suis vu dans le cas d'arrêter quelqu'un ou de me faire arrêter. Je trouve cependant le procédé de monsieur (il désignait Prior) un peu brusque. Quelle est la qualité de monsieur?

— Gouverneur du marquis de Montorgueil, reprit vivement Rosemonde.

— Ah! dit M. de Choisy, une arrestation par ordre de la haute police me paraît un acte un peu exorbitant entre les mains d'un gouverneur de jeunes gens. M. le colonel n'est plus d'âge à être mis en pénitence. Si M. le lieutenant de police avait voulu le condamner au pain sec et au bonnet d'âne, il aurait eu le droit de choisir, pour exécuter ses ordres, un précepteur, un gouverneur si l'on veut. Mais ici il s'agit d'une incarcération dans une prison d'État... Diable! cela change la question.

Le pain sec et le bonnet d'âne, habilement jetés au milieu de la scène, ramenèrent le bon rire et la belle humeur. Rosemonde donna le premier signal et lança à Prior un grand éclat de rire. Le colonel, dont les regards curieux dévoraient son adversaire, se prit à rire aussi et à lever les épaules; quant à M. de Richelieu, prenant la main de mademoiselle de Champ-Fleury, il se mit à baiser délicatement cette belle main en disant :

— Voilà, certainement, un très-joli dénoûment, grâce à l'esprit de M. de Choisy et à votre étourdissante gaieté.

M. de Choisy, très-heureux de son succès, s'approcha aussi de Rosemonde, et, comme M. le maréchal de France tenait la main droite de la divine danseuse, M. le maréchal des camps s'empara de la main gauche. Assise entre les deux guerriers, mademoiselle de Champ-Fleury, fortifiée de ses grands paniers, ressemblait assez bien à une citadelle qui tient en échec deux généraux : le petit colonel, les bras croisés, contemplait le tableau en souriant assez franchement. Quant à M. Prior, dont le visage passait tour à tour du rouge pourpre au safran pâle, il marchait à grands pas d'un bout du salon à l'autre, les mains croisées derrière le dos, la tête inclinée, comme un homme qui fait un plan stratégique avant une attaque sérieuse.

La situation ne pouvait se prolonger longtemps.

— Mais qui donc vous a dit, messieurs, que nous soupions ici? demanda Rosemonde à ces deux généraux d'armée.

— Qui? répondit M. de Richelieu d'un air pincé. Est-ce que nous ignorons vos démarches, petite fée?

— Ah! grand enchanteur, reprit la danseuse, vous êtes donc toujours cousin germain du diable?

— Toujours, ma charmante, et j'ai depuis longtemps grande fantaisie de quelques diableries avec vous.

— Vous n'êtes pas dégoûté, monsieur le maréchal, reprit l'autre maréchal des camps des armées du roi. Quant à moi, poursuivit-il, toujours en tenant la main blanche et fine, quant à moi, je me ferais bien ermite, comme saint Antoine, si cette belle main-là voulait venir me tenter!

— Convenez, colonel, dit M. Prior en passant derrière lui, que votre rôle ici est devenu très-joli.

Le sarcasme entra comme une fine aiguille dans l'épiderme de la vanité du colonel. S'adressant alors à Prior, et voulant faire tomber sur lui sa mauvaise humeur, car dans ce moment-là Pompée avait de furieuses démangeaisons de battre quelqu'un :

— Convenez, monsieur, dit-il, que vous ne voullez pas le rendre plus aimable, ce rôle qui vous paraît ridicule. Du moins ces messieurs ne se cachent pas dans un cabinet à judas, pour conter fleurette à mademoiselle, qui, du reste, a bien assez d'esprit pour se tirer d'affaire.

— Monsieur le marquis, répliqua Prior en continuant sa promenade, si je me suis caché ici un moment, c'est pour avoir voulu vous épargner la trop forte émotion d'une arrestation publique à l'Opéra. Il est des colonels aujourd'hui dont il faut ménager les nerfs et la sensibilité.

— Oui-dà! monsieur, reprit Pompée; faites-moi donc la grâce de me répondre : de deux choses l'une, ou vous êtes un maître d'école chargé de fouetter les écoliers, ou vous êtes un officier chargé d'arrêter un officier? Mais je me trompe; peut-être êtes-vous autre chose... Qui êtes-vous, monsieur?... et qu'êtes-vous, voyons?

Ces dernières paroles furent prononcées avec une énergie dont Rosemonde croyait le marquis peu capable, et dont elle fut ravie. Livrant toujours ses deux mains aux illustres larrons qui en volaient et savouraient le parfum :

— Bravo, colonel! s'écria-t-elle... Oui, qui est ce M. Prior, et qu'est-il?

Prior s'était arrêté au milieu du salon, l'œil en feu, pâle, les lèvres serrées :

— Qui je suis? reprit-il d'un accent sardonique, et, par Dieu! le colonel l'a très-bien dit, je suis... je suis *autre chose*, selon son expression.

Et il reprit sa promenade.

— Savez-vous, dit le maréchal des camps au maréchal de France, savez-vous que, tandis que nous jouons ici, à nous trois, une délicieuse pastorale, ces deux messieurs ont l'air de jouer la tragédie?

— Monsieur de Choisy a toujours raison, dit le duc de Richelieu. Allons, colonel, la main sur la poignée de l'épée, la tête haute, les reins cambrés, la pointe du pied droit en avant et le jarret gauche plié, et puis, d'une voix courroucée, lancez ces deux vers à Agamemnon, comme fait Lekain :

> Rendez grâce au seul nœud qui retient ma colère,
> D'Iphigénie encor je respecte le père.

Ce dernier vers parut d'un effet électrique sur toute la personne de M. Prior. Il fut pris d'un saisissement nerveux, et son visage pâlit d'une manière effrayante.

— Monsieur, dit Rosemonde, vous êtes malade. Retirez-vous.

Mais l'homme supérieur reprit bientôt toute son énergie; et, s'arrêtant en face des interlocuteurs, une main appuyée sur la nappe damassée de la table et l'autre main dans la veste :

— Messieurs, dit-il, cette scène, si elle se prolongeait, deviendrait ridicule, et je ne puis accepter un ridicule, ni pour moi, ni pour le service du gouvernement du roi. Laissant de côté le point de droit que l'on discutera ailleurs, j'en viens au fait. Je suis porteur d'un ordre d'arrestation venant directement du premier magistrat chargé de la police du royaume... Monsieur le colonel, marquis de Montorgueil, veut-il me suivre, oui ou non?

— Non! dit sèchement le colonel Pompée.

— Oui, reprit d'une voix conciliante M. le maréchal des camps comte de Choisy, et je vais, moi, vous mettre tous d'accord, ajouta-t-il.

— Ah! ah! dit M. de Richelieu, voilà M. de Choisy qui veut bien se mêler de nos affaires. Allons, tout marchera à merveille.

— D'abord, reprit le comte, je demande une plume et du papier.

Rosemonde sonna. Un laquais apporta sur-le-champ tout ce qu'il fallait pour écrire. M. de Choisy mit trois minutes à griffonner une toute petite lettre que mademoiselle de Champ-Fleury s'amusa à cacheter.

— Bien, mademoiselle, reprit M. de Choisy; on voit que vous avez l'habitude des petits mystères.

Et il lui baissa le bout des doigts, au risque de se brûler le nez à la cire qui bouillonnait encore.

— Maintenant, ajouta-t-il en mettant l'adresse sur la lettre, il ne s'agit plus que d'un peu de complaisance de part et d'autre. Voici une lettre pour M. le lieutenant de police, que je connais beaucoup, qui est un de mes amis... intimes. Il s'agit, monsieur Prior, et vous, colonel, de porter ensemble, et à l'instant même, la lettre à son adresse. M. le lieutenant-général, après l'avoir lue, vous répondra, à vous, monsieur Prior, qu'il trouve votre conduite admirable, et à vous, colonel, qu'il trouve votre conduite parfaite. Il vous demandera, en outre, d'en référer au roi; et cela étant, Messieurs, vous lui donnerez votre parole d'honneur de vous trouver l'un et l'autre demain à Versailles, où M. de Richelieu que voici, en sa qualité de premier gentilhomme de service et d'*année*, vous introduira lui-même auprès de Sa Majesté.

— Sublime! s'écria M. de Richelieu. Ce jugement vaut tout Salomon. Acceptez, messieurs; je vous donne ma parole d'honneur que vous ne pouvez mieux faire.

— J'accepte, dit M. Prior.

Le colonel consulta les beaux yeux noirs de Rosemonde, et ces beaux yeux répondirent : Acceptez.

— Fort bien! messieurs, reprit M. de Choisy. Partez donc au plus tôt. Voici ma lettre.

— Colonel, dit Rosemonde, vous avez mon carrosse; il vous ramènera ici.

— J'ai aussi le mien, reprit M. Prior.

— Vous avez le vôtre, monsieur de Richelieu? demanda le comte de Choisy.

— Oui, sans doute, monsieur le comte, répondit le maréchal; mais à quoi bon mon carrosse en ce moment?

Diable, il s'est joliment formé.— Page 52, col. 2.

— A vous mener chez M. le lieutenant de police, maréchal, et à vous ramener.

— Comment?... Je ne comprends pas cette charmante plaisanterie.

— Vous comprenez très-bien, monsieur le duc, car vous avez de l'esprit autant que personne. Vous comprenez très-bien que c'est vous que j'ai l'honneur de donner pour patron au petit colonel, et qui devez appuyer de votre haut protectorat toute cette affaire, l'éclaircir, la terminer et en rendre compte au roi demain matin. Cela l'intéressera beaucoup; vous racontez si bien! Comprenez-vous, monsieur le duc?

— Parfaitement, monsieur le comte, reprit Richelieu qui venait de voir de quels yeux M. de Choisy regardait mademoiselle de Champ-Fleury.

— Mais enfin, se demandait à elle-même Rosemonde, très-étonnée, qui donc est ce M. de Choisy? qui donc est ce maréchal des camps qui donne presque des ordres à un maréchal de France?

Le duc quitta la place, non sans un secret dépit qui perçait imperceptiblement. Il reçut la lettre des mains de M. de Choisy, et, après les adieux les plus tendres à la citadelle imprenable, il leva le siége en vieux tacticien.

M. de Richelieu venait de reconnaître, avec un certain frisson de vanité blessée, qu'un général plus puissant que lui, sinon plus habile, voulait se charger seul d'attaquer la place de guerre.

— Marchons, messieurs, dit-il, et dépêchons, je vous prie; M. de Choisy est impatient de nous revoir.

Ils sortirent tous les trois. Avant de passer le seuil de la porte du salon, le colonel se retourna brusquement et jeta un regard expressif à sa belle rieuse, qui, par un signe non moins expressif, l'invita à se rassurer pleinement au sujet de toute éventualité.

Décidément Rosemonde aimait trop le danger.

Dès que M. de Choisy et Rosemonde se trouvèrent seuls, fort étonnés l'un et l'autre de ce tête-à-tête imprévu, ils prirent leurs sûretés, chacun de son côté. Le comte examina, sans en avoir l'air, le petit verrou de la porte d'entrée, et mademoiselle de Champ-Fleury, à son tour et comme par distraction, s'assura d'une sonnette à la portée de la main. Chacun suivait la loi de son instinct.

— Parbleu! mademoiselle, dit le comte en se rapprochant d'elle, si je comprends un mot à cette arrestation, je veux ne jamais trouver grâce devant vos beaux yeux. Le colonel vous a enlevée, dit-on, ou vous l'avez enlevé. Que diable cela peut-il faire au gouvernement du roi?

— Eh! vous ne voyez donc pas, vous, monsieur le médiateur, que le gouvernement du roi est dupe en cette occasion comme en bien d'autres. On lui a persuadé qu'un colonel encore en tutelle chez sa tante avait déserté les drapeaux parce qu'il avait pris le chemin de l'école pour se rendre à son régiment. Nous ne voulions pas enlever un si digne colonel aux gardes-françaises, monsieur; nous voulions le leur rendre, mais après une petite éducation préparatoire. La famille de Montorgueil s'est effarée; elle a cru son héritier aux mains d'une méchante fille, et le complaisant gouvernement du roi, à l'instigation de ce

Oui, capitaine, la chose est grave, vous êtes déserteur. — Page 60, col. 1re.

maudit Prior, a lâché un ordre d'arrestation contre l'enfant prodigue. C'est-à-dire que le gouvernement de Sa Majesté a tiré les marrons du feu.

— Vous êtes charmante, mademoiselle, dit M. de Choisy en rapprochant son fauteuil. Vous expliquez les choses!... Vous seriez un excellent premier ministre.

— Vraiment! reprit Rosemonde en éloignant insensiblement son fauteuil d'autant de lignes que celui du comte en avait gagnées. Dans tous les cas, si j'étais ministre, je me ferais beaucoup d'ennemis.

— Et pourquoi? demanda M. de Choisy en avançant encore son amoureux fauteuil.

— Pourquoi? répondit Rosemonde, parce que je chercherais à avoir pour amis des gens d'esprit et de cœur.

— Oh! alors, vous auriez un très-grand nombre d'ennemis, vous avez raison, mademoiselle.

Le fauteuil marchait toujours ; celui de Rosemonde gagnait du champ aussi. Tout en causant et se promenant ainsi les deux *partners* faisaient presque le tour de la table.

— Tenez, mademoiselle, dit tout à coup M. de Choisy, les moments sont précieux, et la meilleure diplomatie est de ne jamais laisser retarder sa montre. Je suis franc et d'une brusquerie bizarre peut-être; mais il faut que je me hâte de vous déclarer que je vous aime à la folie : déclaration parfaitement inutile, du reste, car dès mon entrée ici vous avez vu de vos yeux clairs et pénétrants que je devenais amoureux de vous.

— Ah! mon Dieu! s'écria Rosemonde en feignant de l'effroi, déjà!... nos amis n'ont pas fait encore le quart de leur chemin.

— Je commence par la fin, n'est-ce pas? dit le comte que l'émotion gagnait de minute en minute; eh bien! oui, ma charmante! je vous trouve belle, étourdissante, la plus irrésistible femme du monde, et je vous jure que je n'ai pas la moindre intention de résister à vous aimer.

— Voilà qui est clair, monsieur le comte, reprit la belle institutrice du colonel Pompée. Il n'y a qu'un inconvénient à cela : c'est que je n'ai l'honneur de connaître M. de Choisy que depuis une demi-heure, et que, si je donne mon cœur, ce ne sera jamais au hasard.

— Vous ne me connaissez pas assez, dites-vous, mademoiselle? Hélas! que j'ai grand peur du contraire!

— Au fait, reprit Rosemonde en observant plus attentivement le visage du comte, je crois vous avoir vu déjà quelque part. Vous êtes de la cour, monsieur le comte?

— Mais je m'en flatte, dit M. de Choisy.

— Je vous aurai rencontré à Versailles un soir de ballet, chez le roi.

— Il n'y aurait rien d'impossible, ajoutait l'amoureux comte qui s'était mis à genoux sur un carreau devant elle.

— Je crois même que vous m'avez adressé la parole! reprit Rosemonde.

— Peut-on vous voir sans vous dire qu'on vous adore? répliqua M. de Choisy.

Toutefois, en homme gâté par son étoile, M. le maréchal des camps aux armées du roi commençait déjà à diriger ses attaques avec un peu trop d'emportement. C'était une faute avec un adversaire comme Rosemonde de Champ-Fleury, très-habile tacticienne, très-forte sur la stratégie, et qui avait toujours gagné la bataille au moment le plus imprévu. Les deux fauteuils avaient cessé leur promenade circulaire et fiévreuse, mais les baisements de main, les soupirs, les ardentes exclamations, les airs penchés et languissants et puis certaines petites audaces assez bien dirigées, tout était employé par M. le général. Deux ou trois fois la main de Rosemonde avait touché la sonnette d'argent, deux ou trois fois la main s'était arrêtée, soit qu'un pardon eût été demandé à propos, soit que la faute eût paru énorme de prime-abord et vénielle par réflexion.

— Monsieur le comte, dit enfin Rosemonde dont la patience égalait la magnanimité, savez-vous que, dans les conditions où nous sommes, une femme comme moi pourrait très-bien impunément tuer un homme comme vous!

— Me tuer! cruelle, reprenait l'amoureux général, ah! vous y parviendrez plus facilement qu'un boulet de canon.

— Oh! dans ces cas-là on fait moins de bruit que vous ne pensez, monsieur le maréchal des camps.

Et sa physionomie prit une telle expression que le comte, à genoux devant elle, eut un frisson de frayeur. Il crut devoir se relever et reprendre son fauteuil.

— Comment dites-vous cela, divine fille que vous êtes? demanda-t-il.

— Je dis, reprit-elle, que, dans un grand danger, une femme peut très-facilement se sauver au moyen d'une petite lame très-fine, si elle sait choisir avec art le point délicat pour la piqûre.

— Mais ce sont là des habitudes de scorpion, mademoiselle!

— Mon Dieu! monsieur le comte, remettez-vous, ajouta Rosemonde. Je n'ai pas la moindre envie de vous tuer, parce que je suis convaincue que vous n'avez pas la moindre envie de m'amener à de fâcheuses extrémités.

— De manière, mademoiselle, que, dans une circonstance donnée, vous pourriez me piquer de la pointe d'un poignard?

— Dans un moment d'extrême nécessité, reprit paisiblement Rosemonde.

— Vous en parlez avec un calme admirable, mademoiselle. Je sais parfaitement que plusieurs de vos camarades tirent fort bien l'épée et provoquent à des duels; mais j'ignorais qu'à l'Opéra on fît usage du poignard ailleurs que sur la scène. Avez-vous là ce fer redoutable?

— Le voici, dit Rosemonde en montrant le bout d'un manche d'or qu'elle se hâta de remettre dans la poche de sa jupe.

M. de Choisy avait fort bien reconnu la forme de l'arme et le sérieux de sa position à lui. Un peu décontenancé d'abord, il finit par reprendre sa place sur un fauteuil auprès de Rosemonde, et il lui parla de la sorte ou à peu près:

— Je savais que vous aviez du caractère; j'ignorais que vous eussiez de la vertu jusqu'à tuer les gens. Je vous trouve fort belle, et comme vous me paraissez fort sage, vous me rendez doublement amoureux de vous. Vous plaire est difficile, vous éblouir est inutile, vous intimider est impossible. Cependant, le sort en est jeté, et je veux avoir de vous ce que vous ne donnez probablement à personne. Voyons, faisons un traité de paix... Aimez-vous l'argent? Je suis riche.

— Fi donc, monsieur le comte! dit Rosemonde. Du reste, apprenez que je suis riche aussi.

— Avez-vous de l'ambition? Voulez-vous faire un grand mariage? Je suis puissant à la cour.

— J'ai refusé, reprit Rosemonde, un marquisat, un comté, un margraviat, un duché!...

— Diable! avez-vous, laissant un peu de côté votre vertu, un penchant secret aux plaisirs, mais aux plaisirs extrêmes, fabuleux, ceux qu'on rêve dans la foule et qu'on ne peut rencontrer que près du trône? J'ai du crédit sur l'esprit du roi.

— Monsieur le comte, dit Rosemonde, la femme de France que j'envie le moins et que je plains le plus, est madame de Pompadour.

— Je m'y perds, dit M. de Choisy... Mais qui êtes-vous, mademoiselle?

— J'allais moi-même vous adresser cette question, monsieur, reprit la charmante fille... qui êtes-vous?

— Moi? vous savez mon nom, mon grade; mon penchant aussi, vous le savez, inhumaine.

— Voyons, un peu de complaisance, monsieur de Choisy, mettez-vous là, assis devant moi, et montrez-moi votre profil.

Le comte, fort embarrassé de la position, n'obéit pas moins à cette fantaisie, et, se tournant de côté, il posa comme un portrait. Mademoiselle de Champ-Fleury posa deux bougies en regard du visage du modèle et de manière à ce que la silhouette pût nettement se détacher. Puis, elle tira sa bourse et étala sur la nappe de la table une vingtaine de pièces d'or.

— Or çà, dit le modèle, toujours immobile et de profil, est-ce que vous allez faire mon portrait et me faire un cadeau par-dessus le marché? Cela est peu dans les habitudes des peintres. Du reste, si vous me prenez pour modèle, je dois vous déclarer que je n'ai pas la prétention d'être un modèle de vertu.

Rosemonde, sans écouter ce qu'on lui disait, cherchait certaines pièces d'or dans le nombre de celles qu'elle avait étalées. Elle en prit trois; et les regardant tour à tour très-attentivement, elle regarda de même le profil du modèle qui ne pouvait suivre cette opération-là. Au bout de cinq minutes, remettant l'or dans la bourse, et la bourse dans sa poche, mademoiselle de Champ-Fleury se leva, et, prenant du champ, à cause de ses grandes jupes et de ses paniers, elle se mit à faire trois superbes révérences à M. de Choisy.

— Ah! s'écria celui-ci, je suis vendu.

Et il se leva presque effrayé.

— Vendu, non, Sire, pas plus que je ne le suis moi-même, mais bien reconnu.

M. le comte de Choisy était bien Louis XV lui-même qui, selon ses capricieuses fantaisies, on le sait bien, et tous les mémoires de son règne sont là pour en témoigner, courait souvent les aventures avec quelques bons amis, ses sujets aux grands appartements de Versailles, ses camarades aux bals masqués et aux petits soupirs.

Mademoiselle, dit le roi, vous avez de l'esprit et vous me prouvez que rien n'est plus commun qu'un visage de roi, puisqu'il est dans les mains les plus nobles et les plus viles, selon la destinée d'une pièce de monnaie. J'ai grande envie de défendre à l'avenir de frapper les louis et les écus de six livres à mon effigie; si cela est glorieux, c'est aussi extrêmement gênant et compromettant. Mais revenons à notre traité, peut-être sera-t-il plus facile à conclure maintenant à visage découvert.

— Sire, dit Rosemonde, voici mes conditions : Si, dans six mois, à partir de ce jour, le roi m'accorde les trois choses que je vais lui demander, moi, Rosemonde de Champ-Fleury, je n'aurai plus rien à refuser à Sa Majesté... très-chrétienne.

— Six mois! s'écria M. de Choisy (Louis XV), mais c'est toute la vie.

— Vous engagez-vous, Sire, à m'accorder les trois choses dans un mois?

— Demain, cette nuit.... ajouta le comte.

— Eh bien! Sire, voici. Le roi s'engage à rompre le mariage projeté entre mademoiselle Dolorès de Fontarabie et le colonel aux gardes-françaises, marquis Pompée de Montorgueil, et à ne jamais permettre que ce mariage ait lieu.

— Pardieu! je m'y engage, dit vivement M. de Choisy. Et, si vous le voulez même, charmante, je vous donne en propriété et en jouissance le colonel.

— Merci de vos bontés, Sire, reprit en souriant Rosemonde... Seconde condition : le roi s'engage, d'ici à six mois, à chasser de France M. Prior et tous ses pareils...

— Ah! le traître! ah! le pendard! Si je le chasserai! je le crois pardieu bien! s'écria le comte, et demain, s'il le faut.

— Dans six mois, sire, c'est assez. Troisième et dernière condition qui m'obligera moi-même à ne rien refuser à Louis XV le bien-aimé.

— Voyons, dit avec impatience M. de Choisy.

— Le roi s'engage d'honneur, reprit Rosemonde, à récompenser en France, d'ici à six mois, tous les talents et à soulager toutes les misères.

— Que me demandez-vous là! s'écria M. de Choisy tout effaré. Mais, est-ce donc possible? Puis-je deviner toutes les misères? Puis-je tendre la main à tous les talents? Vous me demandez l'impossible, méchante que vous êtes. Rétractez cela, mademoiselle, rétractez.

— Moi? reprit Rosemonde. Ce serait une lâcheté; ce serait déserter la cause des talents et de la misère. Ah! Sire, vous ne pouvez souscrire à ma troisième condition, et vous vous croyez un grand roi!

— Je ne me crois pas du tout un grand roi, mademoiselle, reprit le comte; je suis même, je vous l'avoue, souvent fort ennuyé d'être roi. C'est un rude métier, croyez-le bien. Si j'étais né quelque part avec un nom et cent mille écus de rentes, je vous jure que j'aurais toujours regardé en pitié la couronne. Mais, que voulez-vous! on est ce que l'on est; il faut se résigner à son état, et je garde ma position, faute de mieux. Mais révoquez votre proposition; vous me demandez des prodiges.

— Que m'avez-vous demandé vous-même, Sire?

— Oh! parbleu! dit M. de Choisy, allez-vous me prouver qu'il vous est impossible d'être aimable avec le roi?

Et comme le noble comte, emporté par la passion du moment, avait déjà passé son bras autour de la taille divine de mademoiselle de Champ-Fleury, celle-ci, en fille de tête et en légère sylphide, glissa un pas, fit une pirouette et se trouva dégagée. Alors, tirant son poignard, elle en fit briller la lame aux bougies et se mit à dire à son royal adversaire :

— Sire, je sais un moyen d'en finir d'un seul coup.

Le comte pâlit et resta immobile.

— C'est de jeter ce poignard par la fenêtre, reprit Rosemonde d'un accent charmant, et de m'adresser à votre générosité chevaleresque. Je suis désarmée et en sûreté auprès de vous, par conséquent.

La fenêtre avait été ouverte et le poignard jeté dans la rue. M. de Choisy, ému jusqu'aux larmes, pliait le genou devant son vainqueur et lui baisait la main, lorsque la porte à laquelle on avait frappé sans être entendu s'ouvrit discrètement. M. le maréchal duc de Richelieu entrait, et, voyant le tableau, il crut à des remerciements de la part de M. de Choisy et voulut se retirer.

— Entrez, entrez, monsieur le maréchal, s'écria Rosemonde, M. le comte répète un pas que je lui apprends.

— Il est certain, mademoiselle, dit le duc, qu'avec vous il n'est jamais de faux pas. Monsieur de Choisy, ajouta-t-il, demain matin, après le grand lever, M. le colonel aux gardes-françaises, marquis de Montorgueil, et M. Prior auront l'honneur d'être reçus par le roi, à Versailles. M. le lieutenant de police, en attendant, a cru devoir se conformer à votre billet, et il a offert deux lits à ces messieurs pour cette nuit. Ces messieurs voulaient refuser par discrétion; on a poussé l'hospitalité jusqu'à les contraindre à accepter un logement aux frais de Sa Majesté.

— Ah! méchant! dit Rosemonde en regardant avec malice M. de Choisy. Et vous, monsieur le duc, reprit-elle, que vous avez été obligeant!

— Mademoiselle, reprit M. de Choisy, vos protégés verront le roi demain matin. Adieu... Venez, monsieur le maréchal.

M. de Richelieu suivit M. de Choisy, qui sortait avec précipitation, laissant Rosemonde seule et en toute liberté. M. de Richelieu se perdit en conjectures sur la conduite inusitée de son très-noble, très-puissant et très-impérieux ami.

### UNE PROMENADE MATINALE.

Il fallait Versailles à Louis XIV; mais Trianon allait bien à Louis XV. L'homme c'est sa demeure, comme le style est l'homme. Si les grands échos de Versailles redisent de tous côtés le nom du puissant monarque, les bergeronnettes et les rossignols des charmilles de Trianon semblent chanter à tout moment le nom et les amours galantes du prince *bien-aimé*.

A chaque roi son rôle, son costume et sa physionomie dans l'histoire, ce miroir impitoyable tourné vers le passé et dans lequel chaque génération vient regarder à son tour; miroir aux profondeurs inconnues, mais dont le grand jour éclaire au premier plan jusqu'aux moindres détails. Hélas! on dit : « Heureux comme un roi! » Regardez le miroir de l'histoire, et appréciez ce grand bonheur.

Les deux Trianons rappellent donc surtout Louis XV. C'était vraiment là son royaume. Oh! que de fois ce gentilhomme couronné eût voulu borner son domaine, tout son domaine, à l'horizon onduleux et riant des deux Trianons!

Louis XV, c'est un trait caractéristique, était bien le prince le plus ennuyé d'être roi, mais le plus heureux d'être grand seigneur.

La couronne était lourde pour cette tête blonde et délicate; ce qui lui allait, ce qui convenait à ses forces et à ses grâces, c'était cet élégant chapeau à plumes blanches et galonné d'une dentelle d'or. Remarquez également l'épée de ce prince, ami des fêtes intimes et des affaires de boudoirs. Qu'elle est frêle et coquette, cette épée enrubanée à sa poignée! et comme celui qui la porte, par bienséance, est ennuyé de voir une arme pendue à sa ceinture, puisqu'il l'a reléguée derrière lui, presque perdue qu'elle est dans les larges plis des basques de l'habit.

A chacun son caractère. La vie de Louis XIV fut un poëme pompeux; la vie de Louis XV fut un ballet, une pastorale dansante où les bergers et les bergères, habillés de satin rose et de dentelles, poussèrent la galanterie jusqu'aux extrêmes limites, il faut en convenir.

Cependant, nous allons traverser, sans nous y arrêter un moment, ces jardins enchantés de Trianon où Le Nôtre prodigua les *miracles* de son art, où Girardon, de Marsy, Jouvenet, Mazaline, Flamen posèrent dans chaque massif, sur chaque balustrade, des vases qui sont des chefs-d'œuvre de goût et de style, où Bertin, Hardy, Planqueville, Pogini, Dominique Leclère, Vanclève, Granier, Vanzière et tant d'autres amenèrent leurs nymphes et leurs déesses, belles et riantes comme des marquises. Nous ne nous préoccuperons point de cette magnifique *villa* de marbre, s'élevant du milieu de la verdure et des fleurs, et si bien nommée jadis le *Palais de Flore;* nous ne jetterons pas même un regard, aujourd'hui, sur ce palais, joli comme la maison de campagne de l'Amour, et qui fut une des *petites maisons* de l'amoureux Louis XV; mais, dépassant les grilles dorées, traversant l'allée des *Rendez-vous*, nous prendrons notre route à travers la plaine de *Chèvre-loup*, et, laissant à droite l'étang du *Trou-d'Enfer*, nous arriverons enfin à ce vaste parallélogramme adossé au bois de Marly, et appelé le Champ-de-Mars sous les règnes de Louis XIV et de son successeur.

Or, le lendemain du jour dont il a été question, dès huit heures du matin, par une éclatante gelée de janvier, un sous-officier aux gardes françaises, revêtu d'une belle casaque bleue, causait mystérieusement avec un jeune cavalier enveloppé d'un manteau, précisément près du glacis sud-ouest du Champ-de-Mars, près de Marly.

L'un des deux interlocuteurs était M. de La Rose, le beau sergent dont le lecteur n'a pas perdu le souvenir, nous l'espérons; l'autre était bien le capitaine Raoul de Montaran, que M. Prior et tant d'autres croyaient en Espagne, dans quelque retraite ignorée, soupirant ses amours aux pieds de mademoiselle de Fontarabie. M. de Montaran, par sa disparition, était sous la prévention accablante de *désertion du drapeau*, et un mandat d'amener avait été lancé contre lui par une décision du conseil de guerre et l'ordre du roi.

— Oui, capitaine, disait La Rose, la chose est grave. Vous êtes déserteur... Il faut vous habituer à cette pensée et rester caché, ou bien il faut reparaître hautement et vous réhabiliter. Heureusement les gardes-françaises étaient en garnison, et on ne prévoyait aucune campagne à faire.

— J'espère, sergent, reprenait le capitaine, que vous me rendez assez justice pour croire qu'en cas de guerre je ne me serais jamais permis de m'éloigner du régiment, au prix inestimable des bonnes grâces de la noble Espagnole.

— Je le crois en tout honneur, dit La Rose. Mais ce qui m'étonne, capitaine, c'est le *par file à droite* qu'a exécuté votre cœur, lorsqu'il soupirait à gauche; car enfin vous aurez de la peine à me persuader que vous n'aviez pas un soupçon de sentiment pour la *marquise de Montplaisir* qui danse aujourd'hui à l'Opéra sur les belles jambes de mademoiselle de Champ-Fleury.

— Sergent, vous avez raison et je n'ai pas tort. J'avoue que je commençais à aimer Rosemonde, mais telle est la bizarrerie du cœur humain, que deux ou trois regards de la plus noble des jeunes filles d'Espagne et des Indes m'ont bouleversé et transformé. Je me suis réveillé fou de Dolorès, je l'avoue. Si c'est un crime, j'en accepte la responsabilité.

— Un crime! vous plaisantez, capitaine. Mais en amour l'inconstance est une gloire. Diable! quels principes avez-vous là? N'appelle-t-on pas faire des conquêtes enlever successivement le cœur des femmes? Eh bien! ventrebleu! n'est-ce pas notre noble métier, à nous militaires, de faire des conquêtes?

— Vous avez réponse à tout, monsieur de La Rose, dit Montaran. En fait de galanterie et de sentiment vous êtes un grand casuiste.

Les deux causeurs, tout en discourant ainsi, allaient et venaient, au pas régulier, d'un bout à l'autre des glacis.

— A propos de casuiste, capitaine, reprit La Rose, il me vient une idée et je veux vous la communiquer. Ce M. Prior, qui a tout l'air d'un homme d'église, n'est-il pas pour beaucoup dans les sévérités obtenues contre vous? Si j'ai bonne mémoire, je lui ai entendu dire au château de Montorgueil, le lendemain de votre fuite avec la belle Catalane : « M. de Montaran s'est perdu, il s'est noyé... et s'il reparaissait je me chargerais du coup d'aviron sur sa tête. » Vous comprenez, capitaine, il disait cela derrière la porte de l'écurie, dans la cour, à cet abbé à l'eau de rose, le gouverneur du colonel.

— Sa rage contre moi est manifeste, sergent, reprenait Montaran; je tiens le bel oiseau qu'il destinait au marquis.

— C'est cela, capitaine; mais vraiment vous tenez cet oiseau magnifique, cet oiseau de paradis?

Comme le regard du sergent s'animait d'admiration et de curiosité, le capitaine crut devoir répondre tranquillement :

— Mademoiselle de Fontarabie m'honore de son amitié et de sa confiance, en tout bien, tout honneur.

Le sergent ôta son bonnet de police.

— Revenons au régiment, sergent, dit l'officier déguisé en bourgeois de Paris. Que disent les gardes de tout cela?

— Les gardes-françaises, reprit La Rose, sont braves par nature et courtois par éducation, vous le savez. Les gardes de votre compagnie, capitaine, soutiennent hautement que le jugement qui pèse sur vous est injuste, et il leur arrive très-souvent de murmurer contre les autres chefs, ce qui amène une prodigieuse averse d'arrêts, de condamnations au cachot et autres gentillesses. Pour ma part, je vous l'avoue ici, je me suis vu obligé de f..... pour trois jours à la salle de discipline un garde, un jeune gaillard de vingt-deux ans, qui disait en considérant une jolie frangère qui passait: « Si celle-là le voulait, je filerais comme le capitaine, dût le conseil de guerre, qui n'est qu'un âne, me faire fusiller! »

— Sergent, dit Montaran, vous avez bien fait; la discipline avant tout.

— D'un autre côté, les gardes, fort prévenus, je ne sait trop pourquoi ni par qui, contre le colonel que personne n'a aperçu encore, les gardes se refusent presque à le reconnaître et lui préparent une mince réception. Ils vous aiment, et j'ai grand'peur qu'ils battent votre rappel sur les épaules du colonel, ce qui serait déplorable, attendu qu'il faudrait décimer la compagnie et peut-être le régiment.

— Ah! que dites-vous là, mon Dieu! s'écria Montaran... recommandez-leur de ma part l'obéissance et le respect les plus entiers au colonel, les malheureux!

— Oui... mais, capitaine, il faudrait dire que je vous ai vu ce matin, et vous tenez à être au fond de l'Espagne à l'heure qu'il est.

— Cela est vrai, dit Montaran. La déplorable situation!... N'importe, je ne changerais pas mon sort pour un trône.

— Vous êtes amoureux, décidément, capitaine, reprit M. de La Rose.

Et de rechef il ôta son bonnet de police, qu'il replaça plus coquettement sur l'oreille droite et à fleur de sourcil.

— Serait-il indiscret, ajouta-t-il après un moment de réflexion, de vous adresser une question légère et par manière de renseignement?

— Voyons, dit Montaran.

— Capitaine, pourrait-on vous demander, sans vous fâcher, si, dans ce moment-ci, la noble dame de vos pensées est avec vous au fond de l'Espagne?

Le sergent souriait à ces paroles et détournait la tête, comme s'il attendait un coup de canon.

— La question est délicate, dit Montaran. Du reste, je la crois dictée par le dévouement. Cependant, monsieur de La Rose, vous me permettrez de garder à ce sujet un respectueux silence.

— C'est-à-dire, capitaine, que vous refusez de me répondre et que j'ai trop parlé. Recevez mes excuses.

Le capitaine lui prit la main.

— Mon brave, dit-il, vous ne me devez pas d'excuses, parce que vous avez parlé avec des intentions loyales. Mais voici l'heure de l'appel qui approche. Retournez à Trianon où vous êtes de garde avec la compagnie. J'ai confiance en vous, sergent. Maintenez la discipline, le respect dû aux chefs, et si les gardes approuvent un peu trop ma conduite et blâment mes juges, réprimez, sergent, réprimez..!... Toutefois, ajouta-t-il, serrez-leur la main en secret de ma part. Adieu. Je retourne à Versailles et de là à Paris. Sous ce déguisement, personne ne m'a reconnu. A propos, La Rose, je me nomme Joseph Tristan, entendez-vous, et j'ai quitté ma petite terre du Languedoc pour venir passer quelques mois à Paris. Vous direz cela, si on vous parlait de moi après m'avoir vu avec vous. C'est entendu; adieu, La Rose.

— Capitaine, recevez mes adieux.

Le sergent, cette fois, se mit au port d'armes, le revers de la main droite collé à la hauteur de l'œil, et il regarda Montaran s'éloigner à grands pas.

— Brave officier! dit La Rose en reprenant lui-même son chemin vers Trianon. Sacrédié! mon sang se glace et mon poil se hérisse, quand je pense que si, au moment de son escapade avec la belle Catalane, le roi avait déclaré la guerre à quelqu'un en Europe, n'importe à qui, cet excellent et intrépide capitaine serait condamné à être fusillé à l'heure qu'il est... Ah! les femmes! les femmes! ajouta-t-il en relevant les pointes de ses moustaches. Sexe enchanteur! je vous connais.... Tudieu! si je vous connais!

## LE CABINET DU ROI.

En quittant le sergent La Rose, le capitaine Raoul de Montaran avait regagné la route de Versailles; mais il avait évité dans le trajet le voisinage des Trianons, où il aurait pu être reconnu. Ce fut par le *chemin creux* qu'il arriva au boulevard du Roi, et, par conséquent, dans la ville. Ce qu'il devint à Versailles est pour nous un point inconnu. Raoul, déguisé, ayant changé même la couleur de ses cheveux, sans moustaches et le chapeau rabattu sur les yeux, eut un soin extrême de se perdre au milieu de la ville, alors fort populeuse. Qu'il est changé, ce noble Versailles! Où sont aujourd'hui les trois ou quatre mille seigneurs et grandes dames qui habitaient ses hôtels! où est le peuple de laquais, d'heiduques, de coureurs, de piqueurs, de cochers, de porteurs, qui encombraient ses rues et s'agitaient bruyamment pour le service élégant et orageux, futile et imposant de la cour de France?

Surtout, que sont devenus ces beaux régiments, ces belles compagnies d'élite, ce noble et splendide état-major qui entourait le château, non pour défendre le roi assurément, mais pour vivre de sa vie royale, l'honorer du salut des armes, et l'égayer des brillants spectacles des parades et des revues? Un vent dévorant et terrible s'éleva un jour du côté de Paris, et ce *semnoun* enflammé coucha par terre tout à coup et tua la plus noble et la plus joyeuse société du monde, la cour de Versailles.

Nous ne suivrons pas le capitaine Montaran, qui probablement avait une affaire secrète et importante dans la ville royale, avant de se rendre à Paris.

Il était environ une heure après midi, lorsque deux carrosses fort simples, mais bien attelés, arrivèrent dans la première cour du château et se dirigèrent vers la grille qui avoisine la chapelle. M. Prior était dans l'un, le colonel marquis de Montorgueil était dans l'autre. Ces deux messieurs étaient accompagnés d'un simple lieutenant attaché à la maréchaussée de Paris.

Le lieutenant exhiba aux gardes-françaises du vestibule, précédant le grand escalier, un ordre de laissez-passer. Le colonel Pompée et M. Prior furent introduits et suivirent le lieutenant. Il est inutile de dire que le colonel, portant l'habit de simple gentilhomme, ne fut pas reconnu par les gardes; mais qu'il jeta sur ces beaux militaires des regards d'une curiosité bien naturelle dans sa position.

Au premier étage, sur le grand pallier de l'escalier d'honneur, dans le vestibule de la chapelle et au salon d'attente, MM. des gardes du corps se tenaient, en tenue de parade, aux portes dorées. Il y avait peu de monde dans ce moment-là aux salles qui précédaient les salons de Sa Majesté. Le grand-lever avait eu lieu à onze heures, et le roi s'était retiré dans ses petits appartements.

Bientôt, un huissier de la chambre parut, portant la chaîne d'or et l'épée d'acier; il échangea quatre paroles avec le lieutenant de maréchaussée, et s'adressant au marquis de Montorgueil:

— Monsieur, dit-il, le roi vous recevra le premier. Veuillez me suivre.

M. Prior, visiblement contrarié, pirouetta sur ses talons et s'approcha d'une fenêtre comme pour contempler le beau spectacle de la pièce d'eau de Neptune au nord du parc. Le lieutenant, son compagnon obligé, alla s'asseoir sur des banquettes de velours cramoisi frangées d'or. MM. les gardes du corps allaient et venaient dans l'immense salon, causant beaucoup et s'occupant très-peu de ceux qui attendaient.

Le colonel Pompée avait suivi l'huissier de la chambre qui, au lieu de passer du salon d'Hercule dans celui de l'Abondance et dans les grands appartements, tourna à gauche et se dirigea vers une petite porte qu'il ouvrit avec une clef tirée de sa poche et qu'il reprit lorsque Pompée et lui furent au delà du seuil. La petite porte se referma sourdement; elle était très-massive et roulait sans bruit sur des gonds excellents.

Le colonel se trouva dans un salon carré, dont le plafond avait moitié moins de hauteur que celui de la grande salle qu'il quittait. Ce salon d'attente avait un ameublement des plus simples; les bois de fauteuil et les cadres, quoique parfaitement travaillés, étaient couleur gris de lin, sans le moindre filet doré.

— Attendez là, monsieur, dit l'huissier qui passa dans les pièces voisines.

Pompée s'approcha d'une fenêtre, elle donnait sur la cour de marbre. Des sentinelles gardes-suisses et gardes-françaises se tenaient aux portes d'entrée; des valets, en grand habit bleu de roi galonné d'argent, traversaient souvent la cour. Quelques gentilshommes en bas de soie, par une température de neuf à dix degrés, parlaient aux valets, les suivaient ou étaient congédiés. Deux ou trois chaises à porteurs, toutes dorées et armoirées sur leurs panneaux, stationnaient devant les marches du rez-de-chaussée, en face de la porte à vitre qui menait aux appartements de M. le dauphin.

Le colonel Pompée regardait tout cela avec la curiosité d'un jeune homme qui considère le séjour où il va passer les plus belles années de sa vie.

On s'étonnera peut-être qu'il fût peu soucieux de ce qu'il allait dire au roi. A cela, il n'y a qu'une chose à répondre, c'est que le marquis ignorait parfaitement ce que le roi allait lui dire. Et, d'ailleurs, il faut le reconnaître, l'élève de Rosemonde, en fait d'aplomb et d'usage, avait déjà gagné beaucoup. En général, la jeunesse imite ses professeurs.

L'huissier de la chambre reparut dix minutes après. Il dit au colonel :

— Vous savez, monsieur le marquis, qu'on ne reste chez le roi que le moins de temps possible. Il arrive un moment où Sa Majesté se lève et regarde sa pendule. C'est un signal pour se retirer. Vous savez aussi que l'on n'adresse jamais le premier la parole au roi; vous savez qu'on salue en entrant, au milieu du cabinet et à quatre pas de Sa Majesté, jamais plus près; vous savez qu'on ne s'assied pas devant le roi; vous savez qu'en sortant du cabinet, à une audience, on ne tourne jamais le dos à Sa Majesté, mais que l'on se *coule* en arrière, sur la pointe des pieds, en saluant et en gagnant la porte, toujours le visage tourné du côté du roi.

— Ah! mon Dieu! dit en lui-même Pompée. Mais je suis perdu! je vais me jeter dans ce cabinet royal comme un chien dans un jeu de quilles. Je sais tout cela, monsieur, répondit-il cependant en cherchant à se donner du cœur.

— Suivez-moi, monsieur le marquis.

Le colonel Pompée obéit, traversant deux salons charmants, l'un tapissé de d'Aubusson, l'autre d'un damas rouge à grandes efflorescences; enfin, une troisième pièce plus petite et meublée d'une bibliothèque sans glace et dont les colonnettes et les corniches sculptées de génies, de dauphins, de vases et de guirlandes de fruits, le tout doré, tranchaient merveilleusement sur le fond blanc et rose des étagères. Pompée, un peu troublé des paroles de l'huissier, voyait tout cela à travers un léger nuage; deux ou trois fois même le bout de son épée battit contre les fauteuils, ce qui fit pâlir l'huissier de la chambre.

Enfin, une dernière porte s'ouvrit et l'huissier, entrant le premier, commença par faire un grand salut et annonça : M. le marquis de Montorgueil, colonel aux gardes-françaises.

Après un nouveau salut, cet homme à chaîne d'or se retira. Le colonel Pompée était en face d'un homme de moyenne taille, un peu gros, portant un fort bel habit de soie vert pomme tout brodé d'argent et une veste glacée d'argent également dont les parties basses retombaient presque jusqu'au milieu de la cuisse. Ce gentilhomme, d'une douce physionomie, avait le dos tourné à la cheminée et il se chauffait les talons, se dandinant tantôt sur une jambe, tantôt sur l'autre : c'était Louis XV.

Pompée se préoccupait fort de son second salut, lorsque l'homme de la cheminée lui dit d'un ton de voix tout à fait bon et amical :

— Bonjour, marquis. Je suis bien aise de vous voir.

Le colonel releva la tête, et, reconnaissant M. de Choisy, il fut enchanté de la rencontre. Reprenant haleine et s'avançant sans plus de façon vers la cheminée :

— Pardieu, monsieur le comte, dit-il, je ne suis pas moins ravi que vous de vous rencontrer ici. Il paraît que vous êtes bien en cour, puisque le roi vous a chargé de me recevoir à sa place. Il paraît que Sa Majesté a beaucoup de confiance en vous?

Et, continuant sur le même ton en se chauffant les pieds, les mains sur le marbre de la cheminée, et frottant presque de l'épaule l'épaule du roi, le marquis reprit :

— Or çà, monsieur le maréchal des camps, je vous dois des remercîments. Peste! vous en savez long! Pour passer deux heures plus ou moins fortunées avec une femme que je courtise, vous me donnez un mot pour le lieutenant de police, et vous le priez de me faire coucher en prison. Oui-dà! le tour est joli, et il vaudrait bien un coup d'épée... Je suis bon gentilhomme comme vous, monsieur le comte. Mais ce qui me réconcilie avec vous, c'est que votre billet a fait partager mon sort à mon adversaire. M. Prior et moi avons eu chacun une très-jolie chambre au For-Lévêque, où nous avons trouvé joyeuse compagnie, pardieu! de jeunes conseillers au parlement; Jéliotte, de l'Académie royale de Musique; Dumoulin et Laval; deux ou trois charmantes nymphes du corps des ballets; un petit duc de Rohan, qui est charmant, et je ne sais combien de gens comme il faut et criblés de dettes. M. Prior a *pesté* toute la nuit... J'ai bu et j'ai joué tout mon soûl. Merci, monsieur le comte. Mais, dites-moi donc un peu.... comment trouvez-vous Rosemonde? Voilà une étourdissante fille.... et une vertu, double tonnerre!... Vous avez été discret, n'est-ce pas?...

A tout ce beau discours, le roi avait peine à contenir un fou-rire. Il se penchait sans pouvoir répondre, et tisonnait le feu pour mieux cacher son hilarité.

— Voyons un peu nos affaires, poursuivit Pompée, puisque c'est à vous que je dois m'adresser, faute du roi. Je vous déclare, monsieur de Choisy, et vous pouvez en assurer Sa Majesté, que je suis très-décidé à secouer le joug de M. Prior, qui est devenu, je ne sais comment, l'ami et le directeur de ma famille, et qui s'est chaussé de l'idée que j'avais besoin de lui pour faire mon chemin.

— Marquis, dit le roi, ce M. Prior ne prétend-il pas vous faire faire un grand mariage?

— Il ne cesse de me parler de cela... J'ai vingt-deux ans; veut-on que je me casse le cou déjà?

— Je me suis marié à dix-sept ans à peine, dit Louis XV.

— Vous? reprit Pompée... Permettez, vous étiez fou!

— Non. C'était un mariage de convenance, dit le roi, mais qui me convint très-peu, comme cela arrive assez souvent.

— Qui diable aviez-vous épousé?

— Ah! bah! dit Louis XV, une petite Espagnole qui se serait perdue sous son lit. Et moi qui aime la taille, la figure...

— Eh bien! monsieur le comte, reprit Pompée dont l'œil s'égayait, vous vous étiez donc cassé le cou?

— Pas du tout, dit le roi; je fis mettre *mon infante* dans un carrosse et la renvoyai à sa famille, en Espagne.

—Bravo! monsieur de Choisy! Voilà du caractère... et vous reprîtes la vie de garçon?

— Je crois ne l'avoir jamais quittée, dit Louis XV. Cependant on arrangea nos affaires matrimoniales avec la cour de Rome, et deux ans après j'épousais...

— Vous vous remariâtes! Ah! monsieur le comte, bigame!... Ne savez-vous pas que la polygamie est un cas pendable? j'ai peur pour vous.

—Vraiment! dit le roi qui riait beaucoup. Ce cher marquis!....

— Et celle que vous épousâtes, reprit Pompée, était?

— D'abord, elle était Polonaise... dit Louis XV.

— Tiens! dit Pompée, vous avez un goût bien déterminé pour les étrangères.

— Je vous jure pourtant que j'adore les Françaises, répondit le roi; mais ma Polonaise, femme charmante du reste, était...

— Quoi donc?... Vous m'effrayez! monsieur le comte.

— Certainement, c'est effrayant, dit le roi, ma Polonaise était une.... sainte.

— Ah! quel malheur, reprit Pompée; vous en eûtes par-dessus les oreilles au bout de huit jours, n'est-ce pas?

— Non, pas précisément; j'en eus trois enfants qui vivent encore et qui feront leur chemin probablement.

— O vertueux père de famille! s'écria Pompée, je vous salue.

— Je ne veux pas usurper votre admiration, reprit Louis XV, tout en aimant ma Polonaise, j'ai souvent cherché des distractions.

— Comme celle d'hier soir, monsieur le comte. C'est très-divertissant tout ce que vous me contez-là. Or çà, si nous nous occupions un peu de nos affaires. Veuillez, je vous prie, m'obtenir du roi la révocation d'une arrestation injuste.

— Ce sera accordé, dit Louis XV.

— Veuillez le supplier de ne pas me persécuter encore pour un mariage, quoi que lui dise Prior.

— Accordé; je vous en réponds, dit le roi. Votre fiancée est-elle jolie? ajouta le bon prince avec un coup d'œil expressif.

— Jolie! répondit Pompée, dites superbe! dix-huit ans, un éclat, une taille, et puis une vertu!... Oh! du reste, je suis très-heureux de ce mariage en perspective... d'autant plus qu'il ne peut me manquer tôt ou tard, bien que la charmante n'ait pas l'air pressé du tout. Dans deux ou trois ans nous ferons le plus joli ménage du monde.

— Ah! ah! marquis, dit le roi; mais c'est un trésor qu'une pareille fille à épouser. Tenez, je suis désespéré que vous ne la preniez pas plus tôt. Elle brillerait à la cour.... elle ferait *flores*.... elle serait adorée.... Ah! ma foi, marquis, je ne puis me charger de dire au roi de retarder ce mariage; ce serait lui enlever un des plus beaux ornements de sa cour.

—Comment entendez-vous cela, monsieur le comte?

— Oh! parbleu, en tout bien et tout honneur, mon cher marquis. Mais vous tenez donc beaucoup à la nymphe d'Opéra?

— Si j'y tiens! je lui dois ma véritable éducation. Sans cette femme-là j'étais incapable de commander un régiment.

— Diable! dit le roi, mais c'est merveilleux. Elle vous a donc appris bien des choses?

— Prodigieusement... en six semaines.

— Et elle vous a donné autant qu'elle vous a appris? demanda Louis XV avec un peu d'inquiétude.

— Donné? reprit Pompée; c'est ce qui vous trompe... elle ne m'a rien donné du tout.

— Quoi! depuis six semaines!...

— Pas de quoi faire fleurir le plus petit grain de vanité, et pourtant je l'aime à la passion cette femme.

— Vous m'étonnez. Mais la vertu va donc se fourrer partout aujourd'hui. Mademoiselle Camargo se donnait de grands airs, et elle n'y renonce pas encore; mademoiselle Sallé se pique de vertu; mademoiselle Le Maure, fidèle au prétendant d'Angleterre, soupire avec lui dans les châlets de la Suisse un amour pastoral. Voici, dit-on, une charmante fille, Sophie Arnoux, qui arrive à l'Opéra avec de belles résolutions : la Lyonnaise n'a qu'un amant : ce lutin, appelé Allard, qui est jolie comme un péché rose, garde encore ce que tant d'autres abandonnent volontiers. Il n'y a que cette petite Guimard sur laquelle on puisse compter un peu; elle n'est pas jolie, mais sa laideur est pleine de volupté, sa jambe est divine, et toute sa personne promet beaucoup; mais ce n'est qu'un enfant!... Encore une fois, c'est déplorable : l'Opéra devient une succursale des dames de Chaillot. Où diable la vertu va-t-elle se loger? On ne voit partout que cette pédante gourmée.

— C'est étonnant, n'est-pas, général? dit Pompée; c'est étonnant sous le règne de madame de Pompadour.

— Chut! dit le roi. Ce cabinet a des échos. Revenons à nous, colonel. Vous sentez-vous capable d'être présenté au corps? Etes-vous fait au commandement d'un régiment?...

— Oui, monsieur le général, reprit l'illustre Pompée en s'asseyant dans un très-joli fauteuil à la marquise, près de la cheminée. Je brûle de commander mes braves gardes-françaises et de monter à l'assaut à la tête des grenadiers.

— Très bien! dit le roi; mais que diantre alors chante M. Prior, votre gouverneur?

— Il n'est pas mon gouverneur, monsieur le comte; j'en ai un autre plus beau et plus habile. Ce qu'est M. Prior, je l'ignore; comment il influe sur ma destinée, je n'en sais rien; ce qu'il veut du roi, lui seul et le diable peuvent le savoir.

—Vous m'étonnez! dit Louis XV en sortant une jolie bonbonnière de la poche de sa veste glacée d'argent.

Pompée ne fit aucune difficulté d'allonger deux doigts pour puiser dans la charmante boîte d'écaille, étoilée d'or, que le roi s'empressa, en riant, de lui présenter.

— J'aime ce parfum-là, ajouta le colonel. Savez-vous, monsieur le comte, que vous êtes gourmet en tout! Vous avez un goût exquis.

Voyons un peu nos affaires, puisque c'est à vous que je dois m'adresser faute du roi. — Page 62, col. 2.

— Ah ! dit Louis XV, il faut bien se dédommager quelquefois; il est tant d'amertumes ou de fadeurs! Tenez, à propos d'ennuis, finissons-en et voyons le Prior.

Le roi prit une sonnette d'argent sur une jolie table couverte d'un velours et chargée de papiers. Il agita la sonnette. L'huissier de la chambre parut. En voyant le marquis étendu dans un fauteuil et se chauffant les jambes à côté du roi, qui restait debout, l'huissier à chaîne d'or faillit tomber frappé d'apoplexie foudroyante; il recula de trois pas.

— Qu'avez-vous, Dormeuil? dit le roi. Remettez-vous et allez dire à M. Prior qu'il vienne trouver M. de Choisy, puisque le roi l'a chargé de le remplacer dans cette affaire du mandat d'arrêt. Vous me comprenez, Dormeuil? ajouta-t-il. C'est le comte de Choisy qui vous parle et qui veut parler à M. Prior. Vous me comprenez, enfin?

— Parfaitement, monsieur le comte, dit l'huissier rassuré et en saluant moins bas qu'à l'ordinaire.

— Ces huissiers de cour, ajouta Louis XV en se retournant, sont tellement infatués de l'importance de leur service qu'ils en perdent le sens commun.

— Cela est si vrai, reprit Pompée, que, si nous n'avions été chez le roi, j'aurais roué de coups de canne ce maraud, qui voulait m'apprendre tantôt à saluer comme un clerc devant un maître-chantre, et à marcher comme une écrevisse pour gagner la porte en me retirant. Est-ce que j'ai des yeux aux talons?

Le roi riait.

— Savez-vous, général, ajouta le marquis Pompée, que Louis XV doit avoir une drôle de manie?

— Laquelle ? monsieur le colonel.

— Celle de ne pouvoir souffrir de voir le dos des gens. Est-il bossu lui-même, par hasard?

— Non; je ne le crois pas du moins, répondit le roi qui étouffait un éclat de rire; mais cette manie-là est commune à tous les rois. Savez-vous pourquoi ? Ils ont peur probablement qu'on ne les abandonne trop tôt.

— C'est profond ! dit Pompée. Parole d'honneur, monsieur le comte, je ne vous croyais pas si fort. Passez-moi vos bonbons, je vous prie, pour m'adoucir un peu le caractère en attendant Prior.

### UNE NOTE DIPLOMATIQUE.

M. Prior arriva ; mais ce personnage savait son monde. Un mot de l'huissier de la chambre du roi le mit au fait de la petite comédie que l'on jouait dans le cabinet de Sa Majesté.

Après deux saluts sans affectation, M. Prior s'approcha de la cheminée et resta debout, reconnaissant parfaitement M. de Choisy sous les traits du roi, comme la veille, chez MM. Rose et Pontaillé, rue Saint-Honoré, il avait reconnu le roi sous le déguisement de M. de Choisy.

La figure de Louis XV, en présence de l'homme mystérieux, avait beaucoup perdu de sa douce gaieté ; sa physionomie se rembrunissait par degré, comme s'il prévoyait une affaire, un certain travail d'esprit, et par conséquent de l'ennui. Il se mit à se promener dans le cabinet d'un angle à l'autre, les mains dans les poches de la culotte, et s'arrêtant quelque-

Je n'abuserai pas des moments de Votre Majesté.—Page 66, col. 1re.

fois devant les petits groupes des consoles et les portraits, comme s'il ne les avait jamais vus. C'était une manière d'échapper en partie au sérieux d'une affaire.

— Monsieur Prior, dit-il tout en se promenant et en passant quelquefois à dessein derrière le fauteuil où s'était assis étourdiment le marquis Pompée de Montorgueil, monsieur Prior, vous avez quelque chose à communiquer au roi, Sa Majesté veut bien que je la remplace. Parlez.

— Monsieur le comte me permettra de lui dire, reprit M. Prior, debout au milieu du cabinet, que, dès hier et dès la première minute, chez Rose et Pontaillé, j'ai reconnu toute l'importance du rôle que joue en France M. de Choisy.

Ici Pompée regarda le comte, comme s'il allait découvrir en lui quelque chose de nouveau. Mais voyant qu'il se trompait, le petit colonel reprit ses aises auprès du feu.

— Ah! dit Louis XV, vous saviez donc, monsieur, quel est mon crédit à la cour? Je ne m'étonne plus de votre complaisance à m'accepter pour intermédiaire. Voyons.

— Eh bien! reprit M. Prior, je viens aujourd'hui dénoncer au roi la conduite coupable d'un jeune officier que Sa Majesté a comblé de ses bontés et qu'elle a appelé à un poste d'honneur par une faveur insigne. Le roi doit-il être servi avec fidélité, oui ou non?

— Oui, dit Louis XV.

— Alors, monsieur le comte, comment se fait-il qu'un jeune colonel des gardes-françaises (admirable position pour un tout jeune gentilhomme), comment se fait-il que ce colonel, appelé par le roi à prendre le commandement de son régiment et à venir à Versailles recevoir son épée et son drapeau, comment se fait-il que cet officier supérieur oublie ses devoirs d'honneur et se moque du service du roi au point de courir la province à la suite des jupes d'une danseuse, et d'aller ensuite se cacher avec elle dans je ne sais quel coin de Paris, menant la vie de la débauche, tandis que, depuis deux mois, Sa Majesté att.nd à Versailles l'arrivée de cet officier, tandis que les gardes-françaises attendent leur chef de corps?

A cette accusation virtuellement formulée et qui ressemblait terriblement à un réquisitoire, le colonel Pompée se leva tout d'une pièce, et le roi, qui s'était approché d'une fenêtre, se mit à regarder dans la cour.

— Monsieur! dit Pompée en toisant M. Prior de la tête aux pieds.

— Eh bien! monsieur! reprit celui-ci, répondez vous-même, puisque M. de Choisy nous fait l'honneur de nous écouter.

— Monsieur, répliqua le marquis, je n'ai pas déserté mon régiment.

— Non, dit M. Prior; mais vous avez refusé de vous rendre aux ordres du roi, qui vous déléguait un officier pour vous amener auprès de sa personne.

— Je m'y rendais, monsieur, ajouta le colonel, un peu interloqué.

— Sans doute, dit M. Prior, vous vous rendiez de Moulins à Versailles en vous dirigeant sur Lyon en compagnie d'une nymphe d'opéra et voyageant dans sa voiture. Vous vous hâtiez de venir jurer fidélité au roi et au drapeau en assistant à Lyon aux ballets dansés par la nymphe dont vous étiez le chevalier servant. Et puis, une fois arrivé à Paris avec elle, toujours cousu à ses paniers et protégé par eux, vous avez mis un empressement excessif à aller vous présenter au ministre de la guerre, n'est-ce pas? Vous espériez peut-être le rencontrer chez votre princesse, au bal masqué ou à la taverne, qui sait? J'articule des faits, monsieur. Aussi, moi, qui ai le droit de vous surveiller, ai-je demandé une lettre de cachet contre vous et l'ai-je obtenue. Maintenant, c'est à M. le comte de Choisy à juger la cause et à voir si vous n'êtes pas digne, monsieur le colonel, d'aller passer trois mois dans une prison d'Etat.

— Vous avez le droit de me surveiller, avez-vous dit? répliqua Pompée de Montorgueil; prouvez donc ce droit.

Louis XV, qui, pendant cette scène, avait le visage collé à la vitre, se retourna brusquement et regarda en face M. Prior. Celui-ci avait une main passée dans l'ouverture de sa veste, et, s'appuyant de l'autre main contre l'angle de la table, l'attitude ferme, le visage pâle, mais l'œil tranquille, il s'adressa au roi :

—Monsieur le comte, dit-il, c'est à vous seul ou à Sa Majesté que je puis montrer mes titres.

— Fort bien! reprit Louis XV en se rapprochant de la cheminée. Monsieur le marquis, laissez-nous un moment.

Le colonel Pompée se leva, tremblant de colère, mais fort soucieux de ce qui pouvait se passer en son absence dans le cabinet du roi. Cependant il sortit sans se faire prier et d'un pas assez ferme.

— Monsieur, dit Louis XV, qui prit un air de mauvaise humeur quand il se vit tête-à-tête avec le sérieux Prior; voyons et dépêchons-nous. On m'attend pour le conseil.

— Je n'abuserai pas des moments de Votre Majesté, sire, répondit M. Prior. Voici un acte qui me donne, je l'espère, une autorité assez légitime sur la personne de Pompée de Montorgueil.

Le roi prit le papier que lui présentait son interlocuteur; il y jeta les yeux, et, après l'avoir rapidement parcouru, il regarda Prior attentivement. Puis, avec une sorte d'étonnement :

— Oui, monsieur, lui dit-il en lui rendant le papier, vous avez tous les droits du monde de surveiller et de diriger ce jeune homme.

— Sire, après en avoir fini avec le colonel, passons à une affaire plus sérieuse, si Votre Majesté le permet.

— Je vous écoute, monsieur, dit Louis XV en s'asseyant devant la table chargée de papiers.

— Le roi d'Espagne, sire, m'a donné l'ordre de venir proposer à Votre Majesté d'accorder son approbation à ce traité secret, qui est une garantie de plus pour la bonne intelligence des deux monarques et une garantie de plus pour leur sûreté personnelle et la prospérité de leur règne.

— Voyons cette note, dit le roi.

Il la prit et la lut des yeux attentivement. Tout à coup, frappant du poing sur la table :

— Non, monsieur, dit-il d'une voix ferme, je ne puis promettre cela... je ne puis rien signer de semblable. Que Ferdinand VI prenne pour ministre qui bon lui semblera, je ne m'en mêle pas; mais j'ai le droit d'attendre de lui la même réserve. Reprenez ce papier... ou je le jette au feu!

— Sire, ajouta M. Prior en remettant la note dans sa poche, l'arrivée de M. le duc de Choiseul au ministère et aux conseils de Votre Majesté sera un coup funeste...

— Pour qui, monsieur?

— Pour les amis des trônes et de l'autel, sire.

— Vous vous moquez!... dit vivement le roi. Et d'ailleurs ce sont mes affaires. M. de Bernis se retire volontairement, je le remplacerai par un homme de haute capacité et d'un caractère ferme, honorable, un vrai premier ministre. D'ailleurs le duc est mon ami.

— C'est un beau titre, sire; mais cela ne suffit pas à la sûreté de deux couronnes. L'Angleterre, la Hollande, la Prusse sont nos ennemies. Ne vous y trompez pas, sire; ces hostilités contre la France et l'Espagne ont une cause plus haute que celle qu'on rend officielle, une cause mystérieuse : c'est la guerre du protestantisme contre l'Eglise romaine; en affaiblissant la France et l'Espagne, on mine la puissance de Rome.

— Eh bien! monsieur, dit le roi, croyez-vous que le duc de Choiseul ne soit pas homme à vouloir soutenir l'honneur de mes armes?

— Sans doute, sire; mais à quoi servira à Votre Majesté de vaincre les ennemis de l'Eglise à l'extérieur, si, à l'intérieur, elle se met entre les mains de ces mêmes ennemis?

— Qui dit cela, monsieur? reprit le roi, sérieusement fâché.

— Qui? moi et tous les serviteurs de Rome, sire; le duc de Choiseul est l'ami des encyclopédistes et de Voltaire en particulier; lui-même est un philosophe.

— Il est ce qu'il est, monsieur, dit le roi avec fermeté, et dans peu de temps il sera premier ministre.

— Votre volonté, sire, est-elle la seule dans cette décision?

— Vous êtes bien osé, monsieur Prior! répondit le roi, piqué au vif.

— Je plaide pour la note, sire. Un avocat doit tout dire. M. de Choiseul est l'ami d'une personne qui a toutes les affections du roi...

— Assez! monsieur! interrompit Louis XV. Je ne vois pas pourquoi je me priverais de prendre un excellent ministre, parce qu'il m'est conseillé par madame de Pompadour, qui est elle-même une femme de grand mérite. Monsieur Prior, croyez-moi, ajouta-t-il d'une voix plus adoucie, retournez en Espagne, qui est devenue votre seconde patrie; calmez les terreurs du cabinet de Madrid, celles du saint-office et tant d'autres... Calmez les vôtres surtout... Continuez, si vous voulez, à surveiller le marquis Pompée de Montorgueil, à qui je fais grâce cependant; mariez-le, si vous le pouvez, avec qui vous savez.... (et je ne demande pas mieux, je vous assure). Travaillez avec zèle pour la gloire de *vos amis*, je ne m'y oppose pas non plus, et pour la plus grande *gloire de Dieu*... Mais, au nom du ciel, monsieur Prior, ne venez plus m'échauffer les oreilles avec vos alarmes pour l'Eglise et pour ma couronne. Toutefois, remerciez, je vous en prie, mon frère le roi d'Espagne. Adieu! monsieur Prior, le conseil m'attend; je vois d'ici dans la cour les carrosses de mes ministres, et je sais que M. de Saint-Florentin, entre autres, a beaucoup de choses à me dire aujourd'hui.

Tout en parlant ainsi, le roi s'avançait vers la porte à petits pas et en faisant reculer M. Prior; celui-ci, se trouvant à l'entrée du cabinet, n'eut d'autre parti à prendre qu'à saluer profondément, à tourner le bouton de la porte dorée et à se retirer.

Dix minutes après, Louis XV présidait, de la meilleure humeur du monde, le conseil de ses ministres ; on eût dit qu'il était très-content de lui-même. M. de Saint-Florentin et ses collègues crurent à quelque nouvelle bonne fortune ou à quelque réconciliation. Telle était la destinée de ce prince, que, dans les moindres choses de sa vie et de son règne, on voyait toujours l'influence des jupons.

### LE ROND-POINT DE BOIS-ROBERT.

A quelques jours de là, le colonel Pompée, marquis de Montorgueil, devait être présenté à son régiment sur la grande place d'Armes, à Versailles, après avoir prêté serment de fidélité entre les mains du roi.

L marquis, rentré en grâce, s'était logé dans un charmant hôtel de la rue de la Surintendance, à peu de distance du château ; mais il n'était encore à Versailles que pour quelques connaissances intimes, ne voulant recevoir le corps d'officiers de son régiment qu'après avoir été reçu lui-même officiellement par Sa Majesté. Aussi se montrait-il très-peu. La curiosité des gardes-françaises n'en était que plus excitée, et il n'était question à la caserne que du petit colonel, qui se cachait encore comme une pensionnaire au moment de son entrée dans le monde.

Parmi les bas-officiers, M. de La Rose, esprit actif et fécond en expédients, était un de ceux qui étaient parvenus à apercevoir le marquis. Ce n'est pas que le sergent eût des droits en quelque sorte incontestables à être reçu avant tout le monde ; mais le sergent était délicat autant que brave, et il ne voulait nullement abuser de son titre d'instructeur pour forcer la porte de son élève.

M. de La Rose, obsédé de questions depuis son retour si singulier du Bourbonnais, avait fini cependant par couper court à l'extrême curiosité de ses camarades, en prenant le parti honorable de se renfermer dans un silence absolu sur tout ce qui concernait le colonel.

— Est-il joli gaaçon, La Rose?

— A-t-il la jambe fine, sergenit?

— Aime-t-il les femmes, monsieur l'instructeur?

— Sait-il vivre et dépenser son argent, monsieur de La Rose?

— Aime-t-il le jeu, le vin, les jupes, les chevaux, la danse, la musique, la manœuvre, la guerre, sergent La Rose?

— A tout cela le digne instructeur répondait avec un imperturbable sérieux :

— Vous en jugerez vous-mêmes, messieurs; le roi ne m'a pas ordonné de vous faire le portrait de mon colonel.

Mais s'il était facile au sergent de se débarrasser de toute importunité au sujet du marquis, il ne lui était pas aisé d'éviter de répondre à certaines questions très-vives et délicates touchant le brave capitaine Montaran, officier adoré par les gardes-françaises, et dont l'éloignement était un perpétuel sujet d'inquiétnde, de perplexité et de vague mécontentement. Le capitaine avait-il été entraîné par le délire d'une passion? C'était possible. Le capitaine avait-il déserté le régiment par un calcul d'ambition personnelle, de cupidité, de fortune? C'était impossible. Le capitaine avait-il passé à l'étranger, en Espagne, et devait-il passer en Angleterre, sur des propositions qui lui auraient été faites, et devait-il prendre du service contre la France?... C'était une calomnie, et les gardes-françaises frémissaient de rage à la pensée que des infâmes avaient pu répandre de pareils bruits.

M. de La Rose, parfaitement instruit sur le fond de la question véritable, tentait bien de se renfermer dans les nuages du mystère; mais souvent les provocations étaient telles qu'il fallait bien sortir des brumes de la diplomatie et se résumer franchement. Ce n'est pas que les gardes eussent la moindre arrière-pensée de méchanceté en ce qui concernait Raoul de Montaran. Nous l'avons dit et nous le répétons : le vif intérêt qu'inspirait la destinée de cet officier venait de la haute estime et de l'attachement que tous les gardes professaient pour le loyal et brave capitaine.

Donc, le sergent La Rose, qui jouait un rôle important dans toutes ces affaires depuis son voyage en Bourbonnais, avait besoin d'avoir recours à toute la sagacité de son esprit, à toute la prudence de sa diplomatie, pour ne rien fourvoyer en ce qui touchait son capitaine et son colonel aux yeux des gardes-françaises. Cette continuelle observation de conduite et de propos avait un peu assombri la franche et réjouissante figure du sergent. Ses lèvres, si vermeilles d'ordinaire, avaient perdu quelque chose de leur éclat de santé ; son œil était voilé souvent d'un petit nuage de tristesse, et on remarquait moins de vivacité dans les saillies de sa verve et moins d'entraînante énergie, moins de grâce et de souplesse dans ses allures et sa tenue.

Hélas ! les sérieuses préoccupations du sergent avaient fait tort aussi aux belles amours du galant. Vénus avait, depuis un certain temps, quelques plaintes à adresser à ses nymphes au sujet de M. de La Rose, qui portait beaucoup moins d'offrandes qu'auparavant. Comme les gardes-françaises, mesdemoiselles les frangières, ravaudeuses, passementières, brodeuses et parfileuses de la ville de Versailles avaient remarqué le changement survenu dans l'humeur du fils de Mars et de Cypris. Les deux pointes des moustaches du sergent se relevaient moins fièrement aux yeux de ces demoiselles, et sa jambe si vantée, cette superbe jambe militaire, paraissait marcher avec moins de grâce et de fermeté sur le pavé de la ville royale.

— Oh ! que de regrets, que de réflexions et quels tristes pressentiments faisaient naître, dans le cœur des jolies grisettes et des ravissantes petites dames de la rue de Valory et de la rue de la Paroisse, les peines secrètes du beau sergent! Qui ne l'eût voulu consoler? Et comme les unes, trop sévères jusque-là, regrettaient leur rigueur, et comme les autres, magnanimes, eussent payé cher le secret de rendre à ce cœur sa sérénité première et son enthousiasme !

Par une belle après-midi de janvier, deux jours avant la présentation du colonel, le sergent La Rose, traversant la place d'Armes pour se rendre du château au quartier d'infanterie, fut accostée par une très-jolie fille, bien mise et bien accorte, et qui paraissait appartenir à la galante famille des femmes de chambre de Paris.

— Pardon, monsieur, dit la jeune fille en rougissant beaucoup, n'êtes-vous pas sergent aux gardes-françaises?

— Pour vous servir, ma belle demoiselle, répondit celui-ci, dont le front brilla d'un éclair de gaieté. Je me nomme La Rose.

— Ah ! c'est donc vous, monsieur, dit la jolie personne. Voici une lettre.

— Vraiment! dit le sergent, qui se retrouvait enfin lui-même. Faut-il lire ici cette charmante lettre?

— Oh ! oui, monsieur, et bien vite, s'il vous plaît.

— On est donc pressé... ajouta le malin guerrier en coulant un œil à la belle inconnue.

— Très-pressée, monsieur.

— Mais c'est charmant, dit La Rose.

Et il lut le billet... et ce billet était signé : DOLORÈS.

A ce nom, M. de La Rose ouvrit de grands yeux; il eut bien vite rappelé tous ses souvenirs du château de Montorgueil, et, s'adressant à la jolie caméristc :

— Mademoiselle, dit-il, remerciez d'abord la dame qui vous *envoie* de vous avoir *envoyée;* puis veuillez l'assurer que, dans une heure, à quatre heures précises, selon ses ordres, je serai au rond-point de l'avenue du Bois-Robert.

Et comme la caméristе, très-satisfaite, allait s'éloigner, le sergent lui prit la main, sur laquelle, blanche et fine, il imprima un baiser délicat.

Cinq minutes après, il rentrait à la caserne, où il s'occupa, pendant un quart d'heure, de quelques dispositions nécessaires au service, pour donner ensuite un quart d'heure à sa toilette. C'était partager loyalement une demi-heure entre son roi et sa dame.

Les journées de janvier sont bien courtes, comme on dit; mais, ce jour-là, le temps était superbe, et le couchant limpide consolait les plaines et les bois de Versailles par un long crépuscule. A l'heure dite, le sergent, en jolie demie tenue, parfaitement coiffé, brossé, boutonné, la guêtre noire d'une propreté admirable et montant par-dessus le genou, le soulier luisant, le chapeau sur l'oreille et un beau manteau bleu de roi, galonné d'argent au collet, parfaitement établi sur les épaules, arrivait au rond-point de l'avenue du Bois-Robert, c'est-à-dire à un carrefour de la forêt au sud de Versailles, et à un quart d'heure de distance des barrières de la ville.

Le soleil déclinait derrière les grands arbres tout chargés de neige et de longs cristaux de glace qui étincelaient aux lueurs rougeâtres du couchant. Le sergent attendait une voiture. On fut exact au rendez-vous; et, ici, hâtons-nous de nous expliquer : M. de La Rose, cette fois, ne s'était nullement trompé sur les intentions et le but de la mystérieuse femme qui l'avait invité à venir lui parler au Bois-Robert. Il se rendait donc à ses ordres avec le plus entier désintéressement, par courtoisie et par obéissance pour une des femmes qu'il admirait le plus et qui était aimée du brave capitaine.

Bientôt un carrosse bien fermé survint et s'arrêta près du fossé circulaire; un laquais sans livrée ouvrit la portière. Le sol était propre et ferme, on pouvait marcher. Un pied admirable s'allongea hors de la portière et vint toucher au marchepied abaissé; une femme tout enveloppée de satin et de zibeline, descendit légèrement de voiture et jeta un coup d'œil rapide autour d'elle. M. de La Rose saluait mademoiselle de Fontarabie.

— Monsieur, dit-elle avec une entière franchise devant ses gens, je vous remercie de votre complaisance. J'ai à vous parler sérieusement.

Le sergent s'inclina.

— Vous m'attendrez là, dit mademoiselle de Fontarabie au cocher. Je ne quitte pas cette allée, où monsieur voudra bien m'accompagner.

Ainsi il n'y avait pas le plus petit mot pour la médisance. Dolorès procédait officiellement dans un rendez-vous avec un jeune et galant sergent aux gardes-françaises, et c'était, je crois, la plus adroite et la meilleure des sûretés pour sa réputation.

— Quand ils furent hors de la portée de la voix, mais toujours en vue de la voiture :

— Monsieur La Rose, dit Dolorès, j'ai reconnu et j'ai apprécié votre dévouement pour le capitaine M. de Montaran. C'est à ce noble dévouement que je m'adresse aujourd'hui. M. de Montaran, vous le savez mieux que personne, est sous le coup d'une lettre de cachet. Son procès s'instruit devant une commission militaire. Il est accusé d'avoir sollicité une mission et d'avoir abusé de cette marque de confiance pour s'éloigner du régiment, pour séduire, suborner une riche héritière, qui est moi-même; il est accusé d'avoir outragé les lois de l'hospitalité et une noble famille en enlevant cette même jeune fille de l'asile où elle était; d'être passé avec elle en Espagne, d'avoir gagné les îles Baléares, où se trouve encore l'escadre anglaise, malgré les avantages des Français sur Minorque; d'avoir déterminé sa compagne coupable à le suivre, et d'avoir passé avec elle aux Anglais, avec qui on est en guerre; enfin, d'avoir accepté du service, avec un beau grade, contre la France.

Le sergent pâlit et resta stupéfait.

— Vous voyez, monsieur, reprit Dolorès d'un son de voix admirablement calme, que l'accusation est capitale. Elle a été lancée sur des renseignements fournis par une main habile et cachée. L'accusation, portant sur des points faux, n'en est pas moins spécieuse et ne manque pas d'un certain air de vraisemblance que la perversité peut exploiter avec avantage. Le capitaine ne m'a point enlevée : il m'a suivie en Espagne, parce que ma résolution de quitter le château de Montorgueil fut instantanée, irrévocable, et que rien au monde ne m'aurait retenue. Le capitaine manquait à la discipline d'une manière grave en passant la frontière sans ordre, cela est vrai; mais il ne passait pas en pays ennemi; la France et l'Espagne sont en paix. En Espagne, le capitaine crut devoir changer de nom, cela est vrai encore. Il me suivit jusqu'à Alicante, Alméria, Malaga et dans la province de Grenade, où j'avais de graves intérêts à régler, cela est encore de toute vérité. Nous eûmes occasion de rencontrer un commodore et un général attachés au service du roi d'Angleterre, rien de plus vrai encore. Mais ce qui est faux et de la plus noire calomnie, c'est qu'on ait offert du service au capitaine contre la France, et ce qui est faux jusqu'à l'infamie, c'est l'accusation portée contre M. de Montaran d'avoir vendu son épée aux ennemis du roi. Je vous le répète, monsieur La Rose, le procès est très-sérieux... une main occulte et dangereuse travaille dans l'ombre. Quelqu'un veut flétrir et perdre par conséquent le brave capitaine Montaran; savez-vous pourquoi?

— Je m'en doute, dit le sergent, dont l'émotion était visible

— Oui, reprit Dolorès, parce que le choix que je fais de M. de Montaran pour mon époux m'enlève, moi et ma fortune, aux calculs de gens ambitieux et cupides.

— Mordieu! répliqua le sergent en touchant la garde de son épée.

— Sergent, dit Dolorès, votre capitaine, votre ami, sauvera bien sa tête devant un conseil de guerre, car les preuves matérielles manqueront à ses accusateurs sur la question absurde de haute trahison... mais M. de Montaran, à travers toutes ces horribles calomnies, sauvera-t-il sa réputation d'honneur?

— Ah! dit le bouillant La Rose, c'est affreux. Mais je le jure ici, mademoiselle, par votre beauté si noble et par votre illustre nom, mes camarades et moi ne souffrirons jamais qu'on jette sur le banc de l'accusé et dans un cachot, confondu avec des brigands et des faussaires, l'honneur du régiment, la probité et le courage, notre bon capitaine.

— Mon Dieu ! dit Dolorès en élevant au ciel des yeux humides, mon Dieu ! je vous remercie.

Et, se tournant vers le sergent, que l'attendrissement gagnait autant que l'enthousiasme :

— Monsieur, dit-elle, vous êtes un digne et loyal militaire. Donnez-moi votre main.

Tirant alors un gant parfumé, mademoiselle de Fontarabie tendit au sergent exalté la plus belle, la plus noble main qu'il eût encore vue. Dans son trouble, M. de La Rose mit un genou en terre et baisa la main adorable de Dolorès avec un respect qui avait manqué à la main de la camériste, mais avec non moins de bonheur.

— Monsieur, reprit Dolorès, le capitaine est en sûreté ; il pourrait sortir de France, mais il s'y refuse. Ce serait prouver de la crainte. Il attendra tout événement. Vous connaissez son héroïque caractère. Que ses amis veillent donc pour lui et agissent pour lui. Si les gardes-françaises témoignent hautement, sans révolte cependant, l'extrême répugnance que ce procès leur inspire ; si elles s'adressent respectueusement au roi... M. de Montaran est réhabilité sans procès, rendu à son régiment, dont il est l'honneur ; à ses amis, dont il est l'orgueil. Le roi est bon. Il aime les gardes-françaises ; le roi et les gardes-françaises se comprendront. Adieu, monsieur La Rose ; recevez mes remerciements. Je retourne à Paris, où je ne dirai pas un mot de cette démarche à M. de Montaran. Je suis venue vous trouver par une inspiration toute personnelle... peut-être par une inspiration d'en-haut. Adieu.

Mademoiselle de Fontarabie reprenait le chemin de la voiture, accompagnée du sergent, qui n'hésita pas, cette fois, à lui offrir son bras. Dolorès accepta aussi franchement qu'elle eût accepté le bras d'un grand d'Espagne devant toute la cour de l'Escurial. Ils étaient charmants à voir ainsi, ces deux beaux jeunes gens, marchant d'un pas noble et élégant sur le sol semé d'un peu de neige et sur lequel la Catalane, d'illustre race, laissait l'empreinte d'un pied qui, aux temps merveilleux de la chevalerie, eût peut-être allumé de grandes guerres, ou tout au moins provoqué de grands tournois. Plusieurs fois le sergent enthousiaste remarqua ces charmantes empreintes, ne pouvant se défendre de soupirer un peu pour le pied qui les faisait, malgré la gravité de la situation.

Revenus au rond-point du bois, ils découvrirent tout à coup, en face d'eux et sur la ligne de l'horizon, le splendide château de Louis XIV, qu'un beau soleil couchant dorait tout entier.

— Ah ! dit Dolorès, c'est là que vit le roi de France, c'est de là qu'il peut faire grâce.

Mademoiselle de Fontarabie avait rejoint sa voiture. Elle y monta avec moins de tristesse qu'elle en était descendue, la main appuyée sur le bras de l'heureux sergent et le remerciant encore d'un regard à rendre amoureux un des dieux de bronze du parterre royal de Versailles.

La voiture partit rapidement et prit la route de Paris. M. de La Rose, la tête penchée, la démarche lente et l'esprit perdu dans je ne sais quelle rêverie, s'acheminait vers la ville, mais avec insouciance sur le chemin à suivre, passant près de la pièce d'eau des Suisses, au lieu de prendre l'avenue qui l'eût amené à la porte de Versailles.

Arrivé dans les massifs qui avoisinent ce beau lac, entouré de dalles de marbre, et aussi peu en harmonie avec la Suisse et les Suisses qu'un paysan de Zurich ressemblait à un gentilhomme de la chambre du grand roi, le sergent entendit des cris et des éclats de rire tumultueux. La pièce d'eau était glacée à une forte épaisseur, et bon nombre de gardes-françaises se livraient à l'exercice du patin. En voyant les uniformes de ses camarades, le sergent sentit se réveiller en lui toute son indignation contre les ennemis de son capitaine et toute sa vive sympathie pour le brave officier calomnié.

La Rose s'approcha d'un des groupes restés sur le rebord de la pièce d'eau.

— Messieurs, dit-il, j'ai quatre mots à vous décliner ce soir après l'ordre. Nous obtiendrons une permission de rentrée après dix heures, et nous boirons, mordieu ! plus d'une brave bouteille.

— Ça va, sergent, reprirent les gardes, parmi lesquels il comptait des amis. Ça nous va ! Nous sommes bien ici huit, et vous faites le neuvième ; c'est assez pour une table de bons vivants. Allons, monsieur de La Rose, sacredié ! reprenez donc votre *antique valeur*. Vous nous faisiez de la peine depuis quelque temps avec vos airs penchés. Vivent le vin, les femmes et cette coquine qu'on nomme la gloire !

— Messieurs, dit La Rose, j'ajoute : Vive le roi !

— Et sa maîtresse ! dit un jeune garde.

— Et la mienne ! reprit un vieux tambour-maître tout chamarré de chevrons.

Les neuf camarades coalisés prirent ensemble le chemin de la caserne, bras dessus, bras dessous, en chantant des *ponts-neufs* et des refrains dont la gaieté érotique effaroucha plus d'une fois les nymphes de la forêt de Satory ; couplets joyeux ou satiriques que souffrait *le règne du bon plaisir* et qui n'oseraient, en nos temps de liberté, déployer l'aile et voleter en plein air.

### LA VEILLE DES ARMES.

Deux jours après la scène du rendez-vous au rond-point du Bois-Robert, une grande agitation régnait dans un élégant hôtel, situé entre cour et jardin, dans la rue de la Surintendance. M. le colonel marquis de Montorgueil, du haut de sa vanité, de son grade et de ses deux cent mille livres de rente, recevait officiellement l'état-major de son régiment. Le marquis était à la veille de prêter serment entre les mains du roi, dans le salon de la Paix, aux grands appartements. Présenté ensuite aux gardes-françaises, sur la place d'Armes, après avoir reçu le drapeau solennellement, le colonel, sous les yeux du roi et de la cour, devait commander la manœuvre en personne.

Le colonel Pompée touchait donc à l'apogée de sa gloire... sommet terrible et souvent foudroyé ! Mais, sans trop s'arrêter aux périlleuses conséquences du lendemain, Pompée avait pris son parti en brave et faisait comme un aventureux joueur, qui, arrivé à ses dernières pistoles, vide toute sa bourse sur le tapis.

La réception de ses officiers lui avait donné du cœur, en chatouillant beaucoup sa vanité. Chaque officier des gardes (tous parfaits gentilshommes) avait tenu à honneur de venir complimenter le colonel, qui, pour le dire en passant, s'était montré sinon très-spirituel, du moins d'une haute politesse, et même d'une aménité qui se ressentait beaucoup des aimables leçons de Rosemonde. Cette charmante fille avait donc déjà commencé une transformation sensible dans l'éducation du colonel ; avec le temps elle fût parvenue à de plus sérieux résultats. Mais son élève lui échappait : les exigences de famille et de position voulaient que Pompée se mît à la tête de son régiment.

Dans cette tumultueuse réception militaire, il avait été question de beaucoup de choses, mais à des points de vue superficiels, et il eût été impossible, en sortant de là, de formuler une opinion consciencieuse sur les mérites du jeune colonel. En général, on le trouvait fort joli garçon, très-bien *bâti*, dans des proportions sveltes, et portant avec grâce le brillant uniforme des gardes-françaises. Encore là un progrès qui était dû au spirituel et élégant *gouverneur* de l'Opéra.

Le soir était arrivé. Le colonel avait donné à toute sa maison les ordres les plus précis et les plus minutieux pour le lendemain. Tout était prêt pour le grand jour.

Vers les six heures, à l'entrée de la nuit, une voiture venant de Paris, arrivait dans la cour de l'hôtel du marquis. Cinq minutes après, les deux battants du salon s'ouvraient, et un laquais, portant la grande livrée de Montorgueil, annonçait mademoiselle de Champ-Fleury.

Rosemonde était attendue, sans l'être trop cependant. Pompée lui avait adressé un fort joli billet, accompagné d'un cadeau du meilleur goût ; mais Rosemonde ne s'engageait jamais irrévocablement.

— Ah ! Dieu soit loué ! s'écria le marquis en la voyant ; vous voilà, mademoiselle. J'avais diablement peur de ne pas vous avoir à souper. Cette maudite réception d'officiers m'a pris toute la journée, et je ne pouvais quitter Versailles la veille du grand jour. J'ai tant de préparatifs à faire ! j'aurais été vous chercher.

— C'est donc demain ? demanda Rosemonde en s'asseyant dans un beau fauteuil près de la cheminée.

— C'est demain, dit Pompée. Voulez-vous voir mon uniforme ?... Je l'ai quitté ce soir, il m'étouffait ; et mon épée de colonel ! ah ! ah ! voilà une fameuse lame ! un peu lourde cependant. Quant à mon cheval, il est admirable et magnifiquement équipé.

Un peu de tristesse passait sur le front clair et blanc de Rosemonde.

— Qu'avez-vous, mademoiselle ? dit Pompée.

— Rien, reprit-elle ; peu de chose.

— Mais encore... Avez-vous peur que nous n'ayons un succès fou demain ?

— Je suis très-peu poltronne, reprit la belle jeune fille ; mais, avant tout, j'aime à prendre des précautions.

— Eh bien ! tous mes apprêts ne sont-ils pas au grand complet, mademoiselle ?

— Ainsi donc, colonel de Montorgueil, dit-elle avec un léger soupir, vous allez demain vous mettre à la tête de votre régiment et commander les manœuvres devant Louis XV et la cour ?

Pompée, qui s'était assis sur un carreau de damas aux pieds de mademoiselle de Champ-Fleury, se leva tout à coup et se mit à se promener d'un bout du salon à l'autre, les mains enfoncées dans ses goussets et l'air un peu soucieux. Au bout de trois minutes de silence et de promenade, il s'arrêta en face de Rosemonde ; et, se cambrant sur les reins, la tête levée, le regard audacieux :

— Certainement, mademoiselle ! dit-il. Quoi d'étonnant à cela ?

— Rien, marquis, rien, reprit Rosemonde que cette aveugle vanité révoltait un peu. Au fait, vous êtes colonel, et vous avez hâte de vous mettre à la tête de votre régiment. Ce doit être fort beau de commander en chef une manœuvre devant le roi et les maréchaux.

Pompée reprit subitement sa promenade, enfonçant de plus en plus ses mains dans les poches de sa culotte.

— Tenez, dit mademoiselle de Champ-Fleury, je suis franche et je suis votre amie, monsieur. Savez-vous pourquoi je me suis fait remplacer ce soir au ballet par mademoiselle Lionnais ? Savez-vous pourquoi je suis venue ici ?

— Non, dit Pompée en s'arrêtant.

— Pour vous déclarer que vous êtes un fou.

— Ce n'était pas la peine, dit Pompée en reprenant sa promenade.

— Vous êtes fou, colonel, entendez-vous ?

— Je vous comprends, répondit le marquis. Mais croyez-vous donc, mademoiselle, qu'il soit facile de désobéir au roi qui, fatigué des plaintes de M. Prior sur ma conduite, a voulu en finir et savoir ce que je suis et ce qui je vaux ?

— Prior est un roué, reprit Rosemonde, mais qui s'est fourvoyé en cette occasion.

— Lui ! mademoiselle. Au contraire, il est enchanté de me voir en cour décidément, et de me voir surtout à la tête des gardes.

— Je vous dis que non, moi, dit Rosemonde. Où est-il ? que fait-il en ce moment ?

— Ma foi, depuis l'audience chez M. de Choisy, je n'ai plus revu cet étrange Prior, qui prétend avoir de si formidables pouvoirs sur ma conduite.

— Et moi, je sais où il est, dit Rosemonde. Depuis quelques jours, occupé d'une affaire bien autrement majeure pour lui que votre installation, il court tout Paris, s'appuie de la police, et fouille partout pour trouver quelqu'un. Il vous a abandonné forcément pour aller au plus pressé. Le feu est chez lui quelque part. Il y court... sauf à vous reprendre ensuite.

— Or çà ! mais c'est donc le diable que cet homme-là ? répliqua Pompée interloqué.

— Non, mais c'est un...

— Un quoi, mademoiselle ?

— Un homme dangereux, dit Rosemonde, et avec qui il faut en finir. En attendant, monsieur le marquis, commencez par vous revêtir d'un costume plus en harmonie avec la température, et délogeons ; j'ai là-bas ma voiture et un fort bon postillon. Mais avant tout, voici une lettre pour Lebel, valet de chambre du roi. Je le connais et le prie de me rendre un service auprès de M. de Choisy, qui parlera d'une certaine affaire à Sa Majesté.

— Quitter Versailles, mademoiselle, la veille de...

— De commander des manœuvres devant toute la cour en ne sachant pas même commander l'exercice à quatre hommes et un caporal. Oui, monsieur, il y aurait un autre moyen d'éviter cette confusion, ce serait de vous déclarer malade et de vous fourrer dans un lit jusqu'aux yeux avec un médecin et un apothicaire à votre chevet. Mais le divertissement aurait trop de charmes pour vos officiers et les railleurs de la cour.

— Non, non, dit Pompée, je ne veux pas que l'on s'imagine que je suis aux prises avec la fièvre.

— Alors, partons, monsieur. Vite, un habit de ville, un manteau, délogeons ; et qu'un de vos gens porte ma lettre au château à l'instant même !

La peur prit aux flancs le colonel Pompée. C'est

ce que voulait le charmant gouverneur. Le guerrier s'élança dans la chambre voisine, appela son valet de chambre, et en deux tours de main il eut changé de vêtements. Equipé comme un homme qui va braver un froid rigoureux, il reparut au salon, et prenant Rosomonde sous le bras, il sortit avec elle, traversant en courant les grands salons, le vestibule, sautant les marches de l'escalier trois par trois (et Rosemonde pouvait lui en remontrer aussi dans cet exercice), courant à la porte d'entrée et demandant aux gens à livrée la voiture de mademoiselle de Champ-Fleury.

La voiture s'avança. Rosemonde monta, Pompée la suivit, et le postillon reçut ordre de mener grand train jusqu'à Paris. A la barrière, on devait lui indiquer le logis où il fallait se rendre.

Nous laisserons cette bienheureuse voiture brûler le pavé de la route royale de Versailles à la barrière de Passy.

Une demi-heure après ce brusque départ, un homme, enveloppé d'un manteau, frappait à la porte de l'hôtel du marquis de Montorgueil et demandait à lui parler.

— M. le colonel vient de partir pour Paris, lui dit-on. Il va sans doute à l'Opéra.

— Le malheureux! dit en lui-même cet homme. Mais il faut que je lui parle absolument ce soir, reprit-il, et je ne puis courir après lui à l'Opéra ou ailleurs.

— Si monsieur voulait l'attendre, dit le valet de chambre. M. le marquis n'a pas donné d'ordres; il rentrera avant minuit certainement.

L'homme hésitait à monter. Cependant il s'y décida. Il arrivait lui-même de Paris et se souciait fort peu de courir le monde à Versailles. D'ailleurs il était dans un costume à ne se présenter nulle part... si ce n'est chez un ami intime. En entrant dans le salon, il parut un peu réjoui d'y trouver un feu flambant. Débarrassé de son manteau dans l'antichambre, il alla s'installer précisément dans le fauteuil que Rosemonde venait de quitter. Des bougies brûlaient sur les candélabres. L'inconnu avait un livre dans sa poche; se renversant dans le fauteuil, allongeant les jambes vers le feu, il se mit à lire sans plus de façon que s'il était chez lui.

Le valet de chambre lui offrit à souper, croyant le reconnaître pour un ami de son maître. L'homme mystérieux refusa en disant qu'il attendrait volontiers le colonel.

Cependant, tout en voulant lire, de nombreuses distractions lui arrivaient, s'il fallait en juger par les regards qu'il portait çà et là autour du salon. Il vit un brillant uniforme encore étalé sur un canapé. Il se leva et s'approcha de l'habit militaire, le toucha, le considéra et se prit à soupirer. Il vit aussi l'épée et il en examina la lame.

— Elle est belle, dit-il, en la remettant au fourreau; on pourrait en faire un noble usage.

Et de nouveau, quelques soupirs sortirent de sa poitrine. Alors il se mit à marcher comme pour échapper à ses tumultueuses pensées. Il était seul dans ce grand et beau salon, admirablement éclairé, en face des insignes militaires qu'il aimait... Dans un moment d'attendrissement, levant les mains au plafond avec un tremblement nerveux :

— Ah! Dolorès! Dolorès! s'écria-t-il.

Cet homme était le capitaine Raoul de Montaran, qui, par précaution, ne sortait que pendant la nuit, depuis qu'on était à sa recherche.

Le capitaine avait appris, par les gazettes, l'insigne honneur réservé pour le lendemain à son colonel et il avait frémi au tableau grotesque qui allait s'offrir au roi et à toute la cour; les gardes-françaises commandées à tout hasard par Pompée; toute cette confusion, toutes ces belles compagnies s'ébranlant et manœuvrant les unes sur les autres; un pêle-mêle affreux et ridicule; un jeu de cartes brouillé... enfin tout ce qui pouvait advenir d'un régiment obéissant aux commandements d'un fou, d'un ignorant, ou plutôt d'un écolier. Eh! ne savait-il pas que l'imberbe colonel était capable tout au plus de distinguer en fait d'art militaire un défilé d'un changement de front?

Le capitaine Raoul était la personnification la plus complète de l'enthousiasme militaire. Personne ne comprenait à un degré plus élevé la dignité de l'épaulette; personne n'était plus jaloux également de l'honneur de son régiment. Sur ce point là, Raoul était intraitable. Il se serait fait couper en deux plutôt que de souffrir le moindre propos inconvenant sur les gardes-françaises pour qui il avait une sorte de tendresse et de respect. Aussi les gardes lui rendaient bien ce respect et cette tendresse. Entre Raoul et son régiment, il y avait une alliance secrète, indissoluble. Après cela, on ne s'étonnera plus qu'après avoir accompagné jusqu'en Espagne mademoiselle de Fontarabie, il eût tenu à revenir en France, pour l'honneur de son nom d'abord, pour réhabiliter son coup de tête et aussi pour se rapprocher de son cher drapeau.

Or, que venait-il faire ce soir-là à Versailles, chez le colonel? on le devine. Au risque d'être découvert, il venait loyalement lui offrir ses services; lui donner quelques notions indispensables au moment solennel; lui tracer un plan de manœuvres très-élémentaire et compréhensible; lui inculquer à la hâte et à toute extrémité quelques expressions techniques de commandement; enfin, il venait tenter de lui sauver, à lui, colonel de Montorgueil, un immense et irréparable ridicule, peut-être un rire général de la part des gardes, mais sûrement une réputation de *paltoquet*, de *sauteur*, de fat impertinent. Il venait enfin lui éviter une destitution déshonorante. Bon capitaine! lui qui ne devait son grade qu'à son épée, lui pauvre officier de fortune, qui avait le droit d'être fier de lui-même, et le droit de mépriser tant de sottes vanités titrées, tant d'illustres nullités portant plumes blanches et grosses épaulettes.

Dix heures venaient de sonner à la grande pendule de l'escalier. Le colonel n'arrivait pas. Le valet de chambre vint offrir de nouveau à Montaran un souper comme moyen de prendre patience. Cet homme reconnaissait le capitaine pour l'avoir vu au château de Montorgueil, et un instinct secret d'intérêt et de haute considération qui parlait en faveur du loyal visiteur. Raoul lui recommanda de ne pas le nommer, voulant garder le plus sévère incognito; il ajouta :

— Quant au souper, je l'accepte dans une demi-heure si le colonel n'est pas ici.

A peine achevait-il ces paroles, qu'on entendit du bruit dans le vestibule.

— C'est M. le marquis, sans doute, dit le valet de chambre.

Et il courut au devant de son maître. Il se trompait... ou plutôt, non, il ne se trompait pas; car, trois minutes après, il annonçait au salon, où Montaran était resté seul :

— M. Prior!

Pardon, monsieur, n'êtes-vous pas sergent aux gardes-françaises. — Page 67, col. 2e.

Au nom de M. Prior, que le domestique prononçait d'une voix mordante, Raoul de Montaran se leva brusquement, et le dos à la cheminée, le corps droit, la tête haute, il avait l'air de se mettre sur la défensive, comme si le nouveau-venu entrait un poignard à la main.

M. Prior ne reconnut pas d'abord le capitaine qu'il prenait pour un fâcheux, ou tout au moins pour un indifférent. Il salua, et posant son chapeau sur un fauteuil, il s'approcha du feu.

Ce fut à la lueur de la flamme et des deux candélabres étincelants de bougies, que lui apparut tout à coup ce visage pâle et nerveux, ce visage fatal, qu'il cherchait depuis trois jours et trois nuits dans tous les coins et recoins de Paris.

— Vous ! s'écria-t-il, en reculant de quatre pas.

— Vous ! répéta à son tour le capitaine.

Il y eut alors cinq minutes d'un silence effrayant. Ces deux hommes se regardaient en face. Le capitaine, le dos toujours à la cheminée et croisant les bras, parla le premier, mais d'une voix étrange, accentuant chaque parole, prononçant lentement et mettant de l'intervalle entre les phrases.

— Monsieur Prior, le hasard vous a bien servi : me voici. Je sais que vous me cherchez depuis quelques jours avec un incroyable acharnement. Vous voulez me faire arrêter... juger... condamner .. Vous avez la partie belle en ce moment... Allez me dénoncer à la police!

— Monsieur de Montaran, dit celui-ci, vous êtes ému : remettez-vous.

Et, comme s'il se trouvait chez lui, M. Prior avança un fauteuil près de la cheminée et s'assit. Montaran restait debout à l'angle opposé, se montrant de profil à son ennemi, et fixant sur le mur, en face de lui, des yeux immobiles.

— L'occasion est belle, je vous le répète, reprit le capitaine.

— Oui, dit M. Prior, l'occasion de s'expliquer. Nous sommes seuls; la soirée est avancée; nul importun ne surviendra.

— Nous expliquer, monsieur? reprit Montaran avec un sourire amer.

— Monsieur, dit Prior, une seule question...

— Je la prévois, répliqua le capitaine, et je n'y répondrai pas.

— C'est différent, monsieur. Ainsi donc votre parti est pris... vous avez enlevé...

— Je n'ai enlevé personne, monsieur. J'ai accompagné et protégé.

— Vous avez déserté...

— J'ai passé la frontière, cela est vrai, monsieur; mais l'Espagne est notre alliée en ce moment. Je me suis hâté de rentrer en France dès que je l'ai pu.

— Ah! reprit M. Prior; et vous êtes rentré seul?

— C'est la question à laquelle je refusais de répondre tout à l'heure, dit le capitaine.

—Allons, monsieur, vous êtes un austère diplomate.

— Je n'ai d'autre diplomatie que ma franchise, monsieur. La plus grande habileté c'est la loyauté.

— Je le crois aussi, reprit M. Prior en souriant du bout des lèvres. Eh bien ! monsieur, je compte sur cette même loyauté qui vous honore et je m'adresse à elle directement. Quels sont vos projets relativement à mademoiselle de Fontarabie?

— J'espérais, monsieur, dit Raoul, que ce nom-là

Un mot, un seul mot, et vous êtes mort. — Page 74, col. 1re.

ne serait pas prononcé ici. Quant à des projets, je ne suis ni assez fat, ni assez niais, ni assez fou pour en avoir; je suis le serviteur dévoué de l'admirable jeune personne que vous venez de nommer.

— Eh bien! monsieur, je vais moi-même vous instruire de vos propres desseins. Que vous ayez pris froidement vos résolutions ou que vous agissiez sous l'influence de la fièvre, sans trop savoir où vous allez, il importe peu. Après avoir enlevé et gravement compromis Dolorès... vous vous flattez de l'espoir de l'épouser...

— Non, monsieur, dit Montaran.

— Comment! s'écria Prior; mais alors c'est de la lâcheté... perverse.

— Non, monsieur, vous dis-je, reprit le capitaine, je ne me flatte pas...

— Vous êtes sûr peut-être de ce mariage? demanda Prior ironiquement.

— Oui, monsieur, répondit avec calme le capitaine Raoul.

M. Prior eut un moment d'effroi. Un doute passa subitement dans son esprit.

— S'ils étaient déjà mariés!... se dit-il en frissonnant.

— Après cet aveu, monsieur, reprit-il, tout est éclairci. Votre but est évident, déterminé; vous voulez la main de Dolorès et ses quatre millions de dot.

— Je veux, monsieur, me rendre digne de l'honneur insigne que l'on me fait.

— Lequel, monsieur?

— Celui d'accepter ma main et mon nom.

— Ah! dit Prior en riant. Votre nom? Et votre grade et votre fortune aussi, sans doute?

— Et mon grade, reprit le capitaine. Quant à ma fortune, on la connaît bien, je n'ai rien.

— Vous l'avez peut-être mangée, monsieur le capitaine, cette immense fortune...

Et comme il disait ces paroles d'un air sardonique et en branlant la tête :

— Non, monsieur, reprit Raoul de Montaran avec dédain, on me l'a volée.

A ces mots, M. Prior redressa vivement la tête et fixa un œil ardent sur le profil du capitaine. Un moment sa respiration s'arrêta; mais, reprenant bien vite son ascendant sur lui-même :

— On vous a volé votre fortune, monsieur le capitaine, demanda-t-il avec une émotion contenue? Était-elle considérable?

— Magnifique! dit Montaran.

— Mais encore, reprit M. Prior dont l'anxiété ne cessait pas.

— Quatre millions, monsieur, dit Raoul très-tranquillement.

Prior baissa subitement la tête et se prit à regarder le foyer dont les flammes roses jetaient d'étranges reflets sur son visage jaune. Il y eut cinq minutes de silence. Prior reprit :

— Monsieur le capitaine, le fait est grave et le malheur est grand. Vous ignorez les causes...

— Je n'ignore rien, monsieur, dit Montaran.

— Comment! vous connaissez les coupables ou le coupable?... demanda Prior, le regard toujours fixé au foyer.

— Je le soupçonne, je le devine presque depuis quelque temps, répondit le capitaine.

— Ah! vraiment, dit Prior en se levant et marchant

dans le salon, vous avez un calme héroïque ; vous parlez de cette perte immense, de ce malheur irréparable, comme d'un petit accident...

— C'est que je méprise l'argent, dit le capitaine; je méprise la plupart de ceux qui en ont et ceux qui, n'en ayant pas, le regardent comme l'unique but de la vie. Quant à ceux qui le volent...

— Eh bien! monsieur? dit Prior en se promenant toujours.

— Eh bien! monsieur, quand je les rencontre, je leur crache au visage.

M. Prior, qui se trouvait en ce moment en face du capitaine Montaran, faillit recevoir en plein visage le plus sanglant outrage qui puisse atteindre un homme. Immobile, pétrifié, il croyait être sous la puissance d'un rêve. Mais en voyant les mains du capitaine armées de deux pistolets, il s'éveilla. Il allait crier, appeler du secours; Montaran marcha vivement sur lui et le mettant en joue des deux canons :

— Un mot, un seul, dit-il, et vous êtes mort.

Se dirigeant alors vers la porte du salon, le capitaine poussa le crochet doré de cette porte; puis il remit ses pistolets dans ses poches, avança un fauteuil, et, l'indiquant à Prior :

— Mettez-vous là, monsieur, dit-il, en face de moi, afin que je vous raconte votre histoire; elle vous éclairera sur celle de ma vie... Et du calme, du silence, je vous le répète, où je fais de vous un homme très-sérieux et très-silencieux.

M. Prior s'assit mécaniquement, comme si ses articulations étaient devenues des ressorts. Il était pâle; il avait perdu toute l'énergie de son caractère, toute l'audace de son âme, toute la lucidité de son esprit. Le capitaine s'assit dans le fauteuil en face, à l'angle opposé de la cheminée. Le feu jetait de plus en plus de vives clartés sur toutes les dorures du salon et sur la tapisserie de damas qui prenait des teintes d'un rouge ardent. Raoul de Montaran se renversa sur le dossier de son siége, leva ses yeux au plafond, comme pour rappeler des souvenirs lointains, et parla ainsi devant son étrange auditeur :

— Monsieur, il y a vingt-quatre ans environ que vous étiez aux Indes-Orientales. Vous serviez dans la marine française en qualité de lieutenant de frégate. Vous étiez cadet de famille, et, par conséquent, sans fortune. Votre navire croisait sur les côtes du Coromandel, donnant la chasse à des pirates dangereux qui infestaient le golfe du Bengale, Ceylan, les Maldives, le cap Comorin, et allaient s'abriter sous la ligne, dans les parages sud-ouest de Sumatra. La Compagnie des Indes avait eu à souffrir beaucoup des brigandages de ces hardis forbans; la France et l'Angleterre en firent prompte et bonne justice.

« Après diverses courses, vous relâchâtes à Pondichéry, siége principal des possessions françaises. Votre séjour se prolongea dans ce port de mer; vous eûtes assez de loisir pour visiter une partie des belles provinces du Décam.

« Or, à quelques lieues de Pondichéry même, vivait, dans une habitation luxueuse, une jeune Indienne, fille d'un rahja et veuve depuis deux ans d'un gentilhomme français qui était allé refaire sa fortune dans les Indes.

« Cette jeune femme était d'une beauté admirable, d'un caractère doux et charmant. Elle avait embrassé le christianisme, après quelques mois de mariage et après la mort de son père. Au bout de quatre ans de la plus heureuse union, elle devint veuve du gentilhomme français; mais elle était mère d'un fils unique âgé de trois ans. »

Ici M. Prior eut un frisson nerveux qui fit mouvoir le fauteuil sur lequel il était assis.

— Remettez-vous, dit le capitaine. Je reprends. Il est certain que vos assiduités, votre cour passionnée ne furent point accueillies favorablement de la jeune femme, qui regrettait si sincèrement son époux. Sage autant que belle, d'une piété douce et éclairée, d'une tendresse maternelle admirable, elle ne vivait que pour son enfant... Ce fils, le portrait vivant de son père...

Involontairement Prior regarda le capitaine Raoul et baissa les yeux presque aussitôt...

— Hélas! le malheur planait sur cette habitation, qui avait été protégée et égayée par tant de bonheur. La fièvre jaune sévissait sur toute la côte de Coromandel; elle décimait la population. La jeune Indienne fut atteinte mortellement. Vous étiez auprès d'elle en ce moment; vous étiez Français et officier français; la veuve du gentilhomme de France ne vous avait pas accepté pour époux, mais elle vous regardait comme un ami dévoué; elle croyait à votre loyauté... Elle vous confia son enfant et l'avenir et la fortune de cet enfant. Vous acceptâtes ce dépôt sacré; vous prîtes Dieu et votre honneur à témoin de la sincérité de votre dévouement... Vous jurâtes à la mourante de tenir lieu de père à l'orphelin qu'elle vous confiait. La belle Indienne, la fleur et l'amour des rives orientales, la noble jeune femme rendit le dernier soupir... mais avec sérénité, comme un ange qui, après avoir touché un moment la terre sacrée de l'Hindoustan, s'envolerait à Dieu. Elle avait trouvé pour son enfant un second père.

« Monsieur, la fortune de cet orphelin était considérable pour le fils d'un Européen : elle s'élevait à quatre millions.

« Selon les désirs exprimés par la belle Indienne, vous réalisâtes cette fortune, afin de la transporter et l'établir en France, où l'enfant, son légitime possesseur, devait être élevé. Six mois après, vous repreniez la mer, ayant à votre bord l'orphelin, votre pupille. Quant à tout l'or provenant de la succession de sa mère et de son père, il était en sûreté aussi, vous en aurez la preuve.

« La traversée de la frégate que vous commandiez à la place du capitaine, mort de la fièvre jaune, fut longue et périlleuse. Cependant, après avoir échappé aux tempêtes du canal de Mozambique, vous doublâtes heureusement le cap de Bonne-Espérance. Naviguant alors en plein Océan Atlantique, vous longeâtes toutes les côtes d'Afrique et vous parvîntes, sans trop d'avaries, aux îles du cap Vert et aux Iles Canaries; enfin, vous touchâtes les eaux qui baignent les côtes d'Espagne et de Portugal. De ces parages à Brest, la traversée fut encore heureuse.

« J'insiste sur tous ces points, afin que rien de ce que j'avancerai ne puisse être nié.

« Arrivé en rade de Brest, un ordre du ministre de la marine vous fit remettre à la voile pour l'Angleterre, et c'est à Portsmouth que vous pûtes débarquer. Porteur des dépêches de votre gouvernement pour le roi d'Angleterre, vous vous rendîtes à Londres. Mais, en bon tuteur, vous n'aviez pas voulu confier à des mains subalternes votre pupille, vous vous étiez refusé à le laisser à bord, et il vous accompagnait à Londres.

« Monsieur, votre séjour dans cette ville fut d'environ huit jours. Au bout de ce temps, vous reveniez à Portsmouth, vous repreniez le commandement de votre navire et vous passiez en France. Arrivé à Brest, vous quittâtes enfin le bord pour vous rendre à Paris; mais vous n'aviez plus avec vous l'enfant dont vous aviez accepté, dans les Indes, la tutelle sacrée.

« Qu'était devenu cet enfant? Nous le saurons plus tard. Que devint son or, sa fortune, toute sa fortune? Nous allons vous le laisser deviner.

« De retour en France, il vous prit un grand désir de ne plus quitter la patrie; vous aviez déjà pardevers vous de bons et loyaux services militaires; votre grade n'était pas élevé; mais enfin il suffisait à un homme d'une ambition modeste et qui veut se retirer au manoir de ses pères. Le ministre de la marine reçut et accepta votre démission. Quelques mois après, vous voyagiez dans le midi de la France; enfin vous passiez en Espagne pour satisfaire au désir que vous éprouviez de visiter l'intérieur de ce beau royaume, dont vous ne connaissiez que les côtes. Là, monsieur, on vous perd de vue pendant six mois.

« Rentré en France, vous rameniez avec vous une charmante Castillane, qui était devenue à Burgos même votre épouse légitime. Ce mariage comblait de joie votre famille. C'était, disait-on, un très-beau et très-riche mariage. En effet, bientôt après, vous achetiez de grandes terres, des bois et châteaux; votre train de maison était celui d'un grand seigneur.

« Au bout de deux ans de mariage, vous eûtes un fils; mais sa naissance coûta la vie à sa mère. Toutes vos affections se concentrèrent sur la tête de cet enfant, votre seul héritier. Vous confiâtes les soins de sa première éducation à une femme de haut mérite, à une grande dame, votre parente, et qui voulut bien lui tenir lieu de mère. L'enfant, élevé dans un noble château de province, était destiné, dans vos rêves d'ambition paternelle, à une haute position.

« Trois ans de votre vie se passent dans la retraite et les plus graves travaux intellectuels. Un jour, vous partez sans faire connaître le but de votre voyage. Rassuré sur le présent et l'avenir de votre enfant, il vous est permis de rester longtemps éloigné. Vous suivre, monsieur, serait difficile; les sentiers de votre vie deviennent très-mystérieux... Au bout d'un certain temps, on vous perd de vue; vous avez disparu du monde à peu près comme un hardi navigateur qui se serait aventuré, dans l'immensité de l'Océan, sur une frêle embarcation.

« Deux ans après votre disparition, on apprend dans votre famille la nouvelle de votre mort. Cette nouvelle arrive d'Espagne; elle est donnée par un moine, un don Pedro de Hénarès, recteur d'une communauté dans les montagnes de l'Estramadure.

« Voilà votre fils possesseur, et encore en bas âge, de vos titres et de votre fortune entière. Si nous comptons bien, nous trouvons qu'il s'est écoulé sept ans depuis votre mariage jusqu'à la nouvelle de votre mort, et que votre fils unique, à l'époque de cette nouvelle, vient d'atteindre sa cinquième année. »

Après cinq minutes de silence, Raoul de Montaran se leva et alla de nouveau se placer devant la cheminée, le dos appuyé contre le marbre et les bras croisés. Il reprit ainsi :

— Monsieur, dans un certain monde, le monde futile et vaniteux, les morts sont bien vite oubliés. On rendit à votre mémoire les honneurs dus à un homme de qualité, et, huit jours après, on ne parlait plus de vous.

« Ici commence pour vous une vie mystérieuse, mais active, infatigable. Vous sortez de votre tombeau, vous secouez votre linceul, vous dépouillez le vieil homme, et une incroyable vitalité se saisit de vous; vous changez de nom, de goûts, de passions, d'affections, de costume, d'habitudes, de régime, de tout ce qui appartenait à cet autre vous-même, qui s'est transformé dans ce nouveau vous-même. Vos idées, vos principes, vos croyances, tout subit la loi inexorable de la rénovation par la mort. Vous vous étiez couché dans le tombeau homme du monde, brillant gentilhomme; vous en sortez revêtu d'un habit religieux... »

A ces mots, M. Prior se leva tout d'une pièce, et son visage jaune se colora tout à coup : la surprise, la colère, la terreur l'agitaient à la fois.

— Veuillez vous asseoir, monsieur, reprit Montaran; j'arrive à la fin du récit. Travaux de cloître, études, écrits, prédications, voyages, missions, négociations diplomatiques et occultes, vous acceptez tout, vous tenez tête à tout et vous réussissez en tout avec un incroyable bonheur; votre dévouement est sans bornes; votre famille, désormais votre patrie, c'est la compagnie dont vous êtes devenu un des membres les plus eminents. Poursuivons.

« Cinq ans se sont écoulés; vous arrivez en France et vous vous rendez, sous le nom que vous portez aujourd'hui, au château de votre noble parente; votre fils, âgé de dix ans, ne vous reconnaît pas; un vieux domestique croit revoir en vous son ancien maître. D'accord avec votre parente, grande dame et digne femme du reste, vous êtes reçu dans sa maison à titre d'ami; mais votre ascendant, votre influence magnétique se font sentir à tous, étonnent et subjuguent; cependant, après avoir réglé secrètement quelques affaires avec la tutrice de votre fils, après avoir pourvu ce fils d'un gouverneur que vous croyez digne de toute votre confiance, vous partez. A Paris, ou plutôt à la cour, vous obtenez, à beaux deniers comptants, un grade militaire magnifique pour l'enfant de grand nom et de grande fortune resté sous la tutelle de votre noble parente. Votre ambition satisfaite au sujet de l'avenir de votre seul héritier, vous retournez en Espagne. Là, pendant cinq ans encore, on est forcé de vous perdre de vue. Le secret de la vie du cloître, vous l'apportiez dans la vie du monde.

« Votre fils était à peine âgé de quinze ans, que vous découvrîtes pour lui un parti magnifique dans le fond d'une province espagnole. La jeune fille que vous aviez en vue n'était encore qu'une enfant de dix à douze ans; mais votre œil exercé avait déjà reconnu en elle les plus éminentes qualités morales, de même qu'il avait été frappé du type adorable de sa beauté. Vous eûtes bientôt noué des relations entre la famille de cette enfant et votre noble parente de France, la tutrice de votre fils. Mais le roi d'Espagne s'était réservé le choix d'un époux pour la jeune fille dont il est question, et le père avait été l'ami de Sa Majesté catholique. Vous apprîtes cela, et dès lors vous regardâtes le procès comme gagné, car vous-même, monsieur, vous étiez devenu de l'intimité du roi d'Espagne. Donc le mariage projeté fut arrangé pour l'avenir, irrévocablement arrêté entre deux nobles familles et sanctionné par une royale approbation.

« Votre fils venait d'atteindre sa vingt-deuxième année; vous vous rendîtes en France, toujours sous le nom que vous portez encore aujourd'hui. Monsieur, quelle amère déception vous y attendait! L'enfant sur qui reposaient tant d'espérances, le seul héritier de votre immense fortune à laquelle vous aviez renoncé déjà pour lui dès votre vivant, celui qui devait porter avec éclat le nom et les titres dont vous l'aviez revêtu dès sa première jeunesse, en vous condamnant à descendre volontairement dans la tombe, eh bien! vous le retrouviez... Mais pourquoi rappeler ici les ridicules, les pauvres qualités, les tristes résultats, enfin, d'une éducation faussée? Non, non, ce n'est pas dans le salon où nous sommes qu'il convient de faire de la censure ou de la raillerie contre votre fils, monsieur. »

Comme s'il lui savait gré de sa retenue, M. Prior s'inclina pour saluer Montaran; celui-ci poursuivit :

— Le drame et le roman continuent, et vous les savez tout aussi bien que moi. Votre fils est enlevé par une danseuse, une fille charmante de l'Opéra, au moment d'aller prendre possession de son régiment. Quant à la femme que vous lui destiniez, elle crut devoir se soustraire à un mariage odieux, et, comme elle était en France, elle regagna l'Espagne sa patrie. Je vous ai dit, monsieur, qui l'avait accompagnée et protégée dans ce voyage. Maintenant, il reste à nous résumer et à mettre les noms sur les visages.

M. Prior aurait voulu qu'un abîme s'entr'ouvrît et que toute la maison fût engloutie. Il serrait les dents, regardait le foyer avec obstination, et ses mains se crispaient.

— Allons, allons, reprit Montaran, il faut écouter avec calme jusqu'au bout. D'ailleurs, monsieur, vous ne manquez ni d'audace ni de résignation; on peut tout vous dire, parce que vous êtes assez fort pour tout entendre.

— Non! s'écria tout à coup Prior en se levant, je ne souffrirai pas plus longtemps vos outrages, et, dussiez-vous me brûler la cervelle, je vais appeler du secours. Vous me calomniez, monsieur... On vous a raconté sur mon compte une fable absurde...

— Oui-dà! reprit Raoul de Montaran en portant la main gauche à son bras droit. Vous avez donc bien peu de mémoire? Vous avez sans doute oublié la couronne tatouée que je porte là, sur l'avant-bras? Cependant je crois qu'elle vous fit pâlir à Montorgueil, quand le bouton de votre fleuret déchira ma chemise dans l'action d'un assaut d'armes. Eh bien! monsieur le marquis de Montorgueil, ancien lieutenant de frégate, il fallait au moins me faire couper le bras avant de m'abandonner en Angleterre, à l'âge de quatre ans, entre les mains d'une femme atroce, qui, probablement, vous avait assuré de mon peu de longévité; il fallait au moins me fouiller et chercher à m'enlever une relique qui toujours reposait sur mon cœur, une médaille portant en caractères indous le nom de mon père, celui de ma mère et la date de la médaille que j'ai toujours cachée par un instinct divin, providentiel, et j'ignorerais aujourd'hui qui je suis et d'où je viens. Il fallait également veiller à ce que jamais il ne me fût possible de rencontrer des officiers de marine, français ou anglais, qui, vous ayant connu dans les Indes, pouvaient me faire de graves révélations.

—Monsieur, s'écria Prior, cette médaille, en prouvant votre nom et votre naissance, prouve-t-elle le crime dont vous m'accusez? Et, quant à un tatouage héraldique, est-ce que chacun n'est pas libre de se faire tatouer le bras?

— Monsieur, dit Montaran d'un son de voix terrifiant, au moyen de cette médaille et de ce tatouage princier, j'ai été aux recherches, je suis remonté jusqu'aux sources de la vérité... Et cette vérité sur vous, monsieur, sur votre crime et votre infamie, je la tiens aujourd'hui, palpable, authentique, matérielle. Je puis la produire au grand jour, la montrer au roi et à la France; vous faire arrêter, juger et condamner. Savez-vous à quoi, marquis de Montorgueil, savez-vous à quelle peine je puis vous faire condamner, vous, grand-inquisiteur du saint-office, agent secret de l'Espagne, vous, *monseigneur?*... A ramer jusqu'à la fin de vos jours sur les galères du roi de France! Monsieur Prior, ajouta le capitaine, les positions viennent de changer. Si j'avais tenu hier les papiers qui m'ont été remis aujourd'hui, je ne me serais pas donné la peine de me cacher; je me serais laissé prendre par vous, et vingt-quatre heures après, vous m'auriez remplacé au cachot. Aujourd'hui je ne vous crains plus; vous pouvez vous déchaîner à loisir sur mon compte, vous pouvez mentir, calomnier, m'accuser d'avoir vendu mon épée à l'Angleterre et me dénoncer secrètement comme traître et déserteur; vous pouvez faire tout cela, je vous y autorise pleinement. Hier encore vous n'aviez qu'un but de vengeance en voulant me perdre; vous ne cherchiez qu'à m'enlever la divine femme que vous destiniez à votre fils. Mais aujourd'hui vous avez deux raisons terribles de me haïr et de chercher à me tuer : je suis le rival de votre fils et je suis cet enfant, né aux Indes, dont vous aviez accepté la tutelle, dont vous avez volé la fortune, et que vous avez lâchement abandonné en Angleterre, à une femme vendue au crime et qui vous avait promis... ma mort! Marquis de Montorgueil, il y va de votre honneur et de votre tête : je reprends mon nom véritable, rendez-moi ma fortune....

— Monsieur! s'écria Prior en reculant épouvanté, voulez vous m'assassiner?

— Rassurez-vous, dit Montaran, je ne vous tuerai pas pour de l'argent... et si un jour je vous loge dans la tête une balle de plomb, ce sera sur le terrain, en face de quatre témoins et pour vous punir d'avoir outragé mon honneur. Aujourd'hui, il s'agit entre nous d'autre chose, et bien que tout ici m'appartienne, bien que les quatre millions de votre fils soient à moi, de même que le grade que vous lui avez acheté; bien que ces quatre millions depuis vingt ans aient doublé, allez, monsieur de Montorgueil, il ne sera pas question de cela aujourd'hui. J'ai des armes, vous n'en avez pas; nous sommes seuls, je puis vous tuer... C'est précisément ce qui vous sauve. Mais écrivez ici vingt lignes sous ma dictée, et que vous signerez de vos noms, prénoms, titres et qualités. Vous allez, premièrement, rétracter les accusations calomnieuses portées par vous contre moi; secondement, vous allez déclarer que vous rendez aux tuteurs de mademoiselle de Fontarabie et au roi d'Espagne la parole qu'ils vous ont donnée au sujet du mariage de Dolorès avec le colonel Pompée de Montorgueil. Cela étant écrit et signé, je vous ouvrirai moi-même la porte, et vous pourrez aller respirer librement le grand air dont vous paraissez avoir un besoin indispensable. Allons! monsieur, un peu de complaisance.

— Monsieur le capitaine, dit Prior, et la question de fortune?...

— C'est une question secondaire, répondit Montaran, une question d'argent, et qui passe à mes yeux après bien d'autres. Je ne suis pas un maltotier, monsieur, ni un traitant, ni un fournisseur d'armée, ni un commis aux gabelles.

— Alors, monsieur le capitaine, vous renoncez?...

— Je ne renonce à rien, monsieur, reprit Montaran impatienté. Seulement je mettrai dans ma conduite et mes réclamations tels ménagements qui me seront dictés par mes sentiments et votre propre conduite.

Il y avait dans l'angle du salon une fort jolie table en laque du japon et portée par quatre pieds dorés, toute mignonne et brodée de fines efflorescences. Sur cette table se trouvaient les papiers blancs et roses les plus parfumés, un encrier en argent massif et de fort belles plumes taillées et vierges. (Le colonel Pompée écrivait peu.). Le capitaine porta lui-même cette table près de la cheminée, et là, il invita M. Prior à écrire sous sa dictée, ce que celui-ci finit par accorder, non sans avoir encore tourné et retourné plus d'un projet échappatoire dans son astucieuse cervelle.

Montaran, muni des deux pièces importantes, signées, paraphées et datées, qu'il voulait avoir, salua M. Prior avec une politesse accablante, et, mettant la main sur le bouton de la porte :

— Allez! monsieur, lui dit-il, je vous remercie de votre visite, car en vérité je suis ici un peu chez moi. Je venais offrir mes services au colonel; je l'attendais. Dans tous les cas, il ignorera notre entretien. Je vous conseille seulement d'user de votre crédit, dès demain matin de bonne heure, pour que Sa Majesté daigne remettre à plus tard, un ou deux mois, par exemple, la prestation de serment et la présentation aux gardes-françaises. Le colonel Pompée peut gagner beaucoup d'ici là avec de bons instructeurs... et une institutrice du mérite de celle dont il prend les leçons en ce moment. Adieu! mon bon monsieur Prior.

Il ouvrit la porte dorée. M. Prior passa en lui adressant un grand salut, se hâta de descendre l'escalier et de regagner sa voiture.

Quand Montaran fut seul, le valet de chambre vint l'avertir que le souper l'attendait depuis un quart d'heure.

— Ah! par Dieu! cela est vrai, dit le noble capitaine, mon souper!

Et se dirigeant vers l'élégante salle à manger, il s'assit devant une table admirablement servie, ayant derrière lui deux laquais en grande livrée, et il se mit à manger et à boire aussi gaiement que s'il rentrait du bal, et que s'il se trouvait chez lui, maître et suzerain de deux cent mille livres de rente.

— Soupons! disait-il en lui-même, soupons au milieu de nos quatre millions!

LA MANŒUVRE.

Huit heures du matin sonnaient à la grande horloge du château royal, lorque le capitaine Montaran, qui avait passé la nuit chez le colonel, s'éveilla à un bruit de tambour. Raoul avait vainement attendu sur une de ces chaises longues, dites *à la duchesse*, le colonel Pompée. Son anxiété fut grande, lorsqu'il entendit les roulements du tambour et qu'il apprit que le maître du logis n'avait pas reparu; il ne pouvait comprendre une si coupable indifférence pour ce qu'il regardait, lui, comme un point d'honneur; il accusait Rosemonde, car on lui avait raconté la visite de cette jeune houris.

— Si je la connaissais moins bien, se disait-il en lui-même, je la croirais folle de cette poupée titrée au point de lui faire manquer à tout ce qu'il y a de plus sacré pour un chef de corps. Comment! ne pas être à son poste au moment d'aller jurer fidélité au roi et d'être présenté au drapeau! Ah! Rosemonde, vous perdez dans mon esprit.

Une idée rassurait cependant un peu Raoul. Peut-être M. Prior avait-il profité du conseil qu'il lui avait donné la veille, et peut-être avait-il obtenu du roi un ajournement. Ce Prior était si puissant, si astucieux, si habile! et d'ailleurs il était le premier intéressé à ce que Pompée ne se couvrît pas de ridicule aux yeux des gardes-françaises et de la cour.

Montaran engagea le valet de chambre à se rendre à la caserne des gardes pour demander quelques renseignements sur l'ordre du jour. Cet homme, qui aimait son maître, céda à ce conseil, et un quart d'heure après, il venait annoncer au capitaine que rien n'avait été changé depuis la veille et que le régiment devait aller se mettre en bataille à midi précis, sur la place d'armes. Il ajouta qu'une assez vive fermentation se manifestait parmi les gardes.

— Vraiment, dit Montaran, qui prenait du café.

Et une joie involontaire passa sur son front; il se rappelait ces beaux jours de grande parade et de manœuvres, ces jours de fêtes militaires où tant d'animation rayonnait dès le grand matin sur tous les visages de ses braves gardes-françaises.

— Ah! disait-il au valet de chambre, il faut les voir, surtout la veille et le matin d'une bataille; c'est à en mourir de bonheur. Qu'ils sont beaux, ces petits anges-là, avec leur taille de cinq pieds six pouces, équipés comme des princes : grand habit à revers rouges et galonnés d'argent aux boutonnières, chapeau sur l'oreille, catogan bien poudré et ficelé, ceinturon ciré, taille bien prise, guêtres bien tendues; il faut les voir, les petits anges, armés de leurs beaux fusils d'ordonnance, brillants comme des bijoux, lourds comme des pièces de canon, et que ces charmants amours manient comme des cannes de jonc. Il faut les voir allant se placer dans les rangs si gracieusement, avec tant d'ordre, de coup d'œil et d'intelligence, qu'un officier n'a jamais rien à faire pour les aligner; car, en vérité, tous ces ventres sont si bien rentrés, toutes ces poitrines sont si parfaitement de profil les unes avec les autres, que l'on pourrait tirer une balle du premier au dernier, à fleur de ceinturon, sans toucher personne. Ah! les jolis amours! les petits séraphins. Ah! messieurs les Anglais, ils vous ont dit quatre mots enchanteurs à Fontenoi!

Le valet de chambre souriait en avouant que jamais son maître ne s'était épris d'un pareil enthousiasme. Cependant l'heure approchait; il fallait renoncer à tout espoir. Décidément, le colonel Pompée, en manquant à son poste, se déshonorait. Eh! qu'importait au capitaine que le marquis fût plus ou moins préparé à se retirer d'affaire dans le commandement d'une manœuvre? A ses yeux, ou il fallait d'avance obtenir un ajournement sous un prétexte quelconque, ou il fallait être là et tenir tête à la disgrâce qui l'attendait.

Cependant onze heures sonnaient et on entendait déjà les roulements formidables qui annonçaient que les gardes-françaises, ayant pris les armes, allaient se mettre en marche. A onze heures et demie, les battements définitifs retentirent, et Raoul, placé à un des balcons de l'hôtel, distingua même la voix d'un officier supérieur. L'*en avant marche!* était prononcé. Les tambours battaient le pas accéléré; toute la colonne s'ébranlait dans la grande cour de la caserne pour gagner la place d'Armes.

Oh! que le cœur du capitaine Raoul s'enflammait d'enthousiasme et d'indignation! il était à une des grandes fenêtres donnant sur la rue par laquelle devait défiler le régiment. Il eut soin de tirer un peu le rideau sur la vitre, en laissant un étroit intervalle. Il voulait voir sans être vu.

Les sapeurs ouvraient la marche, la hache nue sur l'épaule. A dix pas de là, comme un géant empanaché et tout brodé d'argent, la canne haute, la main gauche sur la hanche, s'avançait le brillant tambour-major, l'homme de France le plus fier de ses épaules et de sa jambe. Il était suivi des élégants tambours des gardes, chamarrés de galons d'argent sur toutes les coutures et battant la caisse avec un admirable ensemble. M. le major à cheval marchait en tête de la colonne dont il avait pris le commandement; enfin, les beaux grenadiers défilèrent par peloton de seize hommes de front, ayant à leurs flancs sergents et guidons. Ce fut alors que le capitaine distingua dans les rangs de sa compagnie, et parmi tous ces visages qu'il reconnaissait bien, son bon sergent, M. de la Rose lui-même, en grande tenue, portant l'arme à droite, et marchant d'une allure si fière, d'un pas si choisi (jarret tendu, pointe basse), que toute admiration lui était due. Raoul eût donné vingt-cinq louis dans ce moment-là pour être aperçu du seul sergent. Soit hasard, soit sympathie secrète, affinité mystérieuse, M. de La Rose éleva le regard jusqu'à la fenêtre derrière la vitre de laquelle se collait le visage de M. de Montaran, et il reconnut parfaitement l'excellent capitaine. Le sergent était homme de trop de cœur et de prudence pour laisser deviner une émotion qui eût trahi l'incognito de Raoul; seulement, comme pour lui adresser un hommage de respect et d'amitié, M. de La Rose, qui portait son fusil *à volonté*, le mit un instant au port d'armes, rendant ainsi un salut militaire à l'officier qu'il honorait le plus dans l'armée. Raoul, attendri, reconnaissant, fit un signe de la main et se retira. Mais il vit venir le drapeau... ce drapeau de France, tout fleurdelisé, portant une cravate étincelante d'or et brodée sans doute par les mains de quelque belle duchesse; il se remit à la vitre et salua le drapeau de Fontenoi.

Il était prudent de ne pas rester plus longtemps à cette fenêtre. Le capitaine rentra dans le grand salon. Le premier objet qui frappa sa vue fut l'habit militaire du colonel, resté sur le canapé depuis la veille. L'épée et le chapeau gisaient à côté de l'habit. Montaran s'approcha de ces insignes, et, croisant les bras, il les contempla en silence. Les tambours battaient toujours au loin, et annonçaient que les gardes-françaises prenaient leur position sur la place d'armes.

Un homme attaché au service de la maison, et qui revenait du château royal, annonça que le roi et M. le dauphin étaient montés à cheval; qu'ils faisaient une promenade dans le parc, et qu'en revenant, ils traverseraient la place et les cours pour rentrer chez eux. Cet homme ajouta que l'on racontait au château que le roi avait ajourné le serment du colonel de Montorgueil, mais qu'il tenait à voir manœuvrer les gardes-françaises; qu'il avait promis ce spectacle militaire à certaines personnes ayant ses affections, et qu'il voulait des manœuvres commandées n'importe par qui.

— N'importe par qui? dit en lui-même le capitaine en jetant toujours un œil ardent sur l'habit de colonel.

Il appela le valet de chambre, et le prenant à part:

— Mon ami, lui dit-il, vous avez confiance en moi, n'est-ce pas?

— Toute confiance, monsieur le capitaine.

— Vous savez que je ne suis pas l'ennemi du marquis, votre maître?

— Je vous crois, monsieur, un de ses amis sincères.

— Eh bien! reprit Montaran, je veux aujourd'hui lui prouver de l'attachement en lui conservant les bonnes grâces du roi. Hâtez-vous, mon ami, dites aux palefreniers de seller et brider le cheval de *bataille* du colonel Pompée de Montorgueil. Je prends tout sur moi.

— Je ne comprends pas trop ce que vous allez faire, monsieur le capitaine.

— Mon ami, dit Montaran, il est des occasions où il faut tout hasarder. Quelque chose me dit là (il montrait son front) que je dois agir ainsi... Allez!

Cet homme sortit pour obéir aux ordres de Montaran.

— Vrai Dieu! dit celui-ci en s'enfermant dans le salon; Sa Majesté sera contente de ses gardes-françaises.

Et il sauta sur l'épée et l'habit du colonel Pompée, et il les examina avec un enthousiasme qui tenait du délire; puis, quittant ses vêtements, il passa la culotte blanche, les bottes éperonnées et la veste militaire.

C'est providentiel, disait-il en s'habillant, le tout me va comme si tout était fait pour moi. Nous sommes de la même taille, à ce qu'il paraît.

Il prit l'habit chargé de grosses épaulettes, et il le passa hardiment. Se plaçant ensuite devant une glace, il boutonna le bel uniforme. Restait l'épée.

— A moi, reprit Montaran, à moi la belle et bonne lame!

Et il accrocha l'agrafe du ceinturon qui lui ceignait la taille admirablement. Sentant alors le poids de l'épée à son côté, il se prit d'une joie éclatante, allant d'une glace à l'autre, et se mirant avec un orgueil qui tenait de l'enfantillage et de l'héroïsme. Pour la première fois de sa vie Montaran cédait à un sentiment de vanité ambitieuse; oui, mais d'une vanité chevaleresque, élevée, sublime dans son délire.

Les roulements des tambours devenaient plus pressés; le roi sans doute approchait. Se coiffant alors du chapeau aux cornes galonnées d'or et garnies de plumes blanches à l'intérieur, le capitaine se lança hors du salon, traversa comme un fou les antichambres, sauta quatre par quatre les marches du grand escalier, et, arrivé dans la cour, s'avança avec plus de calme et de dignité vers le beau cheval de guerre, frémissant sous un harnais de velours écarlate et d'or. Deux palefreniers tenaient le cheval, le valet de chambre était là.

— Bien! mes amis, dit le capitaine; je vais soutenir l'honneur des épaulettes du colonel.

Il s'élança à cheval, comme il aurait fait un jour de bataille; et, rassemblant les rênes, se mettant en selle, rapprochant les talons, il partit au galop dans la direction de la place d'Armes, laissant, dans la cour et dans les rues, les gens du marquis immobiles d'étonnement.

Trois minutes après, on entendit des cris, des *vivat* s'élever du côté de la grande plate-forme devant les grilles dorées du château. Les gardes-françaises voyaient s'avancer, d'un côté, le roi de France à cheval, entouré de son brillant état-major, de princes et de maréchaux; et de l'autre côté, ils reconnaissaient, sans trop distinguer son visage encore, le jeune colonel qui venait les commander. Leur prévention, habilement ménagée par quelques sous-officiers, céda au premier mouvement de joie. Ils saluèrent le colonel d'un *vivat* unanime.

Le roi arrivait en même temps, ayant à sa droite M. le dauphin, à sa gauche le prince de Soubise, et autour de lui MM. les capitaines des gardes du corps, MM. les lieutenants-généraux. Le roi, reconnaissable à sa belle figure, à l'éclat de son habit, à son large cordon bleu, et surtout à sa bonne mine à cheval, le roi de France salua les gardes, et alla se placer sur le point culminant du terrain, s'adossant à la grande grille et faisant face au front de bandière.

Le colonel à cheval passa devant Sa Majesté, ôta son chapeau et courut au galop prendre position devant la ligne, seul, au centre du champ de manœuvre. Alors, tirant l'épée et jetant un premier *garde à vous!* d'une voix éclatante, il commença, par des commandements admirablement gradués, à faire mouvoir ces grandes compagnies qui manœuvraient comme un seul homme.

Nous n'entreprendrons pas de décrire les savantes et hardies évolutions qui, à la voix du colonel, s'opéraient sur le champ de bataille. Tout ce que la stratégie a de plus surprenant et de plus élevé fut réalisé avec un incroyable bonheur. Jamais les gardes-françaises n'avaient donné au roi un plus beau spectacle de précision, de tenue, d'ordre et de grandeur; jamais Louis XV n'avait pu mieux juger que ce jour-là tout ce que valaient ces belles troupes d'élite dont la discipline, l'instruction, l'intelligence, le courage faisaient les premiers soldats du monde.

Le temps était magnifique, les armes étincelaient au soleil, les visages étaient fiers et heureux; pas une fausse manœuvre, pas une intention perdue, pas la moindre hésitation. La parade fut trouvée admirable dans tout son ensemble et tous ses détails : le roi était enchanté... mais il se perdait en conjectures.

En effet, le matin même, cédant à deux lettres de supplications, il avait ajourné l'installation du nouveau colonel (qu'il connaissait fort bien, grâce à l'incognito de M. de Choisy) comme n'étant pas encore de force à soutenir l'honneur de son grade et à répondre à la confiance royale; et voilà cependant qu'après avoir tenu à passer en revue les gardes-françaises, privées encore de leur chef de corps, Louis XV les voyait tout à coup manœuvrer avec une supériorité sans exemple aux commandements de ce même colonel dont on lui avait tracé un portrait si peu rassurant.

— Evidemment, se disait en lui-même le bon prince, la Champ-Fleury a voulu me jouer une surprise, ce dont je la remercierai en temps et lieu; et quant à M. Prior, ce n'est qu'un fat à qui je donnerai sur les doigts.

Après ces réflexions très-graves, faites au milieu de son illustre cortége, mais *in petto*, le roi poussa son cheval en avant, et suivi des siens, il voulut passer dans les rangs des gardes-françaises. Le colonel fut mandé pour recevoir les compliments de Sa Majesté. Il s'approcha du roi le chapeau à la main. Louis XV connaissait Pompée, il ne remit pas précisément le visage du colonel; mais comme les rayons du soleil dardaient sur le cortége de tout leur éclat, Sa Majesté n'eut pas le temps de vérifier ses doutes, et elle mit sur le compte de l'éblouissante lumière du soleil l'illusion de ses yeux. Ajoutons que Montaran, en se plaçant à côté du roi et marchant avec lui dans les rangs, avait soin d'animer son cheval, ce qui lui donnait l'occasion de ne jamais montrer son visage que d'une manière évasive.

— Monsieur le colonel, lui dit le roi, je suis très-content de vous et des gardes-françaises. Voilà qui s'appelle manœuvrer admirablement.

Si, parmi les gardes, bien des gens avaient reconnu le capitaine, il va sans dire que pas un seul n'avait trahi son dangereux déguisement. Un incident fâcheux survint : dès que Louis XV à cheval fut entré dans les rangs pour les parcourir, les cris de *vive le roi! vive le dauphin!* retentirent sur toutes les lignes; mais, à ces cris d'amour et de joie, d'autres étaient mêlés :

— Le capitaine Montaran! s'écriaient des gardes.

— Sire, rendez-nous le capitaine!

— Le capitaine, sire, le capitaine Montaran!

Et, quand le roi se trouva au milieu de la compagnie commandée ordinairement par Raoul, la fermentation et le tumulte prirent un caractère tellement hostile que Louis XV, s'adressant au prince de Soubise :

— Monsieur le maréchal, dit-il, ceci me déplaît. Faites arrêter les mutins!

Les cris redoublèrent et la confusion gagnait les rangs, car les ordres du roi avaient été entendus et provoquaient un sérieux mécontentement.

— Monsieur le colonel, dit Louis XV en se tournant brusquement vers Raoul, que veut dire ceci?... Quel est donc ce capitaine Montaran?

— Sire, dit un sergent qui avait entendu ces paroles et qui s'était avancé, c'est l'honneur des gardes-françaises! Nous demandons à Votre Majesté de nous rendre le capitaine, parce qu'on l'a calomnié et qu'on veut le flétrir... Sire, le capitaine!

Et tous les gardes de répéter alors d'une voix formidable :

— Nous voulons le capitaine Montaran!

Cette scène prenait tout le caractère d'une révolte. Raoul vit qu'il était temps de mettre un terme à cette déplorable insubordination qui gâtait une si belle journée. Il fit signe à La Rose d'approcher, car c'était bien le sergent qui avait adressé la parole au roi.

— Sergent, dit-il, prenez mon cheval et l'emmenez hors des rangs.

Mettant alors pied à terre et prenant son épée nue par la pointe :

— Sire, dit-il en s'approchant du roi, je blâme hautement la conduite des gardes; mais je ne veux pas les exposer plus longtemps à la juste colère de Votre Majesté. Je suis le coupable et le seul coupable... Voici mon épée.

Raoul avait le chapeau à la main. Le roi voyant son visage en face, ne reconnut pas le colonel Pompée et demeura convaincu qu'on l'avait joué. Son premier mouvement fut du dépit. Il prit l'épée, et la remettant au capitaine des gardes du corps :

— Monsieur, dit-il, qu'on arrête cet officier! Demandez-lui son nom, ajouta Louis XV avec vivacité.

— Sire, répondit à haut voix Raoul, je suis le capitaine Montaran.

Cette parole, prononcée d'une voix éclatante, fut entendue des rangs les plus voisins et se communiqua sur toute la ligne avec la rapidité de l'écho. Alors le tumulte devint effrayant : un immense pêle-mêle succéda au plus bel ordre, à la plus admirable harmonie. Les gardes, comme enivrés par la colère et la joie, entourent et enlèvent le capitaine qui est porté en triomphe dans les rangs. Toutes les compagnies s'ébranlent, et, dans un *hourrah* unanime, se mettent à la suite du vainqueur, et elles gagnent avec lui la

Et courut au galop prendre position devant la ligne.—Page 79, col. 1re.

caserne, jetant des cris effroyables comme si elles prenaient d'assaut la ville de Versailles.

Le roi, outré de colère, partit au galop dans la direction du château, suivi de tous les grands seigneurs qui composaient son état-major.

Le soir même de cette journée, une voiture bien fermée et escortée d'un piquet de cavalerie traversait la ville de Versailles et se dirigeait vers la grande avenue de Paris. Le clair de lune était magnifique; on pouvait distinguer l'uniforme des cavaliers de l'escorte : ils appartenaient à la maréchaussée de France. Plusieurs exempts de M. le lieutenant criminel les suivaient. La voiture renfermait deux prisonniers. Trois heures après la scène de la révolte, le capitaine Montaran et le sergent La Rose, après avoir fait l'impossible pour ramener les gardes-françaises à la discipline, étaient allés se rendre de leur propre mouvement au commandant de Versailles, et quelques heures après, ayant subi un premier interrogatoire, ils étaient dirigés sur Paris pour être écroués à la Bastille.

Un homme, enveloppé d'un manteau, se trouvait dans la contre-allée au moment où le triste cortége passait sur la chaussée de l'avenue de Paris : il distingua, au clair de lune, le capitaine qui mettait en ce moment la tête à la portière, et il se prit à rire avec un tel éclat que les exempts les plus rapprochés lui imposèrent silence.

## LE PETIT SALON DE MADEMOISELLE DE CHAMP-FLEURY.

La rue de la Chaussée-d'Antin, à l'époque dont il est question dans ce livre, était loin de ressembler à ce qu'elle est de nos jours et même à ce qu'elle était il y a quarante ans. Comme tout quartier à sa naissance, ce que l'on nommait alors la *Chaussée*, à laquelle le duc d'Antin avait donné son nom, était un vaste terrain entrecoupé de jardins, de prairies et de massifs de bois. La partie comprise entre le village de Clichy et celui des Porcherons était surtout parfaitement insalubre encore par le voisinage d'un marais autour duquel, cependant, se dressaient quelques maisons chétives et assez mal famées.

Ces terrains vagues, ces prairies marécageuses étaient coupés par un cours d'eau appelé le *ruisseau de Ménilmontant*, et sur lequel était jeté un pont très-vieux et d'une seule arche, sans garde-fou. Il n'était pas sans péril de passer par là à une certaine heure de la nuit. Les villages de Clichy et des Porcherons, situés aux deux extrémités du vaste terrain, étaient le rendez-vous des ivrognes et de beaucoup de filles pour qui la débauche *extrà-muros* avait beaucoup de charmes. Mais c'était là le vilain côté du quartier. Comme toute principauté a ses chaumières, comme tout palais a ses échopes autour de lui, comme toute grandeur a son voisinage de misère, la rue de la Chaussée-d'Antin, qui, d'un côté, aboutissait à un marais et à de pauvres masures, commençait du côté de la porte Gaillon par une série d'élégants petits hôtels entre cour et jardins, les plus jolis hôtels du monde et nommés pour la plupart *petites maisons*, non par la raison qu'elles étaient destinées à des fous, mais peut-être bien parce qu'elles étaient souvent fréquentées par des folles.

Après cela, folles si l'on veut; nous n'avons au-

Nous demandons à Votre Majesté de nous rendre le capitaine. — Page 79, col. 2.

cune prétention au rigorisme, et nous aurions vraiment mauvaise grâce de juger sévèrement, en plein dix-neuvième siècle, ce charmant milieu du dix-huitième, dont l'esprit, la philosophie et les modes sont encore aujourdhui en grand honneur dans le monde élégant de l'Europe.

Le duc d'Antin, le duc de Richelieu, le prince de Soubise, madame de Tencin, le marquis de Cossé et le régent lui-même avaient mis très-fort à la mode la rue de la Chaussée. C'était à qui se ferait un ermitage dans ce quartier. Mademoiselle Guimard, très-peu de temps après l'époque dont nous parlons, eut son hôtel dans la plus belle partie de la rue, et elle l'habita jusqu'à la fin de sa vie, c'est-à-dire jusqu'aux premiers jours de l'Empire. Les financiers et les *traitants* ont depuis terriblement *désaristocratisé*, passez-nous l'expression, la rue des petites maisons et de la noblesse. Ils y ont transporté leur comptoir, ils y ont bâti de très-grosses maisons, sinon très-grandes, et dans lesquelles certainement ils n'ont épargné ni les dorures, ni les marbres, ni les riches ameublements. Mais la grâce, le goût, l'esprit, la galanterie exquise... Hélas! tout cela ne s'est-il pas envolé des petites maisons de la Chaussée avec les amours de Boucher, les bergers et les bergères de Watteau? Cependant hâtons-nous de tracer un cercle d'exception ; il y a dans la Chausssée-d'Antin encore telle notabilité financière, tel homme d'esprit, telle femme charmante chez qui Voltaire, Marmontel et bien des petits ducs de leur époque, iraient souper aujourd'hui avec grand plaisir.

Or, dans un élégant pavillon donnant au couchant sur un jardin, vivait un bel oiseau que nous connaissons déjà sous le nom de Rosemonde de Champ-Fleury. La charmante nymphe, aussi sage que belle, avait voulu avoir cependant sa petite maison, par esprit de contradiction peut-être, pour réhabiliter l'Opéra et la Chaussée. Au fait, pourquoi non? Il était alors, comme aujourd'hui, tant de femmes *vertueuses* qui trompaient, qu'une fille du corps de ballet pouvait bien tromper à son tour. Seulement, il faut renverser les rôles; celles-là jouaient la vertu, et celle-ci jouait la galanterie; les unes cachaient des amants sérieux; l'autre affectait de montrer des amants en espérance. Mais, encore une fois, nous ne sommes chargé de donner à personne des certificats de bonnes vie et mœurs.

Mademoiselle de Champ-Fleury avait eu le bonheur de naître avec cinquante ou soixante mille francs de rente. Elle était devenue danseuse par goût, et nul ne songeait à lui demander compte de son étrange vocation. Le dix-huitième siècle était trop spirituel pour s'étonner de rien. Aujourd'hui une jeune personne bien née et bien élevée, ayant une fort belle dot, et qui irait résolûment danser sur le théâtre de l'Opéra, passerait pour une insigne effrontée, une coquine fieffée ou une folle. Sa famille s'assemblerait, puis on obtiendrait un bon jugement d'un tribunal quelconque, et la belle émancipée serait déclarée en état d'interdiction; on lui donnerait un tuteur, un curateur, un conseil de famille, de hautes et éloquentes remontrances, et la charmante fille se verrait condamnée, avec ses cinquante mille livres de rente, à loger chez une tante, à porter la mode de l'année dernière, à marcher dans les rues en fiacre ou en omnibus, à n'aller chez personne; le tout pour avoir fait ce que Louis XIV et de très-illustres dames faisaient si gracieusement dans leur temps : avoir dansé sur des planches.

Quoi qu'il en soit, Rosemonde et, un peu avant elle, mademoiselle de Camargo, d'adorable mémoire, n'y avaient pas regardé de si près. Il est vrai qu'elles connaissaient leurs contemporains.

Le lendemain du jour de la grande revue des gardes-françaises à Versailles, vers les huit heures du soir, mademoiselle de Champ-Fleury attendait deux personnes à souper à sa petite maison de la Chaussée-d'Antin.

Un des deux convives était le colonel Pompée, qui, en quittant Versailles, était allé se réfugier dans le mystérieux logis qu'il avait occupé quelque temps auparavant, lorsque Prior, son terrible surveillant, et la police étaient à sa sa recherche. Pompée ne se fit pas attendre. Décidément, il se sentait devenir amoureux de Rosemonde, tout en ne renonçant pas, dans l'avenir, à son grand mariage, comme il disait. Il est des gens qui se croient tout permis en ce bas monde et qui se logent agréablement dans la cervelle que tout doit conspirer à leur bonheur. En général, un sot s'étonne beaucoup de la moindre contrariété, du moindre accident dans l'économie de sa félicité. Pompée fût tombé des nues si on lui eût exprimé quelques doutes au sujet de son grand mariage, et si on lui avait fait observer qu'il ne pouvait vivre dans l'intimité d'une danseuse en étant le fiancé d'une noble fille appelée mademoiselle de Fontarabie. Il est vrai qu'il était loin de se douter encore qu'elle fût à Paris, ce qui lui donnait du champ pour prendre ses ébats.

Comme Rosemonde le tenait toujours au grade d'aspirant, elle était très sans-façon avec lui. La bizarre destinée que celle d'une femme! La veille, elle a le droit de commander, et, le lendemain, elle n'a plus que celui d'obéir. Rosemonde tenait essentiellement à rester toujours à la *veille* avec le colonel Pompée et les autres.

— Vous voilà, lui dit-elle en le voyant arriver tout fourré de martre-zibeline; vous ressemblez à un roi des ours, à quelque prince moscovite qui vient manger à Paris deux ou trois villages.

— Je ne mange personne, ma belle gouvernante, si ce n'est que je voudrais dévorer le bout de vos doigts charmants.

— Merci, Pompée; asseyez-vous là près du feu; tâchez de vous dégeler, afin d'entendre la lecture d'une lettre que j'ai reçue ce matin de Versailles.

Le marquis Pompée sortit de ses pelisses fourrées et alla se blottir dans un bon fauteuil près de la cheminée, vis-à-vis de Rosemonde. Le salon était petit et charmant; c'était une pièce ovale avec des panneaux d'une sculpture sur bois d'un travail exquis, des portes à glaces et à fresques, tout un empyrée d'amours au plafond. Pompée, renversé dans le fauteuil, suivait des yeux le cortége joufflu qui se promenait autour des corniches du petit salon ovale, sur des cygnes et des lions parés de guirlandes de roses, lorsque Rosemonde lui lut le billet suivant :

« J'ai reçu votre lettre par Lebel, charmante petite fée, et je me suis empressé de parler au roi de tout ce qu'elle contenait. Sa Majesté me charge de vous remercier d'abord de la belle et bonne opinion que vous avez d'elle.

— Sa Majesté vous remercie, mademoiselle! exclama Pompée; mais c'est un très-grand honneur!

— C'est ce qui vous trompe, colonel, répondit Rosemonde la gouvernante; Sa Majesté n'écrirait pas cela à une dame titrée; à une reine d'opéra, c'est différent. Un roi de France peut lui dire : — Je vous remercie d'être contente de moi.

— Je ne comprends pas, dit Pompée.

— Tant pis! ajouta Rosemonde. Je poursuis : « Sa Majesté me charge encore de vous assurer qu'elle a pris en considération les hautes et excellentes raisons que vous donnez au sujet de l'éducation encore incomplète de votre élève. Puisque vous ne l'avez pas encore mis à même de commander un régiment, il est inutile qu'il prête serment de fidélité entre les mains du roi et qu'il soit présenté aux gardes-françaises; mais Sa Majesté ayant promis à quelques belles amies de leur donner le spectacle des plus fiers soldats de l'Europe à la parade, le régiment des gardes manœuvrera sur la place d'Armes. Il se trouvera assez d'officiers pour commander. Que votre joli colonel grandisse donc à l'ombre de vos *tonnelets* (1), et tâchez, charmante mignonne, qu'il ne vous fasse pas repentir un jour de l'avoir planté en si bon lieu. Quant à moi, je voudrais bien y être.... Je vous dois en particulier des remercîments pour l'invitation à souper dans votre *nid d'amour*. J'irai vous voir, ma toute belle; mais je suis si sûr de vous trouver en compagnie de l'élève, que je suis bien tenté de vous bouder.

« Adieu, sirène! enchantez, mais dévorez donc un peu. Le roi et moi nous vous baisons les mains jusqu'aux coudes.

« Comte DE CHOISY,

« Maréchal des camps aux armées de Cypris et des Amours.

« *P. S.* Mes compliments au nourrisson. »

— Comment, mademoiselle! dit Pompée en se levant avec une certaine dignité de jaloux, M. de Choisy va venir souper avec vous! mais c'est fort mal! Il se donne avec vous des airs magnifiques! J'ai grande envie de lui chercher querelle ce soir.

— Vous ferez bien, dit Rosemonde; ce serait une délicate manière de le remercier d'avoir arrangé auprès du roi votre affaire très-embarrassante d'hier.

— Il a donc du crédit, ce monsieur de Choisy. Si je n'étais parfaitement sûr de mon fait, je le prendrais pour Louis XV lui-même, qui se déguise en courtisan.

— Il est certain, dit Rosemonde, qu'il affecte des manières royales.

— Vrai! il me tarde de le voir, reprit Pompée, pour lui dire un peu de quel bois je me chauffe.

— Et moi, colonel, il me tarde beaucoup de le voir pour savoir des nouvelles de la parade où votre régiment doit avoir fait merveille.

— Pardieu! je le crois, reprit Pompée imperturbablement; j'ai de très-beaux hommes!

Un valet ouvrit la porte du salon et annonça M. le comte de Choisy.

Le comte entra avec l'aisance et la gaieté d'un grand seigneur qui se dédommage un peu de la cour. Il venait se délasser chez Rosemonde des affaires et des embarras d'un poste assez élevé, comme on sait.

(1) Sorte de paniers que portaient les femmes.

Dès qu'il aperçut Pompée, il se prit à sourire et dit à la dame du logis :

— J'en étais bien sûr, ma belle Minerve ; c'est votre égide.

— Tâchez, dit tout bas la déesse, que mon égide ne soit pas trop votre plastron ; l'enfant devient jaloux.

— Ah ! ah ! reprit M. de Choisy en pirouettant. Bonjour, monsieur le colonel, dit-il à Pompée ; je suis bien aise de vous voir.

— Il paraît, pensa Pompée, que c'est là sa phrase de prédilection. Il me reçut avec cette phrase dans le cabinet de Sa Majesté. — Monsieur le comte, dit-il, je suis votre dévoué serviteur.

— Eh bien ! mon jeune colonel, reprit M. de Choisy, j'ai à vous parler de vos gardes-françaises. Diable, c'est merveilleux. Cependant le roi compte sur vous pour les discipliner un peu... Mais nous causerons de cela plus tard.

— Mes gardes ont fait quelque sottise ! dit Pompée. Vous voyez bien, mademoiselle (reprit-il en s'adressant à Rosemonde d'un air fâché), vous voyez bien que j'ai eu grand tort de m'absenter de Versailles !

— Il est certain, répliqua M. de Choisy, que la parade se serait faite autrement, si vous l'aviez commandée, colonel.

Pompée s'inclina. Il respirait le compliment avec une certaine volupté. On est forcé de le reconnaître ici, depuis que le colonel avait vu son habit, son épée et son cheval de bataille, il prenait d'une manière effrayante l'esprit de son grade.

Le souper était servi dans une salle attenante au petit salon. On passa dans cette pièce, où deux grands dressoirs étincelaient d'argenterie. Le souper était exquis ; Rosemonde savait déjà par cœur les goûts et les faiblesses de M. de Choisy. Quant à Pompée, il mangeait trop bien encore pour savoir manger. La science de la gastronomie a cela de singulier et de merveilleux : elle ne peut être acquise que par les gens qui, par position ou par abus de la bonne chère, ne peuvent plus avoir faim !

Placée entre ses deux admirateurs, mademoiselle de Champ-Fleury les tenait en échec avec cette admirable stratégie de coquetterie qu'on ne trouvait alors que chez les dames de la cour et celles de l'Opéra. La passion de Pompée, très-exaltée, commettait des imprudences que la gouvernante était obligée de relever. La galanterie tendre et fine de M. de Choisy ne dépassait jamais la région tempérée du bon goût et de l'élégance. Il était aimable, pressant, amoureux, spirituel, gai et reconnaissant des moindres choses. Décidément, M. de Choisy avait grande envie de réussir, et il avait trop bien étudié son terrain pour faire un faux pas. M. de Choisy pouvait bien manquer sa conquête, mais du moins il était sûr de se retirer sans être battu.

La conversation, après avoir décrit toutes ses lignes courbes et brisées, revint naturellement au sujet de la veille : les gardes-françaises. M. de Choisy raconta, en homme de beaucoup de tact, tout ce qui pouvait, à la dernière parade, avoir été agréable au roi. Il mit dans l'ombre la seconde partie du tableau, l'autre face de la médaille, le revers ; puis, s'adressant à Rosemonde :

— La manœuvre, ajouta-t-il, a été commandée par un officier de grand mérite. Ne vous ai-je pas entendu prononcer son nom une ou deux fois, mademoiselle ? Il se nomme, je crois, Montaran.

— Ah ! s'écria Rosemonde, c'est un brave et digne officier ! Est-il de retour depuis longtemps, monsieur le comte ?

— Ma foi, je l'ignore, répondit M. de Choisy.

— Mon capitaine instructeur est donc revenu de Montorgueil, où il m'a attendu sans doute longtemps ? dit Pompée. C'est un digne homme et que j'estime fort. Seulement, je suis très-étonné de ne l'avoir pas aperçu parmi mes officiers, lors de la réception chez moi, il y a à peine huit jours. Monsieur de Choisy, reprit-il, je vous recommande Montaran ; dans l'occasion, parlez-en au roi. On peut en faire quelque chose...

— Comment le capitaine ne vient-il pas me voir ? dit Rosemonde avec un peu d'animation. C'est un ingrat !

— Oui-dà ! mademoiselle, reprit M. de Choisy. Il a donc sujet d'être reconnaissant, s'il est ingrat ?

— Sa reconnaissance peut se borner à un sincère retour d'amitié, monsieur le comte.

— Ah ! oui, de l'amitié, dit M. de Choisy, entre un capitaine aux gardes-françaises et une jeune reine comme vous, mademoiselle !... Ce sont deux amitiés qui brûlent bientôt sur l'autel de l'amour...

— Je suis entièrement de l'avis de M. de Choisy, répliqua Pompée. Je suis même certain que vous avez une passion assez tendre pour le Montaran... Oui, mademoiselle.

— Vous le voyez, dit le comte, la vérité sort de la bouche des...

— Et le mensonge aussi, monsieur, répliqua Rosemonde. Du reste, si j'avais jamais une passion, je serais loin de la vouloir cacher.

— C'est heureux ! dit M. de Choisy. Ainsi, supposez que vous aimiez Sa Majesté.

— Je le dirais partout majestueusement, reprit Rosemonde.

— Gardez-vous-en bien, mademoiselle, dit Pompée.

— Certainement, reprit M. de Choisy. Je lui crois une assez mauvaise conduite à Sa Majesté.

— Mais, monsieur le comte, vous devez la connaître ? reprit le naïf colonel.

— Le comte de Choisy, répliqua Rosemonde avec un malin sourire, ne s'arrête jamais trop longtemps avec les mauvaises connaissances.

M. de Choisy se mit à rire aux éclats. Il aimait quelquefois, disait-on, à être mordu.

Cependant le nègre Lily, que nous avons vu déjà, entra dans la salle à manger et vint prévenir à voix basse sa maîtresse qu'une jeune femme, vêtue d'une longue mante et portant sur le visage un demi-masque noir (un *loup*, selon l'expression d'alors), venait d'arriver à l'instant même.

Rosemonde demanda du regard à M. de Choisy la permission de sortir, ce que celui-ci accorda, en la suppliant, par un coup d'œil, de lui épargner un trop long tête-à-tête avec l'aimable colonel.

— Je reviens, dit Rosemonde. Colonel Pompée, je vous laisse en assez bonne compagnie.

Elle se leva et sortit en décrivant sur le parquet les plus jolis chassés et les glissades les plus onduleuses : mademoiselle de Champ-Fleury avait de la grâce et de l'esprit de la tête aux pieds.

En entrant dans le joli salon dont les boiseries dorées étincelaient de l'éclat de quarante bougies, Rosemonde vit une jeune femme, grande et svelte de la plus noble tournure et ayant une toilette du meilleur goût. Le *loup* de satin noir qu'elle portait sur le front, les yeux et le nez, ne déguisait point une partie de l'ovale de son visage et laissait entrevoir la bouche la plus attrayante et la plus riche en belles dents. Rosemonde était loin de soupçonner le nom du masque qui lui rendait visite à pareille heure.

— Madame, lui dit-elle avec aménité, qu'est-ce qui me vaut l'honneur de vous recevoir?

Et elle lui avançait un fauteuil sur lequel s'assit l'inconnue, laissant apercevoir le bout des pieds les plus délicats qui eussent jamais foulé un tapis. Rosemonde passait, après mademoiselle de Camargo, pour avoir le pied le plus aristocratique de Paris. Elle fut tentée d'être jalouse des perfections qu'elle découvrait dans celui-ci. L'inconnue avait une telle émotion, qu'il lui était presque impossible de dire un mot. On devinait cette émotion aux mouvements onduleux de sa mante de satin, serrée encore sur son sein.

— Madame, reprit Rosemonde, vous êtes bien émue. Serait-il arrivé quelque accident à votre *chaise* en venant dans ce quartier-ci? Il est un peu isolé... Peut-être avez-vous eu quelque fâcheuse rencontre? C'est le quartier galant et dangereux... Les petites maisons de la Chaussée sont entourées de piéges.... Dans tous les cas, la mienne est sans danger à l'intérieur.

A tout cela, l'inconnue répondait encore par des soupirs; seulement Rosemonde apercevait, à travers les deux ouvertures du *loup*, le rayonnement limpide de deux bien beaux yeux. Tout à coup, lui tendant la main, l'inconnue lui dit :

— Rosemonde, vous ne me devinez pas?..

—Ah! vous ici!... s'écria mademoiselle de Champ-Fleury en se levant et la pressant dans ses bras.

L'étreinte fut d'une vivacité charmante et cordiale. L'inconnue ôta son demi-masque, jeta en arrière le coqueluchon de sa mante de satin, et Dolorès parut aussi belle, mais un peu plus pâle qu'autrefois.

— Mon Dieu! dit Rosemonde, auriez-vous des chagrins? Je vous croyais en Espagne... On m'avait raconté vaguement votre fuite du château de Montorgueil. Je tremblais pour vous... Car, enfin, entreprendre seule un si long voyage... On dit le passage des Pyrénées si dangereux, en hiver surtout.

— Rassurez-vous, reprit Dolorès, j'ai été parfaitement protégée. Mais je m'empresse de vous parler du but de ma visite. D'abord, chère et belle Rosemonde, j'avais hâte de vous revoir... Mon cœur vous demandait depuis longtemps.

— Vous savez donc maintenant mon nom véritable? dit celle-ci. Et cette découverte, mademoiselle, n'a en rien altéré l'amitié dont vous m'honoriez?

— Que dites-vous là, mon Dieu? reprit mademoiselle de Fontarabie. Est-ce que l'amitié véritable et élevée mesure, pèse et calcule?... Je vous aimais marquise de Montplaisir... je vous retrouve *reine* ou *déesse*... Donnez-moi votre main.

Ces choses-là, dites avec tout l'abandon, toute la confiance d'un attachement aveugle, avaient un charme infini. L'accent de Dolorès était si touchant dans ce moment-là!

— Voyons, ma belle amie, dit Rosemonde, quelle affaire vous amène? car je vois bien que vous avez un gros secret qui vous oppresse.

— Oui, reprit Dolorès, hâtons-nous; vous avez du monde, je crois... Je suis importune...

— Jamais, Dolorès, jamais! J'ai deux amis à souper... L'un est mon élève... Vous savez...

— Grand Dieu! il est ici?... reprit Dolorès...

— L'autre est un homme... très-respectable...

— Eh bien! reprit mademoiselle de Fontarabie, apprenez tout mon chagrin, tout mon malheur... Oh! je n'oserai jamais vous dire cela.

— Je vous aiderai, répondit Rosemonde en bonne personne. Vous avez une inclination... contrariée.

— Contrariée, mon Dieu! reprit Dolorès levant au plafond ses beaux yeux humides; dites, persécutée par la haine et la calomnie...

— Voilà qui est sérieux, Dolorès... Celui que vous aimez...

— Eh! grand Dieu! depuis hier au soir il est écroué dans une prison d'Etat, à la Bastille.

— Oh! juste ciel! dit Rosemonde; le malheureux! il a donc insulté un ministre, ou une femme des petits soupers? Il a été rebelle au roi, peut-être?

— Non... Mais laissons là les crimes qu'on lui fait; cherchons à le tirer de la Bastille; il y mourrait de désespoir...

— Il est certain, dit mademoiselle de Champ-Fleury, que, de l'adoration de votre visage à l'aspect du visage atroce d'un guichetier, la transition est un peu brusque, désolante....

— J'ai appris, chère Rosemonde, répondit Dolorès, que vous avez à la cour un crédit puissant... en en ce moment. Vous l'avez en tout honneur, ce crédit, j'en suis convaincue, et je viens vous supplier d'intercéder pour le malheureux prisonnier. Il est innocent... on l'a calomnié.

— Je ne vous demande pas, dit Rosemonde, qui vous a parlé de ce crédit. A Paris, une dame de l'Opéra un peu en faveur ne peut pas éternuer sans que tout le monde la salue; la pirouette a cela de désolant et de glorieux qu'elle fixe l'attention des plus grands esprits comme celle des plus mesquins petits garçons. Mais enfin tel qu'il est, ce crédit, je vous l'offre, et de grand cœur. Tenez, j'ai ici, dans cette salle à manger, l'homme qui est mon appui à Versailles. C'est une loyale connaissance qui date de peu de jours. Souvent l'amitié d'hier a bien des avantages sur l'autre; du moins elle n'est point usée. M. de Choisy, dont il est question, est un homme excellent et d'une parfaite éducation. Je vais vous le présenter, Dolorès. Vous aurez tout autant d'éloquence que moi; laissez parler vos yeux et votre sourire; M. de Choisy résiste peu aux belles idoles.

— Ah! dit Dolorès, je tremble... Jamais de la vie je ne me trouvai en pareille situation... Mais je tiens à garder mon masque.

— Prenez garde, reprit Rosemonde; la moitié de votre visage n'obtiendra peut-être que la moitié de ce que vous demandez. En bonne justice, on n'en pourrait savoir mauvais gré à M. de Choisy.

— Non! non! dit Dolorès, je garde mon masque... Ce marquis Pompée qui est là... quelle confusion!

— Oh! rassurez-vous, répliqua Rosemonde; le marquis est aujourd'hui un fougueux guerrier que la gloire aveugle et que ses mérites enivrent; cependant, si vous y tenez, vous garderez votre loup.

Rosemonde quitta Dolorès et rentra dans la salle à manger, où elle faillit rire aux éclats en voyant le colonel Pompée, qui avait bu prodigieusement, renversé dans son fauteuil, le nez en l'air et la main posée encore sur un verre de champagne à demi plein. Il dormait d'un sommeil olympien devant M. de Choisy, qui, ayant établi une petite batterie de boulettes de pain sur un verre renversé, s'amusait à coups de doigts à cribler le visage rubicond du héros. Le feu était vif et bien dirigé; ce qui donnait à la main gauche du dormeur l'agréable et perpétuelle occupation d'un chasse-mouche.

— Il est poli! dit Rosemonde en riant et à demi-voix.

— Ma foi, reprit M. de Choisy, il s'est mis à me démontrer de si belles choses sur ses mérites, sa position, son avenir, son grand mariage (toujours certain quand il en voudrait), et puis sur l'art de la guerre, sur la ville, la cour et le gouvernement; il a dit tant de merveilles et arrosé le tout de tant de vin d'Aï, qu'il s'est endormi. Son grand esprit voyage dans l'infini des songes, tandis que j'ai établi un siége régulier devant son respectable nez

— C'est charmant, monsieur le comte, dit Rosemonde; mais veuillez me suivre et laissez le dormeur: vous ne perdrez rien au changement de scène.

M. de Choisy suivit Rosemonde et ne fut pas médiocrement charmé de la belle apparition qu'il trouva dans le salon. Cette taille de nymphe, cette noble pose, cet air de tête, ces mains, ces pieds, cette attitude à la fois enchanteresse et majestueuse, le comte vit tout cela du premier coup d'œil: il était connaisseur.

Dolorès avait remis son demi-masque; elle se leva, salua M. de Choisy et reprit sa place.

— Mais, dit le comte à Rosemonde, c'est de la dignité, de la beauté et de la grâce au suprême degré.

— Monsieur le comte, reprit mademoiselle de Champ-Fleury, nous gardons notre masque, et vous nous permettrez par conséquent de vous parler très-franchement à travers le voile de l'incognito. Nous sommes très-fière, mais un peu timide. Peut-être sommes-nous timide parce que nous sommes fière.

Alors Rosemonde demanda à M. de Choisy si la belle inconnue pouvait compter sur son extrême obligeance et son crédit auprès du roi, pour obtenir la grâce d'un homme d'honneur écroué très-injustement dans une prison d'État.

— Madame, mademoiselle, madame... reprit le comte, peut compter sur moi. Je ferai certainement de mon mieux dans cette affaire.

Et le gentilhomme le plus galant et le plus amoureux de son temps regardait dans ce moment-là Dolorès avec une admiration presque passionnée.

Dolorès n'avait jamais vu le roi, mais elle éprouvait un trouble involontaire devant M. de Choisy. Cependant elle se mit à le remercier en termes presque affectueux.

—Vraiment! reprit M. de Choisy, je ne comprends plus rien aux gens du roi, à MM. de la lieutenance générale, non plus qu'à MM. du parlement. Peut-on être assez gauche, peut-on méconnaître les intentions de Sa Majesté au point de causer des chagrins aux plus belles, aux plus aimables personnes du monde! Votre *protégé*, mademoiselle, ajouta-t-il, sortira de prison; je le tiens pour très-innocent, puisque vous vous rendez garant de sa conduite. Voyons, cependant, que peut-il avoir fait? Ne faut-il pas que j'en parle au roi?

En parlant ainsi, M. de Choisy, qui ne résistait pas à de bonnes et agréables habitudes, allait s'asseoir sur un carreau, aux pieds charmants du beau masque; il allait lui prendre les mains et les baiser très-amoureusement, lorsqu'il se sentit toucher légèrement à l'épaule par Rosemonde. Il comprit à l'instant qu'il faisait fausse route et qu'un *casse-cou* l'attendait probablement au bout du chemin qu'il prenait. Se mettant alors à la cheminée, le dos tourné à la porte de la salle à manger, le coude sur le velours du manteau du foyer et le visage à demi pris dans la main, il se mit à regarder attentivement toute la personne de mademoiselle de Fontarabie. Elle, avec la dignité de l'innocence et le calme que donne une haute position sociale, commença à donner à son *protecteur* quelques détails sur son *protégé*. Rosemonde veillait à ce que le colonel ne fût point interrompu dans son sommeil; elle allait et venait d'un appartement à l'autre, légère comme une nymphe, douce et souriante comme Hébé.

— Mais, dit M. de Choisy en se penchant beaucoup vers le masque noir, ceci ne m'est pas étranger; ceci ressemble assez bien à l'affaire d'hier à Versailles.

Dolorès n'avait nommé personne encore.

— Voyons, mademoiselle, reprit-il, continuez votre adorable confession. J'écoute seul; je suis très-discret, et je puis quelque chose auprès du gouvernement, auprès du roi.

Nous vivons sous un prince ennemi de la fraude.

— On le dit si bon le roi! ajouta Dolorès.

—Ah! s'il est bon, juste ciel! répondit M. de Choisy, enchanté de l'à-propos. Vous ne sauriez croire jusqu'où il pousse la bonté! Tenez, mademoiselle, je le connais; il ne résisterait pas à quelques mots bienveillants de votre charmante bouche, si vous vouliez les lui aller dire tête-à-tête quelque part.

Rosemonde voyait avec une certaine inquiétude M. de Choisy retomber toujours, et comme malgré lui, dans ses inclinations; elle s'aperçut qu'il s'approchait d'un peu près de Dolorès, et qu'il se penchait un peu trop amoureusement. Marchant à pas de loup sur le tapis, elle arriva jusqu'à l'imprudent comte et de son joli doigt lui tapa encore sur l'épaule.

— Ah! diable! dit en lui-même M. de Choisy en se relevant, je suis donc terriblement enclin à la tentation! — Enfin, mademoiselle, reprit-il d'une voix plus haute, il faut que vous ayez la bonté de me nommer le coupable. Sa Majesté ne peut cependant faire relâcher tous les prisonniers des maisons d'Etat, pour que votre protégé inconnu puisse être compris au nombre des graciés. Voyons, je me doute de tout l'intérêt qu'il vous inspire; sur ce point-là vous pouvez vous rassurer; je le trouve l'homme du monde le plus heureux et voudrais bien, pour ma part, porter un moment ses fers... Voyons, mademoiselle, le prisonnier se nomme!..

Dolorès, par une révélation mystérieuse et instantanée, comprit que le moment était solennel et qu'elle allait jouer peut-être son avenir et celui du prisonnier. Mais l'heure était arrivée, la position était forcée; fatale ou non, il fallait accepter sa destinée. Dolorès, en femme forte, en noble fille de grande maison, en fière Espagnole, accepta tout, heur ou malheur, sans plus hésiter. Levant alors son masque:

— Monsieur le comte, dit-elle d'une voix ferme et douce, celui que vous appelez mon *protégé*, celui de qui je m'honore d'être aimée, le généreux prisonnier de la Bastille, se nomme le capitaine Raoul de Montaran.

— Ah ! je m'en doutais, dit M. de Choisy en faisant quatre pas en avant.

— Lui, Montaran !... reprit Rosemonde, comme étourdie d'un coup de foudre.

— Sans doute, sans doute, dit le comte, quoi d'étonnant à cela ? Le capitaine est jeune, ardent, romanesque ; il a une mauvaise tête, mais il a de l'âme et beaucoup d'audace, de fierté... De plus, il doit être fort épris (et on le serait à moins). Quoi d'étonnant qu'il soit aux pieds de mademoiselle et qu'il en soit aimé ?

— Oh ! non, rien ne m'étonne, ajouta Rosemonde, qui s'était assise et dont l'émotion était visible. Rien ne saurait m'étonner ; seulement, mademoiselle me permettra de lui dire qu'elle a bien dissimulé avec moi les sentiments de son cœur.

— Allons, dit M. de Choisy, ne voulez-vous pas, ma belle reine, que mademoiselle vînt vous raconter ce qu'elle avait beaucoup de peine à s'avouer à elle même ! Eh ! ne savez-vous pas que le cœur d'une jeune fille est presque toujours un charmant imbroglio ; il s'y fait le diable là-dedans et sans qu'on y puisse rien voir ni comprendre.

Rosemonde, enfoncée dans un fauteuil, le coude sur le velours et la main sur les yeux, ne voyait, n'entendait plus rien, tout entière à la fièvre de ses pensées tumultueuses. Quant à Dolorès, à qui le trouble de mademoiselle de Champ-Fleury n'avait pas échappé, elle restait calme et résignée, attendant tout événement.

— Mademoiselle, reprit M. de Choisy, le capitaine Montaran, vous le savez aussi bien que moi, est très-gravement compromis. Sans parler de ce dont on l'accuse relativement à un voyage secret fait en Espagne, il fut hier la cause, le moteur peut-être, d'une insubordination très-coupable de la part des gardes-françaises. Le roi a été presque insulté...

— Monsieur le comte, dit Dolorès, dont le visage pâle était d'une expression sublime, veuillez dire au roi que, si quelqu'un est cause de l'espèce de révolte qui eut lieu hier à la parade, cette personne n'est autre que moi-même.

— Vous, mademoiselle ? reprit vivement M. de Choisy. Quoi ! vous feriez de la rébellion au roi de France, à Louis XV ? Ah ! je plains alors sincèrement Sa Majesté.

— C'est moi, monsieur le comte, qui, deux ou trois jours avant la parade, cherchai à gagner l'opinion, à réveiller l'enthousiasme de quelques sous-officiers en faveur du capitaine Montaran, indignement calomnié. C'est moi qui engageai ces militaires à s'adresser directement à Sa Majesté, pour que leur bravo officier leur fût rendu. S'ils ont mis dans leurs démarches, dans leurs manifestations, plus d'énergie qu'il ne convenait d'en avoir... je le répète, je suis la seule cause de ces désordres, la seule coupable, et je vais, s'il le faut, me livrer à M. le lieutenant criminel.

— Arrêtez-vous là, mon bel ange, dit M. de Choisy, transporté, ravi de tant de grâce et de beauté. Comme vous prenez les choses, bon Dieu ! Eh ! c'est bien plutôt au roi qu'il faudrait vous rendre ! Laissez donc en repos ce vilain lieutenant criminel, qui n'est habitué à parler qu'à des rustres et à des forcenés. Voyons, mademoiselle, tâchons, entre nous, d'arranger cette malheureuse affaire. Je verrai le roi, je parlerai chaudement pour le capitaine ; le roi, probablement, fera grâce, mais je prévois à quelle condition ; condition très-douce, parce que Sa Majesté, comme vous le disiez tout à l'heure gracieusement, est très-bonne et très-généreuse...

— Ah ! monsieur, dit la charmante et noble jeune fille, rien ne me coûtera pour prouver au roi toute ma reconnaissance.

— Puisqu'il en est ainsi, reprit le comte, les affaires de M. de Montaran sont en bon chemin. Sa Majesté fera grâce pleine et entière, mademoiselle, si vous, qui êtes la coupable réelle, comme vous l'assurez, vous promettez de vous rendre à Trianon, seule, entendons-nous, pour remercier Sa Majesté en audience particulière.

Dolorès regarda un moment M. de Choisy ; ses yeux étonnés semblaient dire : Le roi met un prix bien léger à ses insignes bontés. Dolorès, âme élevée et candide, planait dans une région trop pure pour soupçonner la réalité vicieuse d'une époque toute de sensualisme raffiné, de plaisirs libertins. Croyant donc ne promettre qu'un acte tout naturel et honorable de reconnaissance :

— Monsieur, dit-elle, veuillez assurer Sa Majesté que j'irai en personne la remercier de la grâce qu'elle aura daigné accorder.

— C'est à merveille, mademoiselle, reprit le comte ; une noble Castillane n'a que sa parole.

Et, s'approchant alors d'un petit secrétaire, orné de médaillons de porcelaine de Sèvres, il prit du papier et se mit à écrire rapidement. Puis, cachetant avec soin sa lettre avec une cire parfumée, il imprima pour sceau le cachet de sa bague.

— Voici, mademoiselle, dit-il, un billet pour M. le gouverneur de la Bastille ; un billet qui adoucira singulièrement la situation du prisonnier jusqu'à sa mise en liberté complète. En le portant vous-même, ce sera un moyen puissant d'obtenir encore plus pour M. de Montaran. La lettre de grâce sera expédiée par ordre de Sa Majesté elle-même, je n'en doute point. Quant au voyage à Trianon, souvenez-vous, mademoiselle, que la reconnaissance est une des plus saintes vertus.

Dolorès reçut le billet avec une expression de gratitude si touchante, que Rosemonde fut sur le point de la désabuser. Mais Rosemonde était sous la puissance d'une fièvre terrible et dont l'accès se prolongeait encore : la jalousie ! Rosemonde, plus qu'elle ne l'avait cru, avait de l'amour pour le capitaine de Montaran.

Ce fut en ce moment qu'on entendit un grand bruit de cristaux cassés dans la salle voisine. Le colonel Pompée, qui rêvait à ses campagnes futures, sans doute, venait de s'éveiller en frappant de vigoureux coups de poing sur la table, qu'il prenait pour un champ de bataille. Épouvanté de ses propres hauts faits, Pompée s'enfuit de la salle à manger et parut tout à coup sur le seuil de la porte du petit salon. Là, un spectacle bien autrement étourdissant l'attendait. Devant lui se trouvait sa belle fiancée, qu'il croyait en Espagne, sous l'égide de quelque noble dame, ou par-delà les grilles d'un couvent, attendant avec impatience l'heureux moment de conclure une union désirée. Pompée voyait devant lui mademoiselle de Fontarabie en personne, c'est-à-dire la plus fière, la plus sévère de toutes les jeunes filles de France et d'Espagne, en compagnie d'un roué de la cour et d'une danseuse de l'Opéra, à minuit et dans une *petite maison* du quartier d'Antin. Pompée crut rêver, ou tout au moins, comme il avait bu outre mesure, il se crut sous l'influence de quelque hallucination bachique.

Dolorès n'eut pas le temps de remettre son *loup* de satin noir en voyant apparaître la brillante figure du colonel ; mais faisant une belle révérence adressée à tout le monde en général, elle sortit du salon, légère comme une chevrette des montagnes de la Catalogne. M. de Choisy courut après le ravissant fantôme, qui semblait glisser sur le parquet ; sa courtoisie fut en défaut. Mademoiselle de Fontarabie, remontée en carrosse, reprenait rapidement le chemin de la Bastille.

— Mon cher colonel, dit M. de Choisy en rentrant, nous causerons un peu de votre grand mariage..

— Qui est cette jeune fille, monsieur le comte? demanda le marquis encore entre deux vins. Elle ressemble terriblement...

—Mon cher marquis, répondit le comte, apprenez que, lorsque nous sommes ivres, toutes les jeunes filles se ressemblent.

— Vous avez raison, monsieur, reprit tranquillement le colonel Pompée.

Après une demi-heure donnée au café, Rosemonde de Champ-Fleury, qu'une migraine subite venait de saisir, pria M. de Choisy de lui permettre de se retirer. Le comte, d'ailleurs, venait de demander sa voiture. Pompée passa la nuit dans le petit salon, dormant sur un canapé comme au bivouac.

Avant de quitter le petit salon de Rosemonde, personne n'avait remarqué que M. de Choisy avait ramassé un très-beau mouchoir de batiste, encadré d'une large dentelle d'Angleterre, brodé à l'un de ses coins d'un chiffre composé de deux lettres (un D et un F), et, au coin opposé, d'un médaillon, aux armes ducales de la maison de Fontarabie.

M. de Choisy, ayant aperçu le mouchoir sur le tapis, après le départ de Dolorès, s'était hâté de le cacher dans sa poche, sans arrière-pensée aucune, sans projet hostile, gardons-nous de le croire, mais comme un souvenir doux et parfumé de cette agréable soirée.

## LA LETTRE DE GRACE.

La scène de désordre qui avait eu lieu sur la place d'Armes, à Versailles, n'eut d'autre résultat que l'arrestation de Montaran et de La Rose. Vingt ou trente mutins furent consignés à la salle de police. La fermentation commença à s'apaiser au bout de quelques heures, et, à la fin de la journée, tout rentra dans l'ordre. Les gardes-françaises avaient trop le sentiment du devoir et de la discipline pour persévérer longtemps dans une insubordination coupable. D'ailleurs, la nuit étant venue avec ses vives et agréables distractions, les braves gens oublièrent bien vite leur coup de tête du matin. Le lendemain, on porta de très-humbles excuses aux pieds du roi, et Louis XV, qui ne demandait pas mieux, pardonna de grand cœur.

La clémence royale s'étendit beaucoup plus loin. Après trois jours de régime pénitentiaire, M. de La Rose vit ouvrir devant lui la porte du guichet de la Bastille, et il reprit en toute hâte la clef des champs. A Versailles, les excellents camarades fêtèrent, au *Grand-Bacchus*, le retour du beau sergent.

Le soir du même jour, quelques heures après la sortie de La Rose, le capitaine Raoul de Montaran recevait aussi, dans son cabanon, l'agréable nouvelle de sa mise en liberté. Une lettre de grâce avait été expédiée du cabinet même de Sa Majesté.

Le jour baissait et déjà la lumière rougeâtre des lanternes à réverbère pointillait çà et là dans le brouillard, sur l'esplanade de la Bastille. M. de Montaran, qui venait de passer le seuil de la terrible porte de fer, s'avança d'un pas rapide vers le terrain où stationnaient d'ordinaire quelques carrosses de place. Il avait hâte de se rendre chez sa libératrice. Les carrosses manquaient en ce moment. Le capitaine commençait à se livrer à de terribles impatiences, et il allait résolûment s'aventurer à pied à travers le brouillard et la boue, lorsqu'il se vit accosté par un homme qui l'avait suivi depuis le guichet de la forteresse.

— Que me voulez-vous? lui dit brusquement le capitaine.

— Monsieur, répondit cet homme revêtu d'un large habit gris, je suis chargé de surveiller la sortie d'un prisonnier nommé M. de Montaran.

— C'est moi-même, répliqua Raoul.

— Alors, monsieur, voici une lettre que je dois remettre en vos mains. On tenait beaucoup à ce que vous l'eussiez aussitôt après avoir passé le seuil de la prison. J'étais là, près de la porte, à vous attendre. On m'a très-bien payé pour cette garde.

Cet homme disparut avec une incroyable rapidité. Montaran prit la lettre dont il ne reconnut pas l'écriture; et, comme l'aventure lui paraissait aussi sérieuse que singulière, il se hâta d'entrer au corps de garde qui se trouvait sur la place, bien certain d'y être reçu cordialement. Il se nomma à l'officier du poste. C'était un lieutenant du régiment de Berry. L'officier l'introduisit dans la salle d'armes, où il y avait grand feu. Montaran alla s'asseoir sur un banc, au bout d'une longue table chargée de brocs et de gobelets d'étain, et, à la lueur de deux chandelles, il ouvrit la lettre; elle était sans signature. Raoul fut tenté de la jeter au feu.

Il eût fait sagement, sans doute : la lettre était une lâcheté anonyme. Cependant la colère et la curiosité l'emportèrent. Raoul lut d'un bout à l'autre l'écrit qui lui était adressé. Repliant ensuite le papier, il le remit dans sa poche de l'air le plus calme en apparence; puis il remercia l'officier et quitta le poste d'un pas tranquille; mais tous les soldats avaient remarqué l'altération des traits du capitaine de Montaran au moment où il sortait.

La nuit était froide et pluvieuse. Enveloppé d'un manteau, Raoul se rendit à la Chaussée-d'Antin et frappa à la porte de la petite maison de Rosemonde. Ce fut le nègre Lily qui le reçut. Mademoiselle de Champ-Fleury avait quitté la *Chaussée* dans la journée. Le nègre ignorait où était sa maîtresse. Il avait ordre de l'attendre. Assis sur le canapé du joli salon octogone, le capitaine, que la fièvre dévorait, adressait à Lily quelques questions, auxquelles le pauvre nègre répondait avec une hésitation visible.

— Tu me trompes, affreux coquin, s'écriait de temps à autre le capitaine. Je finirai par te brûler la cervelle.

Ces manières-là, trop peu engageantes, sans doute, triomphèrent cependant de la résistance de Lily. Comme tous les nègres du monde, il avait pour la vie un goût très-déterminé. Il se résolut donc à tout avouer au capitaine, sauf à s'enfuir après du logis de sa maîtresse. Raoul acquit la preuve que, quelques jours auparavant, dans la nuit, à un *petit*

J'ai établi un siége régulier devant son respectable nez. — Page 85, col. 1re.

*souper*, sa lettre de grâce avait été signée par M. de Choisy (dont il connaissait bien le véritable nom), et remise à mademoiselle de Fontarabie elle-même. L'écrit anonyme remis à Montaran confirmait tout soupçon. Il assurait que Dolorès avait demandé à son *royal séducteur* la lettre de grâce du capitaine, comme dernière fiche de consolation, ou plutôt comme congé définitif donné à un ambitieux extravagant, à un officier de fortune qui avait rêvé une grande alliance. Tout se trouvait expliqué. Rosemonde était une infâme qui avait prêté sa maison; Dolorès avait cédé aux éblouissantes perspectives de la grandeur souveraine; et lui, Raoul, était la dupe ridicule de ses propres illusions. On avait poussé l'ironie jusqu'à la pitié... Au lieu de le tuer, on lui avait fait grâce, et on le chassait.

— Lily, dit le capitaine en se levant tout à coup par un bond nerveux, Lily, tu as vu la mort de bien près, mon ami. Tes aveux t'ont sauvé. J'ai dans mes poches deux pistolets qui t'auraient rendu muet pour longtemps, si tu avais poussé trop loin avec moi l'amour du silence. Adieu, Lily. Je serai discret, rassure-toi, et continue à servir fidèlement une dame aussi noble que l'est mademoiselle de Champ-Fleury.

— Ah! dit le nègre, chez qui en ce moment la peur et la joie provoquaient un rire étrange, que je suis aise de tout ceci! Je vois que mes confidences viennent de faire grand plaisir et beaucoup de bien à monsieur le capitaine.

— Beaucoup de bien, oui, mon cher Lily, dit Raoul en quittant le salon.

Et, comme il se trompait de porte :

— Par ici, monsieur, s'écria le nègre; monsieur le capitaine allait entrer dans la chambre à coucher de mademoiselle.

— Peste! dit Raoul avec un sourire d'une incroyable ironie; c'est un sanctuaire!

Il traversa l'antichambre et le vestibule, et regagna la rue. La pluie avait cessé, et la vivacité des étoiles promettait un beau lever de soleil. Raoul se dirigea vers la porte Saint-Honoré, où il était assuré de trouver des chevaux de poste à une certaine auberge qu'il connaissait, située près des jardins et du mur d'enceinte.

### FONTAINEBLEAU.

Un jour radieux, un jour de printemps se levait sur les grands bois de Versailles. La ville s'éveillait au bruit des fanfares de cavalerie et aux carillons des cloches des paroisses. Il était environ sept heures du matin, lorsqu'un sous-officier aux gardes se dirigeait par l'avenue des Mortemets vers le bâtiment isolé nommé la Faisanderie. Cet homme était le sergent La Rose, qu'un billet de M. de Montaran était venu trouver secrètement à la caserne, et qui se rendait auprès du capitaine, arrivé de Paris au point du jour. Raoul avait remisé sa chaise de poste dans une auberge sur la route de Saint-Cyr; et lui-même, à deux cents pas de là, attendait le sergent, son ami, son cher confident, près des jardins de la faisanderie du roi,

Une lettre de grâce avait été expédiée du cabinet de Sa Majesté. — Page 87, col. 2.

lieu bien solitaire et parfaitement situé pour un rendez-vous sérieux, puisqu'il attenait au bois de Maintenon et de Bois-Robert.

Le sergent, en petite tenue du matin, s'avançait d'un pas alerte, l'œil vigilant, la tête haute, respirant à pleine poitrine l'air frais du matin, ces brises des forêts, ces parfums des feuillages que l'art le plus raffiné n'imitera jamais. Il vit le capitaine enveloppé d'un petit manteau gris et adossé contre un arbre près de la route. La Rose jeta un dernier coup d'œil autour de lui ; personne n'était là ; il aborda M. de Montaran.

— Bien, mon ami, dit Raoul. Voilà du zèle, du dévouement. Vous avez reçu mon billet au moment de la diane?

— Oui, capitaine, par un jeune tambour qui vous est singulièrement attaché. Or çà, l'affaire est donc sérieuse?

— Très-sérieuse, sergent. Tenez, j'ai confiance illimitée en vous. Lisez.

Il lui donna la lettre anonyme. A chaque ligne, M. de La Rose ouvrait de grands yeux, poussait de gros soupirs, ou laissait échapper de ses dents quelques mots de haut goût et d'énergique orthographe. Il rendit la lettre au capitaine, sans vouloir le regarder.

— Eh bien ! dit-il, quels sont vos projets ? Me voici.

— Il y a une demi-heure que je voulais vous dire un dernier adieu, et après me brûler la cervelle.

— Ceci, reprit le sergent, serait une conclusion, une chute de rideau, un dernier roulement. Mais il me semble que la pièce n'est pas finie.

— C'est ce que je me disais, il y a dix minutes ; car mes idées tournent depuis hier comme une girouette à tous les vents.

— De deux choses l'une, reprit La Rose, ou *celle* que vous aimez est une coquine, ou elle ne l'est pas. Je voudrais, avant de me prononcer, voir de mes propres yeux le mouchoir brodé aux armes d'une grande maison d'Espagne et tombé amoureusement entre les mains du roi, selon l'indication de la lettre anonyme. Vous comprenez, capitaine, que si Sa Majesté a obtenu ce charmant mouchoir des mains de votre belle, Sa Majesté a bien pu en obtenir quelque chose encore de plus charmant.

— Raoul pâlissait ; il mit la main dans sa veste et il en retira un petit paquet dont le parfum exquis n'échappa point au flair exercé de M. de La Rose.

— Tenez, sergent, dit Raoul, reconnaissez-vous ces armoiries brodées?

— Vous avez le mouchoir, capitaine ! exclama La Rose en dépliant le fin tissu de batiste qu'involontairement il approchait de ses lèvres.

— M. Lebel, valet de chambre de M. de Choisy (du roi), l'a trouvé, il y a deux jours, dans une des poches de l'habit de son maître, qui revenait de Paris, où il avait passé une partie de la nuit.

— Et Lebel vous l'a livré?

— Ceci est mon secret, dit Montaran.

— C'est juste, reprit La Rose. Alors la lettre ne ment pas, et il m'est assez démontré que votre belle, selon l'occasion, peut être une....

— N'achevez pas, monsieur, répliqua gravement le capitaine.

— Et mademoiselle de Champ-Fleury? ajouta La Rose.

— Pour celle-là, je vous la livre, dit Raoul; vous en ferez ce que bon vous semblera.

— Merci, capitaine, reprit le sergent; j'accepte le cadeau: il est joli. On avisera aux moyens de s'en rendre maître; car vous me donnez une superbe province à conquérir. Voyons maintenant ce qui vous concerne....

— Mon ami, dit tout à coup Raoul en lui prenant les mains, vous allez avoir de moi une idée pitoyable; eh bien! sachez que je veux *la* voir encore, lui parler une dernière fois....

— Il s'agit de la noble Catalane, reprit La Rose. Non, capitaine, non, je ne trouve pas cela indigne, moi qui comprends toutes les peines du cœur. Ah! les femmes! les femmes! elles ont si souvent renversé mes théories! Quand on les aime comme je les aime, on est un héros de faiblesse..... Ah! sirènes! vous finirez par me dévorer! Voyons, capitaine, il s'agit donc d'aller retrouver quelque part la Catalane pour lui faire nos adieux.... éternels. Tenez, cela vaut encore mieux que de se loger du plomb brutal dans la cervelle; d'abord, on se défigure horriblement....

— Sergent, reprit vivement Raoul, j'ai ma chaise de poste ici. Allez demander une permission de quarante-huit heures, sous un prétexte quelconque, et venez avec moi.

— Oui, capitaine; quarante-huit heures demandées pour vaquer aux soins que réclame la santé d'une vieille tante agonisante.

— Tout ce que vous voudrez; le major ne vous refuse rien.

— Et dans quelle tenue faudra-t-il vous rejoindre?

— Celle que vous avez. Je me charge de vous donner un costume de ville.

— Le moral et le physique n'y perdront rien, capitaine; à vos ordres, dans une heure.

M. de La Rose s'éloigna au pas accéléré. M. de Montaran, très-sérieusement préoccupé, se mit à se promener sur la route, sans trop savoir où il allait. De la faisanderie, il gagna la partie des bois qui s'étendait au sud-ouest, et se trouva bientôt à un rond-point auquel aboutissaient huit ou dix allées. Il était à l'Étoile de Choisy. Se rappelant alors son rendez-vous avec le sergent, il allait rebrousser chemin, lorsqu'il entendit des fanfares de cor de chasse qui se répondaient d'un point à un autre. Il s'arrêta, prêtant l'oreille à ces étranges harmonies, si solennelles dans les forêts. Bientôt quelques piqueurs passèrent au galop; ils animaient des chiens dont le flair était en défaut.

— C'est le roi! se dit le capitaine. Le roi chasse... le roi va passer.

Comme il s'était adossé à un poteau, au coin de deux allées, il vit venir du côté de Maintenon nombre de cavaliers, qui tous prenaient l'allée de Choisy et l'allée des Ha! ha! Ces avenues aboutissaient au grand canal et aux Trianons. Raoul eut à peine le temps de reconnaître quelques grands seigneurs: MM. de Soubise, de Laraguais, de Rohan, d'Agoult, de Luxembourg et d'autres qui lui échappèrent. Sa surprise fut extrême lorsque, au milieu des groupes, il vit un cavalier se détacher et venir droit à lui.

— Eh! mais, dit le cavalier en l'abordant, c'est notre bon capitaine. Comment diable êtes-vous ici?

— Moi! reprit Raoul, j'y suis dans le même but que vous. Je chasse, colonel.

Le jeune cavalier n'était autre que le marquis Pompée de Montorgueil, invité depuis la veille, et pour la première fois, à une chasse royale à courre.

— Vous chassez? et quoi donc, capitaine? répliqua Pompée du haut de son cheval.

— Des souvenirs, répondit Raoul avec sang-froid.

— Au diable ce gibier! s'écria Pompée. Seriez-vous malade?

— Un peu... Et vous, colonel?

— Moi! voyez plutôt. Avant-hier je soupais chez ma divine Rosemonde (belle qui en tenait un peu pour vous, capitaine), je soupais avec M. de Choisy, un ami du roi; ce qui m'a valu une invitation à la chasse.

— Vous soupiez si bien, monsieur le colonel, dit Montaran, que, dans les parfums bachiques, vous eûtes, chez Rosemonde même, une adorable vision.

— Vous êtes donc sorcier, capitaine! Qui diantre vous a dit que j'avais cru entrevoir un moment, chez ma maîtresse en espérance, la charmante figure de ma femme en perspective? C'était pure illusion.

— Et M. de Choisy?

— Eh bien! reprit Pompée, il eut la même hallucination que moi.

— Et il fut très-galant avec le fantôme, dit-on? ajouta Raoul.

— Ah! c'est ce que j'ignore, répondit Pompée.

— Et c'est ce que je n'ignore pas, répliqua le capitaine.

— Alors, vous croyez que....

— Je crois, colonel, reprit Montaran très-sérieusement, que vous êtes un heureux prédestiné. Tenez, suivez mon conseil: ayez pour maîtresse Rosemonde, pour femme celle que l'on vous destine, pour ami intime M. de Choisy, et je vous garantis une très-brillante fortune à la cour... Adieu, colonel.

Comme il allait lui tourner les talons, un autre cavalier survint tout à coup. Ce cavalier, pour la plupart des invités, des étrangers au château, et entre autres pour Pompée, était M. de Choisy lui-même.

— Ah! vous arrivez à propos, monsieur le comte, dit le marquis. Voici un de mes officiers qui me parlait de vous.

— De moi? dit le comte.

Mais il venait de reconnaître Raoul de Montaran. Celui-ci, le chapeau à la main, s'avança jusqu'à l'arçon de la selle du nouveau venu. Louis XV lui avait fait signe d'approcher. Pompée était resté à distance; quelques cavaliers dans l'éloignement n'osaient avancer par discrétion.

— Monsieur de Montaran, dit Louis XV à demi-voix, mais d'un air sévère, vous aurez à vous conformer à deux choses: premièrement, vous allez me donner votre parole de ne contrarier en rien, dès ce moment, le mariage de M. de Montorgueil avec la personne que sa famille et moi lui destinons; secondement, vous acceptez, dès aujourd'hui, le brevet de colonel du régiment de Bourgogne, et vous partez demain pour rejoindre votre régiment qui tient garnison sur la frontière, en Alsace. C'est le roi qui vous parle.

Louis XV attendait la réponse du capitaine. Elle fut prompte et claire:

— Sire, dit-il à demi-voix aussi, j'ai sur moi deux pistolets excellents. Dans le désespoir où me jettent les graves soupçons qui planent sur mademoiselle de Fontarabie, il pourrait y avoir ici une balle pour Votre Majesté et l'autre pour moi; mais je suis homme de cœur contre le chagrin et très-fidèle sujet du roi. Je refuse le grade de colonel; je donne même définitivement ma démission d'officier aux gardes, et, quant au mariage du marquis Pompée, je jure Dieu que le marquis n'épousera Dolorès de Fontarabie qu'après m'avoir tué.

— C'est là votre dernier mot, monsieur? ajouta le roi très-pâle et d'une voix émue.

— Mon dernier mot, Sire.

Louis XV se retourna vers Pompée et lui fit signe de le suivre. Tous deux piquèrent vigoureusement de l'éperon les flancs de leurs chevaux et rejoignirent la chasse au galop.

M. de Montaran se hâtait de regagner sa chaise de poste, prévoyant que, dans moins d'une heure, il serait arrêté. Il trouva M. de La Rose au rendez-vous. Le sergent avait fait toutes les diligences possibles. Il était muni d'une permission : il pouvait donner quarante-huit heures de soins pieux à sa vieille tante expirante.

— Allons! capitaine, s'écria-t-il, nous n'avons pas une minute à perdre. Ma bonne parente me réclame; j'ai hâte d'aller lui signer son passeport pour l'autre monde.

— Mon ami, dit Raoul, tout est changé : vous restez, et je pars.

Et il lui raconta tout ce qui venait de se passer, refusant de l'associer au sort qui lui était réservé.

Mordieu! dit le sergent, la triste rencontre que celle de Sa Majesté en certaines occasions.... Mais vous me connaissez mal, mon capitaine.... Je n'ai qu'une parole, et je vous suis.

Alors s'engagea entre eux un vif combat de générosité. Mais le sergent n'était pas homme à fausser compagnie à un ami dans la détresse, dût-il lui en coûter la tête. Il déclara énergiquement que rien au monde, ni roi ni reine, ni Dieu ni le diable, ne le séparerait du capitaine pendant ses deux jours de congé. Puis, courant à la chaise que le postillon amenait déjà hors de la remise, il s'élança le premier dans la voiture, invitant M. de Montaran à monter. Raoul céda, les larmes aux yeux.

— Postillon! s'écria La Rose, route de Fontainebleau, et ventre à terre!

— Comment savez-vous? reprit Raoul.

— Je vous expliquerai cela à deux lieues d'ici, capitaine, répliqua-t-il.

La chaise de poste partit au galop. Le sergent excitait le postillon, qui, cédant à l'éloquence irrésistible du bravo garde-française et à la perspective dorée des *doubles guides*, menait les deux voyageurs à franc-étrier.

Si, à cette époque, le télégraphe eût existé, M. de Montaran, arrêté à quelques lieues de Versailles, eût été ramené, jugé et fusillé dans les vingt-quatre heures. Son crime était énorme.... le roi avait eu peur!

Or, pendant que la chaise de po te était emportée à fond de train par trois vigoureux chevaux, le sergent parlait ainsi à l'officier qu'il escortait :

— Vous savez, capitaine, que j'ai le coup d'œil d'aigle et l'oreille d'une finesse de sauvage. En revenant vous rejoindre, je passais devant l'hôtel du colonel, rue de la Surintendance, lorsque j'avise une berline lourdement chargée de bagages, attelée de quatre chevaux, et qui attendait dans l'arrière-cour. Un homme pressait les préparatifs de départ, gourmandant les valets avec une autorité surprenante. Cet homme, vêtu de noir, jaune, maigre, de petite taille, mais d'une incroyable vivacité, était ce bon M. Prior, avec qui j'eus l'honneur de croiser le fer au château de Montorgueil, ainsi que vos souvenirs doivent vous le rappeler. Je m'arrête un moment dans la rue, sous le prétexte, toujours bienséant, de couler deux ou trois amoureux regards à une jeune brodeuse du coin, et qui est bien tentée, je crois, de m'honorer de ses bontés.....

— Passons, dit Raoul.

— Passons, reprit le sergent. Donc j'avais un œil pour la brodeuse et un autre œil et deux oreilles pour l'équipage dont Prior paraissait avoir pris le commandement. Un valet de chambre aborda le personnage : « Tout est prêt, monsieur. — C'est bien. Le marquis sera ici d'un instant à l'autre; la chasse doit être de retour. Dès qu'il rentrera, nous le saisissons, nous le jetons en voiture, et nous partons, ventre à terre, pour Fontainebleau. On nous y attend. Le mariage se fera dans la nuit. Demain, vous ramenerez votre maître, avec ou sans sa femme; il n'importe. » Cela dit, je vis le valet de chambre s'incliner respectueusement.

— Ah! l'infâme! s'écria Raoul. Un piége!... c'est un piége pour Dolorès! sergent.

— Piége ou non, reprit La Rose, le loup tient la campagne, c'est à nous d'aviser à nos moutons....

— Faut-il bien du temps pour arriver à Fontainebleau? demanda Raoul avec une fiévreuse anxiété.

— C'est selon, répliqua La Rose; il y a des chevaux qui adorent les pourboires...

— Promettez aux postillons de chaque relais tout ce que vous voudrez.

— Mon camarade, dit M. de La Rose en avançant la tête hors de la chaise et parlant au postillon d'une voix flûtée, mon camarade, nous avons à Fontainebleau une tante dévote et à l'agonie... Si nous arrivons une heure avant qu'elle ne gagne le paradis, nous héritons d'elle de trois ou quatre cent mille livres. Me comprenez-vous, compère?

— Parfaitement, mon gentilhomme, répondit le postillon, et mes chevaux aussi.

— Quand je vous le disais, reprenait La Rose en s'adressant à Raoul. Vous verrez qu'à chaque relais ces petits amis seront d'une rare vivacité et d'une intelligence parfaite. Or çà, capitaine, nous aurons sur l'équipage du colonel deux ou trois heures d'avance. C'est assez pour découvrir où est la belle.... à moins que, toute réflexion faite, vous ne teniez plus à la revoir.

Ici, pour toute réponse, Raoul serra énergiquement la main du sergent.

— Et allez donc, mes petits amours! répétait La Rose aux chevaux lancés à fond de train.

Vers le milieu du jour, les voyageurs atteignirent ces grandes terres de labour qui bordent la forêt de Fontainebleau. Ce fut avec un violent battement de cœur qu'ils reconnurent cette immense ligne de verdure qui, au printemps, se découpe si gracieusement sur le front limpide de l'horizon. A la première borne milliaire placée sur la route de la forêt, le sergent cria :

— Victoire!

Ici, cependant, commençait le danger, et M. de Montaran le comprit parfaitement. Fiévreux et l'esprit troublé jusque-là, il avait laissé toute direction à La Rose, se fiant à lui pleinement en ce qui regardait les soins du voyage et surtout les stimulants à donner aux postillons. Mais arrivé près de Fontainebleau, c'est-à-dire presque en face d'un grand danger qu'il pressentait, Raoul, nature supérieure, reprit instantanément tout le calme de l'énergie, toute la présence d'esprit du commandement.

— Sergent, dit-il, je vous remercie. Vous avez été admirable de soins pour moi aujourd'hui comme toujours; comptez sur mon cœur. Nous voici près de Fontainebleau. C'est le lieu choisi par Prior pour un mariage secret qui, probablement, n'est qu'un piége tendu à la noble femme que j'aime, malgré....

— Passons, dit le sergent.

— Oui, reprit Raoul, je l'aime de toutes les puissances de mon âme. Je sens que ce jour est pour moi solennel : ou j'enlèverai Dolorès à mes ennemis, ou je serai tué. Sergent, dans ce dernier cas, vous trouverez sur moi un papier soigneusement cacheté, et vous le remettrez au roi lui-même.

M. de La Rose porta la main à la hauteur du sourcil, en ajoutant :

— Regardez la chose comme déjà faite, mon capitaine.

Raoul, à ces mots, se retourna vivement :

— Ainsi, vous croyez que je serai tué? demanda-t-il au brave La Rose. J'espère, ajouta-t-il, que vous ne me supposez pas la moindre terreur de la mort?

— Pas le plus petit frisson au sujet de la chose. Mais ce que je suppose, chez mon capitaine, c'est un cuisant regret qu'il éprouverait s'il ne pouvait s'expliquer avec sa charmante, avant d'aller répondre à l'appel qui nous attend dans l'autre monde.

— Oh! je vous jure, moi, s'écria Raoul comme saisi d'une inspiration soudaine, je vous jure que je reverrai mademoiselle de Fontarabie; ne fût-ce que pour trois minutes, je la reverrai.

La voiture de poste courait dans la forêt, sur cette large et noble chaussée, qui date de Louis XIV. Les chênes gigantesques se dressaient de chaque côté du chemin et formaient une voûte immense, mais d'un vert tendre, et à travers lequel le ciel étincelait. Jamais journée plus riante ne s'était levée pour Versailles et Fontainebleau; jamais les bois n'avaient retenti de plus d'harmonie; jamais brises plus fraîches, plus voluptueuses, n'avaient frémi dans les feuillages. « O la belle journée pour mourir, ou pour enlever la femme qu'on adore! » s'écria Raoul.

Les deux voyageurs étaient trop prudents pour s'aventurer dans la ville de Fontainebleau, en chaise de poste et au cliquetis retentissant d'un fouet de postillon. Le capitaine connaissait une auberge isolée, hors des murs, presque en pleine forêt, et à laquelle on arrivait par un chemin de traverse, bien connu des chasseurs et des équipages au service des traitants. L'hôtellerie était renommée pour son vin, ses truites saumonées, son gibier et surtout par la splendide carrure et l'humeur joviale de son hôtelier, M. La Biche, surnommé Le Bœuf par les goguenards, les esprits caustiques et les malcontents. Le capitaine fit tourner bride au postillon, qui prit le chemin de traverse. Dix minutes après, les deux voyageurs étaient installés à l'auberge du sanglier de Calydon et abrités par le silence de la forêt. M. de La Rose se hâta de changer de costume : il revêtit un habit de chasse complet que le capitaine lui fournit de ses bagages. Ils étaient de la même taille, fort heureusement. Le sergent se coiffa d'un élégant feutre gris, gansé et galonné d'or; il passa des bottes éperonnées et ceignit un long couteau de chasse, qui ressemblait fort à une épée de combat. Quant à la coupe de l'habit, vert-dragon et agréablement relevé d'une passementerie dorée aux boutonnières; elle était d'une rare perfection. Vraiment M. de La Rose était un des meilleurs gentilshommes de son temps et de son arme. Ainsi équipé, il se mit en campagne pour courir la ville avec le capitaine, comme deux fils de grande maison, à la recherche de quelque belle et bonne fortune.

Le soir arriva avec ses grandes ombres bleuâtres, ses vives étoiles et ses prismes de pourpre et d'or au couchant. La forêt était tout illuminée des derniers rayons solaires et de la blanche clarté de la lune; double éclat dont les harmonieuses théories jetaient un jour surprenant sous les grandes voûtes de verdure et coloraient de vermeil les dentelures de l'horizon. Au murmure des eaux se mêlaient les roulades veloutées des rossignols; aux senteurs des thyms, des genêts, des chèvrefeuilles sauvages, se mêlaient les parfums humides des feuillages. Les pâtres chantaient au loin, des troupeaux bêlaient, et par intervalle le bramement des cerfs dominait tous les bruits comme une plainte dans la solitude.

Ce fut à l'entrée de cette nuit sereine que Raoul et son compagnon se retrouvèrent à un point désigné sur la route de Paris, à un quart de lieue de la ville. Ils avaient en vain parcouru toutes les hôtelleries, visité tous les quartiers, frappé à la porte de quelques communautés; en vain avaient-ils attendu, recherché, questionné... aucun renseignement n'était possible à obtenir au sujet de Dolorès, de Prior ou de Pompée.

— Sergent, disait le capitaine en se promenant à pas lents sur la chaussée, je ne doute ni de votre sagacité, ni de votre jugement, ni de votre cœur; mais encore une fois êtes-vous sûr d'avoir bien entendu dans la rue de la Surintendance, à Versailles, ce que vous m'avez rapporté?

— Capitaine, reprit M. de La Rose avec un admirable aplomb, voici ma réponse.

Il étendit le bras et indiqua à son compagnon la chaussée dans la direction de Paris. Deux voitures de poste arrivaient au galop. On les reconnaissait aux cliquetis des fouets et au flamboiement de leurs lanternes.

### LE DUEL.

M. de Montaran et le sergent s'approchèrent du milieu de la chaussée, déterminés à barrer le passage aux deux carrosses qui arrivaient, ou plutôt à l'un des deux; car Raoul savait bien qu'en se rendant maître de Prior, il pourrait retrouver Dolorès.

— Attention! dit-il au sergent. Si, dans la première voiture, ne se trouvent que des femmes, laissons passer.

— Capitaine, reprit le sergent, je n'ai rien à vous refuser; mais tâchez d'arranger la chose de manière à ce que nous n'ayons pas l'air d'arrêter les gens sur une grande route pour les détrousser.

— Monsieur, répliqua sévèrement Raoul, c'est un duel que je veux, et je l'aurai.

Ces paroles étaient à peine prononcées que la première voiture arrivait. L'autre suivait à une grande distance. Raoul reconnut la chaise de poste de mademoiselle de Fontarabie; il distingua même le profil charmant de Dolorès qui se dessinait sur le fond lumineux de l'intérieur du carrosse. Deux autres femmes étaient avec elle.

— Passez! dirent ensemble le sergent et l'officier en mettant le chapeau à la main.

Trois minutes après, une lourde voiture, attelée de quatre chevaux comme la première, arriva sur le point de la chaussée où se trouvaient les deux compagnons.

— Gare! gare! criaient les deux postillons.

— Arrête! arrête! répliqua Raoul le fer au poing et se campant au milieu du pavé.

La chaise de poste s'arrêta tout à coup.

— Qu'est-ce donc? s'écria la voix mordante d'un homme qui mit la tête à la portière. Des voleurs!

— Rassurez-vous, monsieur, dit Raoul avec beaucoup de calme, et veuillez remettre dans les poches de votre chaise les pistolets que vous avez à la main. Vous vous nommez monsieur Prior. Avant d'entrer dans la ville de Fontainebleau, prenez la peine de descendre; j'ai quatre mots à vous dire.

M. Prior, qui avait reconnu le capitaine, lâchait sur lui un coup de feu, lorsque Raoul, avec une audacieuse et incroyable vivacité, lui détourna le bras. La balle porta dans le feuillage d'un arbre voisin. Ouvrant alors la portière, il saisit Prior au revers de l'habit, le fait bondir sur la chaussée, et, le tenant debout devant lui :

— Je pourrais vous tuer, dit-il. Marchez! vous avez une épée dans votre voiture. Voici un pré à côté du fossé. L'heure est venue; il faut en finir.

— Mais, c'est un assassinat! s'écriait un jeune homme blond et délicat qui s'élançait de la portière.

— Non, mon colonel, reprit La Rose, la main à la tempe et s'adressant à Pompée effaré; non, mon colonel; c'est un cartel que le capitaine propose à votre compagnon de voyage. La chose ne vous retardera pas dix minutes.

— Comment, drôle! s'écria Pompée en reconnaissant le sergent; je vous ferai fusiller...

— J'observerai à mon colonel, reprit l'ingénieux sergent, que j'ai une permission de quarante-huit heures et qu'il ne m'est pas défendu d'employer mes loisirs à assister un ami dans une affaire d'honneur.

— C'est juste, ajouta la voix grave de M. Prior, qui s'était complétement remis de sa première émotion. Sergent La Rose, vous allez servir de témoin à monsieur, et, quoi qu'il arrive, votre honneur et votre personne seront en sûreté. Quant à moi, j'ai un témoin qui me suit à cheval et à peu de distance. C'est un brave comme M. de La Rose, un ancien garde-française comme lui, mais aujourd'hui brigadier dans la maréchaussée...

— Oh! oh! dit Raoul, tandis qu'on décrochait une épée du filet de la voiture, il paraît que M. Prior prenait ses sûretés Se faire suivre par la maréchaussée..,

— Pour vous arrêter, capitaine, dit étourdiment Pompée.

— Monsieur le marquis, reprit Raoul en souriant, j'ai donné moi-même, et de vive voix, ma démission au roi; et, quant à la maréchaussée, elle n'arrête que les voleurs.

— Taisez-vous, Pompée! répliqua M. Prior de l'air le plus froid.

Le brigadier arrivait bride abattue. Il descendit de cheval en toute hâte à un signe d'intelligence que lui fit Prior. M. de La Rose eut l'agrément de reconnaître, dans la personne du nouveau venu, ce même sergent Deslauriers avec qui il avait croisé l'épée sept mois auparavant, à la suite du souper au *Grand-Vainqueur*, à Paris.

— Eh! par Dieu! monsieur, la chose est au mieux, dit La Rose; charmé de vous revoir! En quittant les gardes, vous avez donc épousé madame la maréchaussée?

— A vous rendre mes services, monsieur, répondit le gendarme. Vous savez, reprit-il, que je vous dois un coup d'épée.

— Ah! mon Dieu! s'écria Pompée; mais si vous allez vous embrocher tous les quatre, que diable ferai-je donc de vous? C'est très-embarrassant à l'heure qu'il est et au moment d'aller me marier.

Ces dernières paroles furent d'un effet électrique sur M. Prior; il sauta sur l'épée que présentait le valet de chambre, et, après avoir examiné rapidement la garde et la lame, il dit d'une voix ferme :

— Marchons!

Il y avait au delà du fossé de la route un petit terrain gazonné et planté de quelques gros arbres. L'herbe était rase, les chênes se dressaient à d'assez grands intervalles les uns des autres; ce lieu était vraiment propice pour un champ-clos. Les deux adversaires sautèrent les premiers le fossé; et vraiment, en cette occasion, M. Prior prouva une agilité et une énergie surprenantes pour un homme de son âge et de sa robe. Nous l'avons déjà vu ailleurs, Prior, à cinquante ans, était peut-être encore le plus redoutable champion à l'épée que l'on pût rencontrer. M. de Montaran ne l'ignorait pas, et voilà pourquoi, mettant de côté la question de l'âge, lui, homme de trente ans environ, provoquait sans scrupule son étonnant ennemi. Les témoins et deux domestiques passèrent également le fossé; les deux valets avaient allumé de ces torches de résine qu'il était d'usage d'avoir alors dans les bagages d'un voyage en cas d'accident. Chacun d'eux en tenait une à la main pour éclairer le combat. Au loin, autour du pré, sous les grands chênes, l'obscurité était profonde; la scène du duel seule ressortait ardente sur ce rideau ténébreux. Le marquis Pompée, qui n'était témoin pour personne, voulut cependant encore tenter d'arrêter le combat; il adressa à M. Prior quelques observations.

— Apprenez, monsieur, lui répondit gravement celui-ci, que je sais parfaitement ce que je fais. Je dois à M. de Montaran un bon coup d'épée; il m'a insulté dans une certaine occasion connue de lui seul, il me fournit un moyen de réparation. Je le remercie et l'invite à se mettre en garde.

Les deux champions avaient quitté leur habit, ils étaient en veste, tête nue et l'épée au poing.

— Souvenez-vous, dit La Rose à Raoul, dont il venait de recevoir les dernières instructions, souvenez-vous, capitaine, que cet enragé Prior a des passes, des parades et des bottes d'un effet diabolique.

— Soyez tranquille, mon ami, reprit Raoul en lui serrant la main.

Les deux adversaires se saluèrent de l'épée, comme

à un assaut d'armes, et se mirent en garde. Le sergent La Rose et le brigadier Deslauriers, ces deux ennemis irréconciliables, firent trêve à leur animosité, et, les bras croisés, assistaient au duel avec l'impassibilité de véritables *juges du camp*.

M. Prior, le génie de la prudence et de l'astuce, commença par se couvrir de son épée, épiant les mouvements de son ennemi, comme s'il eût été derrière un bastion. Montaran tâta de son fer la lame ennemie dont une main de bronze lui présentait toujours la pointe. Le bras du capitaine était d'égale force; mais on voyait que l'impatience imprimait à l'épée certains mouvements fébriles. M. Prior suivait ces légères manœuvres préliminaires de ses deux yeux étincelants, deux yeux de loup qui guettent dans l'ombre une proie. Le capitaine comprit que son adversaire, en l'étudiant ainsi, voulait le lasser peu à peu ou le jeter étourdiment dans quelque dangereuse provocation. Alors il resserra les mouvements onduleux de son fer, qui finit par prendre la raide immobilité de l'épée de Prior.

— Monsieur, dit froidement celui ci, passerons-nous la nuit à nous regarder dans le blanc des yeux?

— Je ne suis pas pressé, répondit le capitaine.

— Moi, je le suis, dit Prior en dégageant vivement le fer.

— Bien! dit Montaran; vous vous dégelez.

Et, par un vigoureux revers, il l'obligea à se découvrir sans avoir le temps de l'atteindre.

—Ah! pensa en lui-même le sergent, le beau coup de tierce! Il devait tuer Prior, si cet homme n'était le diable.

Cependant les deux épées venaient de s'animer singulièrement; on n'entendait plus le bruit de la respiration des deux adversaires, mais bien l'étincelant cliquetis, le sifflement aigu, le bruissement prolongé de deux lames qui manœuvrent et rusent, frémissant de colère et altérées de sang. Deux fois la pointe du fer de M. Prior mordit la chemise de son adversaire et en fit sauter des bribes; trois fois Montaran, croyant plonger son épée jusqu'à la garde dans la poitrine de son ennemi, n'enfonça que le vide et fut obligé de se couvrir lui-même vivement.

Les torches résineuses, que les valets étaient obligés de secouer pour en ranimer l'éclat, jetaient des éclairs rougeâtres, et cette mobile et chaude lumière semblait imprimer du mouvement à la forêt; les grands arbres, par l'effet de fantastiques oscillations, s'entrechoquaient dans un désordre effrayant, comme s'ils prenaient part au combat des deux champions. La scène était étrange, ardente, terrible.

Tout à coup un cri retentit. Montaran venait de *pousser à fond* par un effort prodigieux. L'épée de Prior pouvait le transpercer... Elle ne le fit pas.

— Vous êtes touché, monsieur, dit le capitaine en se redressant. Si vous ne l'étiez pas, vous m'auriez tué.

—Allez toujours! répondit Prior avec emportement.

Et fondant sur le capitaine, il lui perça le bras si vigoureusement que la coquille de l'épée toucha la chair et que la lame sortit de toute sa longueur derrière l'épaule.

— Assez! s'écrièrent les deux témoins.

Mais M. Prior, au lieu de retirer son fer si énergiquement engagé dans le bras du capitaine, le lâcha et resta immobile sur ses pieds, comme un corps tout à coup pétrifié. La Rose courut à M. de Montaran, retira le fer adroitement, pressa la plaie et la banda d'un mouchoir. Prior, toujours debout, ne bougeait pas et semblait regarder stupidement devant lui.

— Voyez donc, comme ses yeux s'agrandissent et comme sa face blêmit! s'écria Raoul.

On allait porter secours à Prior, lorsque tout à coup il tomba sur l'herbe à la renverse et de toute sa hauteur. L'épée de Raoul l'avait atteint en pleine poitrine, à un pouce de profondeur. La blessure saignait à peine; mais l'hémorrhagie intérieure était survenue. M. Prior était perdu.

Etendu sur le gazon, il revint à lui au bout de quelques minutes, et comme on s'empressait, il écarta tout le monde de la main droite et fit signe à M. de Montaran d'approcher. Celui-ci se pencha et mit un genou en terre pour mieux entendre la voix du moribond. M. Prior, appuyé sur le coude gauche, le corps défaillant, mais la tête encore animée par un suprême effort d'énergie, dit ces paroles :

— Dans cinq minutes je paraîtrai devant Dieu. Monsieur de Montaran, je vous pardonne ma mort. Je ne vous hais plus La fortune entière du marquis Pompée de Montorgueil vous appartient, libre à vous d'expliquer au marquis tout ce que vous savez sur ma vie. La lettre anonyme que vous avez reçue est de moi. Mademoiselle de Fontarabie est calomniée à vos yeux...

Vous pouvez l'épouser en tout bien tout honneur. Capitaine, je vous charge de faire connaître à l'ordre dont je fais partie tout mon dévouement à le servir, même mon dévouement criminel. Je vous charge aussi de veiller sur le sort de ce malheureux jeune homme (il désignait Pompée)... Vous savez à quel titre je vous le recommande... Je vous sais assez généreux pour le protéger. Vous direz au roi de France et au roi d'Espagne qu'en échappant à leur service je crois échapper à leur ingratitude... On transportera mon corps à Montorgueil. On ne trouvera rien d'important dans mes papiers; en voici trois de haute valeur; je vous les remets, capitaine. Maintenant, adieu, messieurs.... le sang m'étouffe; la mort vient.

Comme il s'affaiblissait, on vit sa main chercher celle de Pompée. Le pauvre jeune homme, tout pâle et tremblant, se penchait vers lui. M. Prior prit sa main et la lui serra avec un regard d'inexprimable tristesse. Puis, remettant sa main dans celle de Raoul de Montaran

— Capitaine, dit-il d'une voix sourde et pénible, vous me le promettez...

Raoul rendit à M. Prior son étreinte et lui fit signe qu'il veillerait sur Pompée. Alors le moribond laissa retomber sa tête sur l'herbe; on vit tout son corps s'allonger, et aux derniers tiraillements de l'agonie succéda l'immobilité de la mort.

M. de Montaran, que Prior avait investi de toute l'autorité de ses dernières volontés, fit transporter le corps dans la chaise de poste. Il ordonna à Pompée de monter sur le siége avec le valet de chambre, de traverser Fontainebleau sans s'y arrêter, et de conduire en Bourbonnais les dépouilles mortelles de celui qui venait de montrer un si grand cœur en succombant. Le brigadier Deslauriers fut chargé de veiller à la sûreté du voyage, et, comme si M. Prior emportait dans la tombe toutes les animosités, M. de La Rose tendit la main à Deslauriers qui la lui serra cordialement.

Un quart d'heure après cette scène, la chaise de poste roulait sur la route de Moulins. M. de Montaran et La Rose, restés seuls, s'acheminèrent vers la ville de Fontainebleau, où un chirurgien donna des soins à la blessure du capitaine. Cette blessure était sans gravité.

Or, dans la même soirée, Raoul et son compagnon se mirent à la recherche de Dolorès, et découvrirent sans beaucoup de peine que la chaise de poste de la noble Catalane était entrée à l'hôtellerie de l'*Ecusson de France*. M. de La Rose était d'avis d'aller résolûment raconter tout ce qui s'était passé à mademoiselle de Fontarabie; mais le capitaine, qui avait lu les papiers que M. Prior lui avait légués, écrivit à Dolorès en lui adressant ces mêmes papiers.

Deux heures après, dona Téresa introduisait Raoul dans un salon de l'hôtel de l'Ecusson de France, et minuit sonnait aux horloges du château royal que M. de Montaran était encore aux pieds de la noble femme qui lui pardonnait d'avoir pu douter d'elle un moment.

## CONCLUSION.

La ville de Fontainebleau avait été choisie par M. Prior comme un lieu favorable pour la célébration clandestine d'un mariage entre Pompée et Dolorès; mariage que le roi d'Espagne *voulait* et que le roi de France *désirait*, ce qui était bien plus dangereux pour Dolorès, car où n'entraînait pas, en ce temps-là, un *désir* de Louis XV? Un chapelain était averti; deux témoins se tenaient prêts; la chapelle d'un couvent isolé était disposée pour la cérémonie secrète: les époux ne devaient être nommés qu'au pied de l'autel..... et quant au consentement de Dolorès, ou on l'aurait obtenu, ou on aurait cru l'entendre distinctement. Tout était prévu; M. Prior et le roi lui-même avaient veillé avec un soin extrême à ce que rien ne mît obstacle à un mariage dans la nuit dont il est ici question. Les trois papiers non *cachetés*, *remis* à Raoul par Prior mourant en donnaient les preuves. L'un était une lettre de Louis XV à mademoiselle de Fontarabie, lette charmante de grâce et remplie des sollicitations les plus pressantes pour conclure une *union fortunée*. Les autres lettres étaient destinées au chapelain et aux témoins. Elles venaient de haut lieu.

L'occasion était magnifique. Il ne s'agissait que de fermer les missives non cachetées et de les envoyer chacune à son adresse; il ne s'agissait ensuite que de se rendre à la chapelle désignée, de déclarer devant les témoins et le chapelain pourquoi l'on venait et qui on était; déclaration très-peu dangereuse dans sa sincérité, puisque les *contractants* ne devaient articuler leur nom que sur les marches de l'autel; enfin, il ne s'agissait que d'avoir le courage, la volonté d'être heureux.

Eh bien! on l'eut cette volonté, on l'eut ce courage, et vers la fin de cette même nuit, au moment où le premier sourire du jour éclairait l'horizon, les deux êtres les plus fortunés de l'univers fuyaient ensemble, cherchant à gagner, en toute hâte, la frontière de France et à passer en Italie, bienheureuse terre de refuge pour toutes les félicités comme pour toutes les infortunes!

Après les adieux les plus tendres et la promesse formelle de se revoir, M. de La Rose avait quitté ses *amis* et s'était mis en route, à cheval, pour Paris et Versailles. Selon le désir de Dolorès, il se rendit d'abord chez Rosemonde, à qui il remit une lettre de la noble Catalane, lettre écrite à la hâte, mais sous le souffle enivrant du bonheur. Si mademoiselle de Champ-Fleury sentit les pointes aiguës d'un dépit violent à la nouvelle du mariage de Dolorès et du capitaine, M. de La Rose ne s'en douta jamais, tellement furent adorables les remerciements et les sourires qu'il reçut d'elle. C'était vraiment une fille de cœur et d'intelligence que Rosemonde. Quelque temps après, elle quitta les deux scènes, celle du théâtre et celle du monde, et se retira, dit-on, chez les Dames de l'abbaye de Longchamps.

Quant au marquis Pompée, il rentra dans le château de Montorgueil pour ne le quitter de longtemps, n'ayant qu'un grade inutile, puisque le roi crut bon de disposer du régiment, et, n'ayant plus pour le guider dans le monde ce charmant *gouverneur* par qui M. de Choisy lui-même eût bien voulu être gouverné. M. de Montaran jugea qu'il ne pouvait mieux remplir la promesse de protection, pour le marquis, faite à M. Prior, qu'en ne réclamant jamais de ce jeune homme un sou des quatre millions (sa fortune à lui Raoul), et en gardant un silence généreux sur le passé.

Dolorès avait cru également devoir écrire une lettre de remerciements au roi Louis XV; seulement cette lettre ne fut mise à la poste pour Versailles qu'en pays étranger. Un jour donc, à Trianon, le roi étant d'agréable humeur, manda qu'on lui amenât le sergent aux gardes, M. de La Rose, et il le reçut dans un de ces riants boudoirs *faits pour les déesses*, et usurpés par les mortels non moins adorables qui plaisaient tant à Sa Majesté. Après une heure de conversation intime, à huis-clos, et dont les amours et les bergères du plafond ont gardé peut-être le souvenir, le roi, se levant, dit à M. de La Rose, selon le témoignage véridique de celui-ci:

— Toute cette histoire m'a vivement intéressé, sergent. Mais savez-vous qui est le plus à plaindre au bout du compte?

— Sire, dit M. de La Rose, il me semble que c'est ce pauvre M. Prior, qui, au fond de l'âme, avait du bon.

— Je crois, reprit le roi que vous vous trompez; c'est vous et moi.

— Vraiment! répliqua La Rose en parfilant sa moustache.

— Regardez votre position et la mienne, ajouta Louis XV, entre deux femmes charmantes...

— Hélas! sire, entre deux selles... nous voilà par terre. Votre Majesté a raison.

— Allons! allons! reprit le roi, après deux défaites il faut des victoires. Seulement, nous changerons de terrain et d'adversaires. Ecoutez-moi, monsieur de La Rose, je vous ferais officier du meilleur cœur du monde, si je ne craignais de vous voir éloigné de moi.

Aux derniers tiraillements de l'agonie succédait l'immobilité de la mort. — Page 94, col. 2.

— Pas possible! dit le sergent.

— C'est pourtant la vérité. Sachez, reprit Louis XV avec ce sourire amical qui lui était naturel, sachez qu'entre l'épaulette d'un officier et le trône, il y a plus de distance qu'entre le galon et le roi. A un officier, je dis *monsieur;* à vous, sergent, je dirai toujours mon *camarade;* et nous pourrons, sans déroger ni l'un ni l'autre, nous retrouver sous les mêmes drapeaux... Vous savez bien où. *Ça* vous va-t-il?

*Ça* me va! reprit le sergent.

Louis XV lui tendit la main. M. de La Rose resta sergent... et ami du roi.

FIN DES OFFICIERS DU ROI.

www.ingramcontent.com/pod-product-compliance
Ingram Content Group UK Ltd.
Pitfield, Milton Keynes, MK11 3LW, UK
UKHW021227230726
13926UKWH00003B/1284